点亮童心

流水 ◎ 著

图书在版编目（CIP）数据

点亮童心 /流水著. —北京：华夏出版社有限公司, 2021.12
ISBN 978-7-5222-0050-7

Ⅰ. ①点… Ⅱ. ①流… Ⅲ. ①散文集-中国-当代 Ⅳ. ①I267

中国版本图书馆 CIP 数据核字(2020)第 234717 号

点亮童心

作　　者	流　水
责任编辑	蔡姗姗
美术设计	李媛格
责任印制	周　然

出版发行	华夏出版社有限公司
经　　销	新华书店
印　　装	北京九州迅驰传媒文化有限公司
版　　次	2021 年 12 月北京第 1 版　2021 年 12 月北京第 1 次印刷
开　　本	710×1000　1/16
印　　张	17.5
字　　数	199 千字
定　　价	68.00 元

华夏出版社有限公司　地址：北京市东直门外香河园北里 4 号　邮编：100028
网址：www.hxph.com.cn　电话：（010）64663331（转）
若发现本版图书有印装质量问题，请与我社营销中心联系调换。

用温暖诗意的文字点亮一颗颗童心
——序刘俊文集《点亮童心》

陕西儿童文学女作家刘俊文集《点亮童心》一书，作品以"圣人之言""教学之道""童心之美""言者之声"及"附录：教学日记"几大板块来结构篇章文字，大约17万字的容量。作家以坚韧不拔的毅力、博览群书的姿态、浓郁厚重的爱意、清新隽美的文字、朴实灵动的写作形式来记述和承载自己对儿童成长所寄予的殷切关注、对儿童教育的深刻反思、对儿童文学的执着追求以及对人生的观照与智性的思考。

徜徉在她《点亮童心》的文字世界里，了解到她是一个70后女子，患有进行性肌营养不良症，高位截瘫，因病不能像常人一样自由行走，更没有童年到少年的校园生活……刘俊在她的书里写道："冬天，我很少出门，因为寒冷会让四肢变得僵硬，双手几乎不能写字。"她灰心过，哭泣过，抗争过，最后决定用文学创作来重绘人生的蓝图。她喜欢阅读，热爱文学，尤其儿童文学，将其视为对人类美好的追求。她从2007年开始儿童文学创作，用爬格子来书写人生、书写奋斗。十几年来，她一篇一篇的作品先后在全国各大少儿刊物上发表，一部一部的儿童文学作品先后由太白文艺出版社、西安出版社出版……字字句句书写着作家独特的生命体验、心灵感悟、教育心得、成长收获。

她不仅进行文学创作，1994年还在父母的帮助下发挥自己的特长，办起了作文班，开设了独特的写作课堂，开启了人生的新起点，在教学和与孩子们的相处中，找到了自己的价值！阅读她的作品，她笔下的儿童是千姿百态的，她笔下的儿童成长是温暖诗意的，她笔下的教室和课堂是充满活力的，她笔下的教学气氛是活跃的、平等的、有创意的。"我手臂抬不起,无法写板书,教室没有讲台和黑板,课桌是两张折叠圆桌拼在一起的。我将轮椅和学生的座位围成一个圆圈,这样的好处是:平等、互助、团结、友爱。我们面对面可以随时提问,及时解答,传递微笑。我除了上课,还要和家长沟通、和孩子谈心,发现问题及时解决。"就在这样艰难的条件下,她依然全身心地、快乐地投入教学事业中。课堂上,她神采飞扬地带领学生遨游在知识的海洋中;在创作的世界中,她浓笔的重墨书写着传递知识、教书育人的幸福人生。她对学生说:"我因为你们才实现了活着的价值!"

《点亮童心》是作家用自身的生命体验、真情实感、质朴语言、潜心笔墨建立起来的文字世界。阅读她的文字,我感受最深的就是字里行间荡漾着一种蓬勃向上的"励志"精神和生动有趣的课堂"亲历"。阅读她的文字,我们感受到她是一位拥有一颗热情奔放的心和勇于担当的作家,是一位具有坚韧不拔的毅力和乐于奉献的作家,是一位饱含着用生命写作与教学的热情,以此彰显自己鲜明的价值观、使命感和责任感的作家,她的作品呈现着作家经历岁月时光淘洗的真实的阅读写作教学经历。创作中坚守"呵护儿童,拥抱童年"的真挚情怀,书写着自己独特深刻的人生体验,书写着儿童的真实生活与童年的丰富景象。因此,她的创作是有亲历性的,她的创作是有方向的、有重量的。在创作中,她实现了成人精神世界与儿童精神世界的共振与成长。

这是一部向儿童致敬、向童年致敬、向成长致敬的作品。

徜徉在《点亮童心》的字里行间,感受着她的人生的特殊经历,这样的经历使她比平常人更能体会人生的悲剧感和命运的残酷性。在她时而质朴、时而隽美的文字之下,我们感受到的是顽强的生命气息和非常人的自我超越;体悟着"读书——让梦想开花"和"奋斗——让人生亮丽"的轨迹,正是因为她拥有丰富的阅读经历支撑着她的创作,正是这样,她强大的心灵、坚定的信念、不认输的精神,使她用残疾的身体书写着奋斗者不屈的情怀和她亮丽的人生。

她说:"书,是我童年时的伙伴。书籍给了我力量!阅读可以带给人以美好的享受，可以把人从无知变为有知，可以让梦想开花结果，让一切事物在孕育的过程中变得美好而又富有生命力！"她阅读《夸父逐日》《女娲补天》《精卫填海》《嫦娥奔月》《沉香救母》《八仙过海》《三戏海龙王》《孟姜女的传说》等有着鲜明民族特色的神话以及中外文史哲经典作品，特别是中外儿童文学经典作品，如《尼尔斯骑鹅旅行记》《长袜子皮皮》《小王子》《神秘花园》《绿野仙踪》《夏洛的网》等，不断汲取丰富的人类文化营养，拓展自己的知识领域与创作视野，创作出了或引领成长、或绽放童心、或塑造品质、或读书指导、或情感疏导等方面的作品。这些文字弥漫着智慧、耐力、胆识、恒心、乐观、勇敢、坚强、亲情、友情、温暖、阳光、奋斗、平等、互助、团结、友爱、修身、齐家、治国、感恩等理念，贴近儿童，关注童年，引领成长，读来令人流连忘返，获得快乐。

　　同时，更为重要的一点是，阅读这部作品，我们可以深切地领会到作家对人生的观照与智性的思考。她说："生活，是一条艰难的路，但生路又是通往美丽天堂的路。对生活寄予希望的人都向往生路，那是一条生生不息的路、人类永远走不完的路。我们的脚下是一条弯曲的、两旁盛开着四季之花的路，一路芬芳走来，又一路采撷而归。这就是人生的两条路，一条是生路，一条是死路。"这些掷地有声的字字句句不正是她用残缺的身体与隽永的文字，见证了自己坚韧的生、快乐的活，建心灵寓所，书写健全而丰满的思想，践行奋斗者的人生吗？

　　为她的创作、为她的教学、为她的奋斗点赞！

　　是为序。

咸阳师范学院文学与传播学院　许军娥

目 录

圣人之言 /001

吾生也有涯，而知也无涯 /002
己所不欲，勿施于人 /009
读《弟子规》的感悟 /014
先学"修身"与"齐家" /019
少年壮志 /023
何为师道 /025
化腐朽为神奇 /029
用心灵教化学生 /035

教学之道 /041

文从心生 /042
取与舍 /049
授人以渔 /054
吃苦精神 /060
点亮童心 /066
和诗一起成长 /072

"挑山工"的精神 / 077

神话的启示 / 080

留住真情 / 086

谈读书 / 091

小聪明和大智慧 / 099

美德教育 / 104

爱心教育 / 111

助学贫困生 / 117

善行教育 / 123

一堂戏剧课 / 129

童心之美 / 135

抱鸡小儿 / 136

静阳的故事 / 144

行走在阳光下…… / 149

石楠深叶里 / 154

草色入帘青 / 161

天籁之声 / 169

相遇"初恋"不是错 / 181

小雪的明天 / 188

流泪的鱼 / 195

读《论语》之美 / 200

一件小事 / 205

S 女生 / 211

最后一堂课 / 218

文者之声 /225

童言无忌 /226
用你的眼睛去发现美 /228
读书——让梦想开花 /230
把情感写进文字 /232
礼赞生命 /234
秋日思索 /236
人生有两条路 /238
放弃,为了更好地拥有 /240
怀着梦想上路 /242
走过梦的季节 /244
自然的灵性 /246
我想做一棵白杨 /248
读书与孩子成长 /250

附录　教学日记 /253

想给妈妈写封信 /254
他们以为我是90后 /257
真要忧国忧民了 /259
世界文化遗产和仓颉造字 /262
孩子眼中的金钱 /264
落花生 /265
悄悄话 /268

圣人之言

吾生也有涯，而知也无涯

我年轻的时候喜欢做梦，也喜欢读书，那么做梦和读书有什么关系呢？关系可大了，因为梦里的景象多来自书里。白天读到寂静的深林，夜里就梦见我在深林里步行；白天读到太阳升起，夜里梦见黑色的天空挂着一轮红日；白天读到山涧的溪流，夜里就梦见我脚下是水流……有时候我自己都诧异，怎么会读到什么梦到什么？后来我明白那是日有所思夜有所梦的缘故！一个人对某一件事过多地贪念就会老想着，放不下，梦里就出现了。

后来我读了一些深奥的书。《论语》和《道德经》里短短几行文字便吸引住我，仿佛透出一种不可抗拒的力量。阅读滋润着我，丰富着我，提升着我，改变着我。这样，时间在读书中慢慢流走，我又有了许多美好的梦，梦见我是个书生，是个老师，是个有作为的人……作为，这个词好像不属于我，我是一个身患重病的人，连有没有明天都不晓得，还谈什么作为？但这个问题开始困扰我，扰乱了我平静的心，触及我的灵魂，痛苦像岩浆一样喷薄而出！我能做些什么呢？我不想消极度日。当我开启《庄子》的篇章时我才发现《庄子》之美！《庄子》的《养生主》中有一句"吾生也有涯，而知也无涯"好像响鼓重锤让我警醒，忽然，我的眼前柳暗花明，我看见熹微的晨光，那是我向往的光明，我该奔向那里才对。"吾生也有涯，而知也无涯"，我要做这样的人，学这样的一种精神！

1994年，一件小事改变了我的生活，从此我成为一个自食其力的人！一天中午，邻居大姐来找我，请我帮她孩子辅导功课。我坚决地说不行，我没有系统地学过小学语文知识，误人子弟可不行。邻居大姐坚持说："我看你行，就这么定了，明天我让俩孩子放学来找你。"说完拔脚出了门。

这不是赶鸭子上架吗？

第二天下午，那两个孩子背着书包来了。他们认识我，我们一点不陌生。他俩是一对龙凤胎兄妹，男孩叫晓波，女孩叫晓迪，是两个人见人爱的孩子。晓波眼睛圆圆的，晓迪眼睛细细的。晓波淘气，晓迪乖巧，两个孩子都十分聪明。好吧，我试试看。我对他们和颜悦色，因为我若摆出老师的架子，学生心生畏惧就不会对我畅所欲言了，这会给授课带来困难。我讲课，他们听得很认真，很快我就摸索出教他俩的方法。课间休息的时候，我们聊天谈笑，他们把我当朋友一样。晓波把藏在文具盒里的纸飞机拿给我看，说这是上课时趁老师不注意偷叠的；晓迪则把美术本给我看，承认上课开小差儿。我对晓波说："上课玩纸飞机可不是好学生，我们应该……""下课再玩！"晓波机敏地抢着说。我又对晓迪说："上课不专心听讲，心猿意马可不行！"晓迪羞愧地低下头承诺以后再也不了。

两个月过去了，晓波和晓迪的语文成绩进步了，尤其是作文，还在他们班受到老师的表扬。一传十，十传百，附近的家长都带着孩子来找我学作文，孩子们的进步家长有目共睹，很快我的学生多了起来。

我是个有用的人了！但是我也深知自己没有上过学，才疏学浅，没有教学经验。我开始一边教一边自学，当理论和实践统一的时候我才明白这便是教学相长。我和孩子们一样爱玩爱笑，所以他们的想法我一看就懂，于是教学游刃有余。《礼记·学记》中有一句话："知其心，然后能救其失也。"就是这个道理吧。小学生的作文错别字多，字不成句，是他们没有找到学习的方法，我告诉他们写字要用心，遇到不会写的字不能偷懒要查字典。有了这个好习惯，写作文就容易多了。至于语句不通，我先让他们把心里想好的讲出来，然后再写下来，反复读上几遍，立刻就能知道错误在哪儿了。等小问题都一个一个解决了，大问题就会不攻自破了。小学语文课程的重点在阅读和作文，尤其是三年级，小学生刚刚开始写作文，常常不知怎么开头和结尾，要对他们讲得浅显易懂，这样他们才爱听。我耐心教，反复讲，一步一个脚印走下来，一年过去了。我萌生了办作文辅导班的想法，让身边的孩子不再为写作文挠头皮、嚼笔头。这个主意一经产生，很快，一张桌子、几个凳子组成了写作班，从开始的三名学生增加到十名学生，有的报不上名还哭鼻子呢。每次上课同学们围着我举手提问，那一刻，我心里无比欢喜和自豪。我高兴的同时也知道责任重大，不能有一点马虎。面对一双双明亮的、充满求知欲的眼睛，我对自己说一定要上好每一堂课！

教室里没有讲台和黑板，因为我的手臂无力不能板书。两张折叠圆桌拼成课桌，我将轮椅和学生的座椅围成一个圆圈，这样的好处是：平等、互助、团结、友爱。我们面对面可以随时提问，及时解答，传递微笑。在教学中，我采用授课式、谈心式、调教式、游戏式、表演式等，让同学们耳目一新。我讲课不重复，尽管每学期作文命题差不多一样，但讲课的方法不一样，因为学生们的层次不一样。除了上课，我还要和家长沟通、和孩子谈心，发现问题及时解决。孩子们不再厌学了，不再和爸爸妈妈闹情绪了，不再任性逃学做坏事了。家长们惊喜地说："怪事，才上了几天课，变化这么大！"有的孩子刚来上课还不情愿，等上完一节课就眉开眼笑了，看到这些我心里很欢喜！我觉得自己像个编剧，又像个出色的导演，把音乐、美术、手工统统拿来为我所用，然后为他们导演小品、音乐剧、话剧等，最后还要担任评审员。有时候想偏心一点，可是偏哪个呢？各有优点和长处啊！作文课让同学们下课不想回家，每次磨磨蹭蹭问这问那，似乎他们有说不完的话。有时候我也带他们去户外玩耍和观察，因为观察是小学生作文中不可缺少的重要内容。比如：我们观察四季的变化、树木的形状、昆虫的习性，小家伙们兴趣十足，利用所有捕捉知识的感官——眼、耳、鼻、舌去观察、发现、感受大自然的奇妙，然后有感而发写成作文。

我的教学渐渐驾轻就熟了，而且总能把生涩难懂的内容用简洁的语言讲得生动有趣，便于学生领悟和记忆，这一点受到同学们的欢迎。

1997年春天，中小学生作文、英语辅导班正式挂牌。那时候经过我辅导的一批中小学生的作文水平已经有了显著提高，有些同学的作文屡次刊登在报纸杂志上，还有的获了奖。我在道北地区也变得小有名气，经常有媒体记者来采访，报纸、广播、电视陆续报道了我的事迹。我走在街上经常会被人叫住说在哪哪见过我，希望我留个电话，他们好带孩子来学习写作文。

我完全投入于这项事业中，忘记了疾病带给我的痛苦，淡化了生活中的困难，忘我地工作着。活着不是只为享受生活的快乐，要知道快乐的前提是一定要付出劳动，这样快乐之花才会长久不败。病痛，让我时常感到无力，手上的力气只能握住一支笔，但这又有什么关系呢？水滴石穿不就是靠一点一滴的渗透精神吗？

我又想起庄子那句话"吾生也有涯，而知也无涯"，生命消亡又有何妨，在生的过程中执着过、奋斗过，不留下遗憾就行了！

在教学上我打破以往老师讲课学生听课的陈规，鼓励同学们主动当小老师。开始他们有点紧张，站起来说一句话就脸红，慢慢地胆子大起来，也讲得绘声绘色了。这个方法既可以帮助他们复习学过的知识，又可以预习新知识，一举两得。别看小家伙们年龄小，一个个都是智慧星，满脑子的小问题大见解。宇宙的形成、昆虫的繁殖、种子的传播……都是他们感兴趣的事情，他们讲起课来俨然一副小老师的模样，我听的时候也情不自禁地举手发言，他们的解答让我信服。课堂吸引着孩子们的注意力，同时也开发着他们的思维和智商。光学习课本上的知识似乎太单调，因为语文书上的知识在学校已经学过一遍。如果增加一些新内容，既可以拓展知识面，又可以激发他们的兴趣，岂不是更好？2007年，我选择了传统文化方面的内容做试验，我认为道德教育比学习知识更重要。于是我节选《三字经》和《弟子规》作为阅读的内容，引导同学们读经典并身体力行。小学生最初学习"事虽小，勿擅为。苟擅为，子道亏"不解其意，我告诉他们意思就是即使是小事情也不能自己做主张。例如，放学后去同学家写作业，经过爸爸、妈妈允许才可以，不然路上遇到危险出了问题自己会吃亏！用传统文化进行道德教育能帮助孩子们树立良好的思想品德。学了一段时间后，家长对这项课前"热身操"也表示满意，孩子变得有礼貌了，懂得尊敬长辈了。

我对作文辅导班的前景更有信心了，对孩子们也更有信心了！阅读课开设的《弟子规》《三字经》课程无疑是有收获的，于是我在初中课程中也增加了文言文的阅读。一学期后，同学们对文言文学习产生了兴趣，培养了语感，收到了好的效果。在20世纪90年代，辅导班课程中有文言文阅读的不多见，而且我还以猜谜语、成语接龙、童话表演等形式提高孩子们的兴趣，使同学们日日学，日日新。

有人问我："作文班以什么为宗旨？"我说："以诚心、爱心、耐心为宗旨！"其实，做任何一件事情首先都需要诚实，诚实是垫脚石；而爱心是热情，是动力；至于耐心，做老师的一定要有耐心，面对学生的提问要不厌其烦。很简单吧！

同学们学习热情高涨，来接孩子的家长在一起议论：

"我儿子以前一见书就皱眉头，可现在知道自己拿书看了。"

"我发现我儿子也是，他以前不爱读书，作文也不会写。现在，读书入迷，一上街就要去书店，像变了个人！"

"没错没错！我儿子读书也不用督促了，作文在班上还被老师表扬了！"

就这样，酒香不怕巷子深，慕名而来的家长越来越多。

那些年我的思维很灵活，时常有新理念，也时常付诸行动。比如，我发现同学们上课时经常懒洋洋，进来就趴在课桌上，好像很疲惫似的。还有的孩子身体不好，经常生病请假。这怎么行！健康可不是小问题，我了解后发现虽然学校有早操课，可孩子们伸胳膊、踢腿都不舍得用力气，身体得不到充分锻炼。加上他们长时间埋头学习，身体失去活力，精神自然得不到焕发。如果能达到既学习又运动的效果不是更好吗？我开始动脑筋想办法。有一个好办法！开始上课的时候，我对同学们说："一二，学——习——快——乐——耶——！"同学们看着我，随即大家一起大声喊："一二，学——习——快——乐——耶——！"这回好了，一声"学习快乐，耶"好像战士吹响的号角，鼓舞军心，激发起同学们的"战斗力"。这一用力，一个个精神抖擞，"懒洋洋"被一扫而光。这个口号一能激发正能量，二能调节气血，三能焕发人体原动力！达到这三个效果，我满意地笑了。

"我因为你们才实现了活着的价值！"我经常对同学们说。

我想多为孩子们做点有意义的事情，所以那些年我几乎不闲着，班上的事务经常忙得我不亦乐乎。这不但发挥了我的特长，也让我的青春焕发了光彩。

以前我常想，我来到这个世上究竟有什么用？我没有聪明的大脑，也没有天才的智慧，那我有什么？有知识吗？有健康吗？我究竟有什么？一出生我就患上一种罕见的病，四肢无力。家人吓坏了，到处求医问药，最后确诊为进行性肌营养不良。20世纪70年代医学界对这种病毫无办法，我被判了"死刑"。幼年时我就已经懂得什么是可怜天下父母心了。谁也没想到若干年后当年那个生命垂危的小女孩会活下来，以孱弱的生命完成她的使命——坐在轮椅上给孩子们传授知识……这是一个奇迹！一个人失去奔跑的自由，相对就有了更多的思考时间；有病痛的折磨，相对就有了更多的耐心和决心。这应该是我的人生哲学！我的成长暗合了绝处逢生、勤能补拙。我一个患危重病的人能遇到困难化险为夷，这是多么大的福报啊。所以，在美好的生活面前我要做一些有益于他人的事情，将生命的意义最大化！

幼年我没有受过学校教育，母亲教会我识字，但这也并非坏事，不一定每个孩子都适合学校教育。我的思维很活跃，这使我习惯于多角度的思维模式。这种思维模式让我对很多学科产生兴趣，诸如：画画、写作、读小说、唱京戏、听音乐、朗读诗词等，我都喜欢得不得了，并且很用心思。生命中的奇迹就是这么不可思议，我没有想到会一直活着，可我确实创造了生命的奇迹；我没有想到不上学也能成为老师，因为同学们就喊我老师；我没有想到通过教学我会获得这么多快乐，我收获了非同一般的快乐！所以我珍惜每一天，并且毫无保留地把知识传播给学生，就像植物凭借风播种一样，等来年会在空旷的土地上长出美丽的植物，让生命得以延续。

庄子的"吾生也有涯，而知也无涯"给我以启示。这句话的意思是当人忘掉死生、忘掉是非的时候，就会把自己寄托于无穷的境域，遨游于尘埃之外！这就是庄子脱俗伟大的精神境界！天地万物顺其道是正，反其道而亡。人往往在年轻的时候像一头莽撞的小象，凭一身勇力做事情，到后来才知道一个人不光要有正道，还要有智慧和经验才能做好一件事。当知识转化成精神时，即使生命消亡，精神也会永存！知道了这些，我对自己的病才没有了偏见，外界的眼光我也全不放在心上。我只专心在自己追求的事业里，我思故我在。

"吾生也有涯，而知也无涯"深深印在我心里。时间与生命都是宝贵的财富，利用时间，给生命续满能量，人生才不虚度！

感恩我生命中的所有人！

己所不欲，勿施于人

我们都知道"己所不欲，勿施于人"的意思，自己不喜欢做的事不要强加给别人。诸如你不喜欢洗臭袜子非让我把它洗干净，这显得不公平。引申到教育上，是对老师和家长们的提醒，不要总让孩子听大人的安排，多听听孩子的想法，他们未必是错的。

以前我认识一位女教师，她姓肖。我们经常在一起谈教育心得，交流教育方法。我愿意把自己的心得和体会分享出来，也对她的观点直言不讳。

有一次，肖老师和我说起一个叫R的男生。她说R在班上不遵守纪律也不用心听讲，本来奥数有进步，应该考个好成绩……

"应该"就是"己所不欲，勿施于人"。教学生知识和应该不应该没有直接关系，不是我们说应该这么做，他们就会立刻去执行。

R曾经也是我的学生，R有着从不认错的倔强个性和大大咧咧的言行举止。至于R在学习上的态度，说实话也令我头疼。R不是学不会，而是不肯下功夫那一类，他经常找一些理由逃避做作业、说废话拖延时间。有一次我布置了作业，他回家想看动画片，就对妈妈说老师没有布置作业，妈妈相信了。等我检查作业时发现他没做，他不打自招了。我多次找R谈心，但这孩子自觉性很差，一周后又回到原点。我对R的态度是不强迫，但他钻学习的空子我一样会惩罚他。

很多时候家长和老师习惯于把自己的主观意愿强加在孩子身上，亦如按照"我"的想法去成长、成才。当R与肖老师的意愿背道而驰时，老师自然会着急上火。

过了几天，肖老师对我说 R 离开了。我没有再追问什么，事情已经很明白。肖老师希望 R 进步，最终 R 叛逆退课了。

我认为"差"不是问题，而"差"在哪里是主要问题。很多时候"差"在于家庭教育和学校教育脱节或没有找对契合点。R 的问题是多次换辅导班造成的。R 两个月换一次班，对任何课程都是蜻蜓点水，这样很不好！这个问题之前我和 R 的妈妈交流过，家长却不以为然。

辅导班的学生多数成绩不好，你问他们为什么不好好学，回答多是听不懂。遇到这种情况，我是不说软话的，必须告诉他们听不懂也要听，学不会也要学！因为他们年纪太小，就像一株株成长中的麦苗，还不到结穗的时候，摘了它也无用。所以我们要拉他们一把，让他们继续成长结穗。

"己所不欲，勿施于人"这句话似乎在中国教育者的身体力行中不多见。父母、老师都希望孩子成绩优异，考上重点中学或名牌大学，这很合情理。问题是不能拔苗助长，要懂得青少年心理，因材施教。教育的根本是尊重孩子的意愿。孩子有独立的人格，是家庭和社会的个体成员，不可以对他们的行为强加干涉。多站在他们的角度去看问题，不能一味地要求他们做"听话"的孩子。中华民族教育史上有很多成功的教育事例，我们熟悉的孟母如何教子？孟子小时候也很贪玩，不好好念书。有一次，孟子放学回家，孟母正坐在织布机前织布，看见儿子进来就问："今天学的《论语》的《学而篇》背会了吗？"孟子回答说："背会了。"孟母高兴地说："你背给我听听。"可是孟子翻来覆去就只会背一句："子曰：'学而时习之，不亦说乎？'"孟母气坏了，二话没说举起手里的剪刀"咔嚓"将刚刚织好的布剪断了，麻线落了一地，孟子吓坏了。孟母说："学习就像织布一样，你不专心读书，就像断了的麻布，布断了再也接不起来了。学习如果不时时努力，常常温故而知新，就永远也学不到本领。"说着伤心地落下眼泪。孟子被母亲的话感动了，他很受鼓舞，从此以后，牢记母亲的话，起早贪黑刻苦读书，再也不荒废学业了。

孩子爱上学习和正确的教育方式分不开，孟母舍得断机杼以示儿子要刻苦学习，孟母施教的种种做法，对于孟子的成长及后来思想的形成起到重要的作用。今天年轻的父母也可以想想用什么方法让孩子变被动为主动，而不是强迫孩子，一味地发号施令。

有一次，一位妈妈领着女儿来找我。女儿一脸的不高兴，噘着小嘴，脚步在妈妈身后拖沓不前，我一看就明白了。妈妈还不管不顾地数落女儿："你语文考试作文扣了十几分，这么糟糕的成绩，明年怎么升学？"

"刚考完试，不急，让孩子好好玩儿几天再来学也不迟。"妈妈一听不答应了："不能顺着她！"

如果学知识是为了孩子的明天，那么今天失去的童年又怎么弥补呢？我们播撒下希望的种子，期待着明天的收获，但是种子没有发芽，明天又怎能成为大树，怎么开花结果呢？俗话说贪多嚼不烂，学多也无益。我们要给孩子留下空间，让他们奔跑、跳跃、自由玩耍，像鸟儿在广阔的天空自由飞翔，像马儿在广袤的大地上驰骋，像船舶在大海上乘风破浪。我们要培养孩子自主学习和创造生活的能力，而不是把我们的主观意愿强加给他们，让他们按照我们的想法去学习和生活。

有一次，我建议给孩子们减一些辅导班，给双休日腾出些玩耍的时间。刚一提家长就急了，说："这不行，补课都来不及，怎么能减课？"

孩子们一周都排满了课，玩一到半天都不行。而他们的贪玩远远没有大人的欲望过分，他们仅仅是一段时间内不想学习，而大人呢？要求孩子学这学那，要求明天如何、未来如何、一生如何，这些欲望多可怕！这不光是家长的问题，还是全社会和教育工作者急于思考和解决的问题。

我从作文课"减负"做起：一、减少作业量。二、当堂消化。三、只收自愿生。

这样一来情况明显有了好转。学生自愿学，家长自愿配合，进入了良性循环。

"己所不欲，勿施于人。"我们把太多自己没有实现的愿望强加给了孩子，希望他们替我们完成理想。在教育上我们有负于孔子，礼让的行为没有施行开，文明礼仪就难以达到理想状态，知行合一更难以实现。我们能感受到那是对人性最高的奖赏，孔子的仁爱在当今时代依然带给我们温暖。孔子的教育理念是我们的精神法则，这种法则是谆谆教导、耳濡目染、身体力行。孔子从不说教，而是谆谆教导，循循善诱；从不逼迫学生，棍棒相加，而是以身作则，言传身教；从不照本宣科，墨守成规，而是活学活用，因材施教。他以一种善意、谦和而敦厚的态度与弟子们娓娓道来，就像甘泉滋润干涸的幼苗，使其根深叶茂，植根沃土。再看看我们今天的教育，更多的是老师站在黑板前讲课，学生在下面听或去完成大量的书面作业，然后形成固定的思维模式！我当年自学的时候也曾被固定的思维模式困住，很长一段时间思维呈现固化，直到有一天我才恍然大悟，决心找回丢失的自己。

战国时期有一个小故事讲的就是"己所不欲，勿施于人"。

梁国与楚国毗邻，两国在边境上各设界亭，亭卒们在各自的地界内种了西瓜。梁国的亭卒非常勤劳，他们给西瓜除草、浇水，瓜秧长势很好；而楚国的亭卒非常懒惰，无人愿意管理瓜田，结果瓜秧又细又弱。楚人出于嫉妒，趁夜越过边界把梁国的瓜秧全都扯断了。

清晨起来，梁国人发现自己的瓜秧给人扯断后，气愤难平，于是报告县令宋就，并准备把楚国的瓜秧也扯断。宋就说："楚人这样做确实很卑鄙。可是我们明明不愿意他们扯断我们的瓜秧，为什么要反过来扯断人家的瓜秧呢？别人不对，我们再学着这样做，那我们岂不也犯了心胸狭隘的错误？古人说'己所不欲，勿施于人'，从今天起，你们每天晚上都要悄悄地给他们的瓜地浇水、除草，让他们的瓜秧长得更好。"

亭卒们觉得宋就的话说得很有道理，就照他的话去做了。几天过去了，楚人发现自己的瓜秧长势一天比一天好，很高兴。但仔细观察后，发现瓜地每天都有人给浇水，而且是梁国人悄悄地为他们浇的。楚国边县的县令听到亭卒的报告以后，既感到惭愧也深深敬佩梁国人，于是就把这件事情报给了楚王。楚王听了，深为梁国和睦边邻的诚心所感动，特地备了一份重礼送给梁国，以示自责，并深表酬谢。

结果，原来敌对的两国成了友好的邻邦。

是啊，我们不愿意做的事情为什么让孩子去做呢？平心而论，我们都不愿意听别人的或为别人改变自己，却要求孩子为我们做出改变，这是不是太自私了？

大人要求孩子之前，应该先问问自己能做到多少。发现孩子做错事要批评之前，先想想自己哪些做错了。当我们开始自我检讨时，教育才能进入良性循环。

这一点，我的恩师卢高地老人就做得很好。他耄耋之年常常说自己是个幸福的人，其实他一生经历无数的坎坷，晚年独居，生活无人照料，但他一生保持乐观的心态，并且活到老学到老。有人问他为什么会这样，他回答："因为我从不对他人提要求，年轻的时候对老伴没有要求，年老的时候对儿女没有要求，如今对孙子、孙女更没有要求。我不要求别人，所以我很快乐！"这话与孔子讲的"己所不欲，勿施于人"如出一辙！一个人对别人要求多，幸福指数就会降低，反之才会成为幸福快乐的人！如果我们真心爱孩子，希望他们未来有所成就，就从现在开始要求少一点，宽容多一点，尊重孩子，把他们当一个独立的人对待！

"己所不欲，勿施于人"是儒家思想的精华，是中华民族根深蒂固的信条，我们培养孩子应当多想想这句至理名言！

读《弟子规》的感悟

最近，我读《弟子规》有一些感悟。无论社会进步到哪个阶段，中国传统文化教育不能丢，因为这是教育的起点和精神的里程碑！

"父母呼，应勿缓。父母命，行勿懒。"这几个简单的行为，现在的孩子做到的没有几人，连我这个成年人也做不到，这一点深感惭愧。为人子女我们这一代人做得不够好，作为国家和社会的中流砥柱，我们少了对父母的责任心和付出！中央电视台一套节目曾有一个公益广告：大年夜，一位老父亲等待儿子回家吃饺子，在父亲的记忆中儿子小时候最爱吃的是饺子。如今患了阿尔茨海默病的父亲，在一家人团圆的饭桌上偷偷把一个饺子装进自己的口袋里说要带回去给儿子。看到这一幕，我眼睛湿润了，由此想到《弟子规》中的告诫："父母呼，应勿缓。父母命，行勿懒。"我们经常忙于工作，忙于应酬，父母一打电话，我们说"正在开会""啪"地挂断。父母命我们为过年订一桌年夜饭，我们会推脱事情多顾不上！换位一下，当我们喊孩子："宝贝，你帮妈妈捡起地上的袜子！"宝贝看一眼一皱眉头"真臭！"跑开。当爸爸说："宝贝，给爸爸端杯茶来！"宝贝立刻反驳："我还要写作业，明天老师要检查！"小时候这样，长大亦如此。一位爸爸对儿子说："明天我要坐车去看看你二姨，你开车带我去！""我好不容易休假想睡懒觉，你自己叫滴滴去！"面对这样的现状，我们会思考些什么？今天的教育是不是需要转变一下理念？是不是需要给孩子进行一些传统文化的熏陶？是不是年轻的父母应该反思一下？道德教育的缺失成为当代教育的盲点，应该引起全社会的关注。

纵观现在的教育现状，家庭教育和学校教育没有很好地接轨，社会教育没有跟上。于是出现孩子茫然、父母焦虑、老师疲劳等状况，现实令人忧心！在这样的状态下，孩子们很容易心猿意马，功课荒废，人品也没有培养好。读一读《弟子规》，就会明白这一点。

学一学"出必告，反必面。居有常，业无变"。现在的年轻人喜欢过夜生活，玩到三更半夜才回家，事先也不告知父母一声，让父母操心，太不懂事！所以我们出门之前一定和父母说一声，他们才不会担心；晚上一定要按时回家，让父母安心。多么简单的道理，可是今天的年轻人没有把这些看成重要的问题。古人的住所大多比较固定，不像现在的人经常搬家，这个月住在北大街，下个月搬到骡马市。现代人频繁"跳槽"，今天在这里上班，明天在那里上班，走马灯一样。这些看似生活中的小事情给心带来了不安定。所以"居有常，业无变"，涵盖着一些安定因素。

从小养成的好习惯会伴随人的一生。我从小爱整洁、勤俭节约、作息有常，这源于我父母的好习惯，让我终身受益。后来我在教学和写作上从不三心二意，踏踏实实，把每件事做好！人只要在日常生活中不过度任性，生活就不会惹出乱子，否则会叫苦连天。人要学会先对自己负责，然后才能对他人负责，很多人做不到这一点，习惯把好东西留给自己，以为对自己好才是真好，其实他看待的那些"好"并不是真好。真正的好是有良好的身心、有内在的修为、高尚的情操，因此"身有伤，贻亲忧。德有伤，贻亲羞"。这一句告诉我们要爱惜、保护自己的身体，不能让其受伤。有些青少年打架、自残、吸毒，毁坏自己的身体，要知道身体受之父母，他们会心疼！你来到世上不完全属于你自己，你有很多社会属性，比如：学生、老师、爸爸、妈妈、工人、农民等，要当好这些社会角色很不容易。中央电视台的《感动中国》我看得泪奔，那些平凡普通的人在不同的工作岗位上为社会做出贡献，他们又为了谁？那是崇高的人生境界！

大人经常批评孩子这没有做好，那没有做好，孩子委屈地说："爸爸、妈妈错了为什么不批评自己？"对啊，父母也有昏昧不自察的时候，数落孩子一顿后发现原来是自己错了，这是常有的事。我遇到这样的事情就批评家长，实在是看不过去他们老拿孩子说事！有一次，一个女生挨了爸爸的打后向我告状，原来爸爸开完家长会回家忘记告诉她老师布置的作业，还责怪孩子不及时写作业！我对这位爸爸说："忘记作业的事情责任在您，您不能不分青红皂白地错怪孩子，要知道您今天的言行就是孩子的明天！"这位爸爸听了琢磨了一下，连忙对女儿说："是爸爸错了，请你原谅！"

"人非圣贤，孰能无过"，一定要自省，不能一错再错。父母有错误，我们做子女的也要及时提醒，一次听不进去就提醒两次，两次听不进去就提醒三次，直到听进去为止。《弟子规》中这句"谏不入，悦复谏。号泣随，挞无怨"，就是讲以上的道理的。我们孝顺父母，但不能包庇他们的错误，就像我们小时候做错事父母教训或打我们一顿、骂几句，那又有什么关系，不打不骂不成才。如今他们年岁大了，我们也要提醒帮助他们。古人说："老吾老以及人之老，幼吾幼以及人之幼"，这才是人类最高的境界、社会最高的风尚。

孔子讲"孝悌"，"孝"是对父母，"悌"是对兄长。在家孝顺父母，尊敬兄长，在古代有长兄为父的家庭观念，今天已经没有了。家有家规，国有国法，见到长辈不光要尊敬还要称呼"爷爷奶奶好"。现在的孩子多数不这样了，见长辈默不作声，不搭话也大有人在，似乎已经见怪不怪了。一家人坐在一起吃饭，长辈没动筷子，晚辈已经把好吃的菜夹完了，我经常在饭桌上看见这如龙似虎的场面。"或饮食，或坐走，长者先，幼者后。"无论是吃饭还是走路，请长辈在前，自己在后，要懂得谦让的礼节。年轻的父母们一定要教孩子懂得这些，不懂这些出门会被人笑话。

我早年也不懂这些，以前的父母不给孩子讲这些，也顾不上讲，天天忙温饱都顾不过来，再说我一个生病的孩子学这些有什么用？我30岁以后才渐渐开始读圣贤之书，慢慢领会其中的深意。感谢这些经典教会我辨别是非善恶，打开我愚昧的心智，让我见到光明。

《弟子规》不光让我们懂得如何做人，还告诉我们如何健康生活，这是每个人都不能不顾的问题。如今的年轻人晚上熬夜，这对健康危害极大。《弟子规》奉劝诸位"朝起早，夜眠迟。老易至，惜此时"，爱惜身体每天早睡早起。我一直坚持早睡早起，饮食清淡，这样我才有充沛的精力投入工作和学习中。很多年轻人挑食，喜欢吃大鱼大肉，一顿无肉就吃不下饭，要知道肉吃多了脂肪堆积对健康是最大的隐患！"对饮食，勿拣择。食适可，勿过则。"《弟子规》的这几句就是对我们的忠告！任何一种食物都含有营养，不能挑食，还要记住食不过量，否则伤了脾胃会经常吃不下饭。"年方少，勿饮酒。饮酒醉，最为丑"，奉劝我们的少年切莫饮酒，醉如烂泥丑态百出多丢人！一天晚上，我办事回来路经北大街，看见一个年轻人从一家餐厅跌跌撞撞地走出来，走到马路中间举起手里的酒瓶摔碎在路上，幸亏当时行人少，不然伤着人就麻烦了。所以现在不允许酒驾实在是太好了。管住吃喝才会"步从容，立端正。揖深圆，拜恭敬"。

当言语、行为规范后，《弟子规》才开始说"信"。"凡出言，信为先。诈与妄，奚可焉。"诚信是一个人立身之本。遵守诚信，取信于人，才能广交朋友。"见人善，即思齐。"这一句很好。常学他人善良，不要总挑别人的毛病，多改正自己。紧接着后一句："见人恶，即内省。有则改，无加警。"见到别人有恶的行为，一定要自省，如果有错误就赶快改正，如果没有错误也是给自己以警醒。人最怕面对的敌人不是他人而是自己，自己错误的时候内心有种种不舒服，不愿意承认，总之心里的坎就是过不去。所以《弟子规》短短的几句话涵盖了深远的意义，而这些又恰恰是我们看似知道，却做不到的地方。

《弟子规》很温暖，它带着父亲刚强的力量，又带着母亲温和的气息，既谆谆教导又娓娓道来，入耳、入心，像一剂良药，又似醍醐灌顶，令人幡然醒悟。这还不够，它还教我们要"泛爱众，而亲仁"。前面说了如何爱自己，爱身边人，最后说到人间大爱，要爱一切人，爱一切可爱之人和不可爱之人。人人平等，没有分别，这样的人类社会多么和谐美好啊！"凡是人，皆须爱。天同覆，地同载。"这样有力的话语，世代延续、传颂……每当我读到这里，就仿佛有一股力量在我身体里涌动，我想这就是经典的魅力，这就是不朽的精神！

最后，《弟子规》还告诫我们："不力行，但学文。长浮华，成何人。"如果学了还不能身体力行，或者有点才能就骄傲自大，是不可以的。人不可金玉其内，败絮其中，不可以拿学问作为自身的装饰，如此读书又有何用？

《弟子规》教我们做人，做一个有道德、懂礼仪的人。很多家长和老师只看重孩子的学习成绩，忽略品德教育，结果虽然孩子成绩越来越好，品德却越来越差。孩子读书学知识的真正目的是什么？这个是开始就要明确的问题，因为我们要帮助孩子树立正确的人生观，走人生的正道、大道。中国传统道德教育，让我们明白做好一个人才能做好一切事。

熟读《弟子规》让我感觉神清气爽，它仿佛对我进行了一场德行的洗礼，使我心里愈发明亮！

先学"修身"与"齐家"

说起"修身"和"齐家",我们今天的人思考得很少。"身"与"家"很重要,身不修好,家亦不会和睦。古代有学养的人大都先"修身""齐家",然后才"治国""平天下"。因为只有做好人,处理好家庭关系,才能治国、安邦、平天下。这样的例子在中国历史上比比皆是。例如,商周时期的姜子牙、春秋时期的范蠡、汉代的张良,他们在修身方面都做得很好,给后人树立了榜样。

今天的父母已经不注重子女修身了,只注重学习文化知识,将来考大学有个好前程。殊不知没有良好的品德,光有知识、文凭能有多大建树?品德需要一点一滴地培养,人的习惯一旦养成就不容易改掉。平时看似博览群书,通达无碍,却未必在道理上豁达明白。有的人胡子眉毛都白了依然不懂得何为修身,遇事与他人争得脸红脖子粗,急了骂娘,完全没有一个成年人对事情的审时度势、沉着稳重的修为。而一个学养好的人就不一样了,无论在什么时候遇到什么事都可以平和、谦让,令大家尊敬。

如果父母修养不好常常冲孩子发脾气,话语会伤及孩子自尊,也会在孩子心里埋下不好的种子,这是反面的"言传身教"。反之,父母不急不躁,有良好的修养也会影响孩子,帮助他们建立美德。我认识一位只有初中学历的妈妈,她善良、脾气温和,从不高声和女儿说话,最重要的是她深知读书的可贵。女儿上小学二年级的时候,见别人的妈妈教孩子读《大学》《中庸》,可里面的很多字她都不认识,她知道那是圣贤之书,一定有益。于是她买书回家，一个字一个字对着字典查，然后注上拼音。别人问她懂其中意思吗？她摇摇头。别人又问那你学来有什么用？她回答："那里面有很多做人的道理，女儿学会，将来用得上。"这个妈妈很有智慧，懂得人之大伦必学为先！功夫不负有心人，女儿从小到大品学兼优，对妈妈特别孝顺。

因此，修身为第一要著。孔夫子所说的修身，就是学做人的道理，就是心灵的教化。孔子一生不懈地教化民众，提出修身的先决条件是格物、致知、诚意和正心等学说。教化人的事业是十分艰巨而任重道远的，孔夫子坚持自己的教学理念，不遗余力，一生劳苦奔波，我们后人应该铭记。今天的年轻人看似追求很高，实际上茫然没有方向，好像行走在一片一望无际的沙漠里，四面不见物，举头不见月。想一想，自己究竟需要什么？是遮风的帐篷，还是维持生命的水？其实都不是，是我们缺少了修为。修身，是让自己具备定力，克制情绪，转变心念。只有当自身平和，天地阴阳才能调和，万物才能和谐生长。

当我们明白了这些，立刻会豁然开朗，似乎徜徉在天地之间，万物皆在我胸。这些年的磨砺让我思考了很多，最终回归到儒家的思想上去，用圣人的思想智慧开启我人生的枷锁。我希望自己做一个低头拾稻穗的人，只顾一心一意，不左顾右盼。

有这样一个故事。一个人问哲学家说："从地到天究竟有多高？"哲学家回答："二尺高。""为什么这么低呢？我们人不都长得有几尺高吗？"那人十分不解。哲学家回答："所以，凡是超过三尺高的人身，要立足于天地间就要懂得低头。"那人低头不语了。所谓"低头是稻穗，昂首是莠稗"，我们都知道越成熟的稻穗越低垂，只有稗麦头才抬得高高的。

修身，则先忍辱。别人批评你几句，你生气哭鼻子，你要想想他批评你的话有没有道理，你是不是真的哪里没有做好？汉代名将韩信受胯下之辱的事情大家都知道。有一次韩信走在路上，有个人见他不顺眼，便说："你看起来挺神气，不过，只是中看不中用。有气魄的话，你就来杀我；不敢，就从我胯下爬过去。"韩信忍一时之气，从那人胯下爬过。我给孩子们讲这个故事，男生们听了义愤填膺，我知道忍辱观念正在他们心底悄悄地滋长，再也不别人打我一拳，我还别人一掌了。成就大业必须先承认自己的短处，而且不怕低头，这才是大气魄。我想起刘禹锡《陋室铭》中的一句："谈笑有鸿儒，往来无白丁。"一个人跟贤才儒士往来，一定会招来满室幽兰之香。

身修好了，才可以齐家。齐家就是治理家政，使家庭成员和睦相爱，是君子修身的一种境界。远古时期，舜是一个齐家的高手。舜母亲早亡，父亲娶回继母，继母心肠歹毒处处陷害舜，但舜心地善良、宽容，从不计较。后来继母生了同父异母的弟弟，弟弟在母亲的影响下也陷害舜，在父亲面前讲舜的坏话。但这些舜都不放在心上，仍然对父亲和继母毕恭毕敬，对弟弟关心、友爱。这一切被尧帝看在眼里，他想：对父母孝顺，对兄弟友爱的人一定能成大器。于是尧帝奖赏舜一些财宝，又把娥皇、女英嫁给了舜。后来尧帝老了，还把王位让给了舜。

心平气和、礼貌谦让是齐家的根本。在家里，我们要为父母分担忧愁，爱护年幼的弟妹，做好自己应该做的事，凡事不计得失，家庭才能稳定幸福。现在有很多家庭父子不睦，夫妻不顺。我见过父母闹离婚子女无人管教的家庭，孩子在社会上流浪，无家可归，最后误入歧途。父母们真的应该好好想想，家对孩子成长很重要，夫妻间一句冲动的话会给儿女心里造成一生抹不去的阴影或创伤！

我们给孩子良好的教育，一定先教育好自己，做好孩子的榜样。诸葛亮在《诫子书》中说："静以修身，俭以养德。非澹泊无以明志，非宁静无以致远！"多么开阔有内涵的忠告啊！静是一种生命的姿态，是定力，有简朴方可养德。闲者为静，动者为躁，人在安静中才能审视自己的毛病，察觉内心的浮躁。诸葛亮短短几句话，道出了人生的大智慧、大境界。

齐家、治国的根本还在于修身,"修身而后齐家,齐家而后治国"。古人修身、齐家的故事虽然过去千年了,与我们今天的生活距离很遥远,但是我们仍然能够感觉到他们的精神的力量。在岁月的长河里,飞流直下,穿越山涧峡谷,或是大浪淘沙,物竞天择,留给后人的是珍珠和黄金。

少年壮志

以前与孩子们在一起的时候熟知他们的事情,却没有觉得有什么不平常,如今离开他们反而能想起他们很多的事情……在这个日新月异的时代里,知识每天都在更新,稍微眨一下眼睛的功夫就可能落后,尤其像我这个年龄的人,学习知识的能力已不如前,记忆力也衰退了。看到早年教过的学生如今大多已学业有成,他们一个个见多识广,知识比我多,想法比我新,我心里无比欢喜。现在的小学生更了不得,聪明伶俐、手疾眼快,学什么像什么,我不得不感叹"芳林新叶催陈叶,流水前波让后波"。

但对当代的少年儿童,我仍然有几句中肯的话语:学再多的知识,不如先学做人,做个品德端正、德才兼备的人,做个能为他人着想的人,这样的人生之路才会越走越宽。我们的少年要有对生活的热情和对梦想的追求。一个人不能对生活失去热情,一个少年不能对未来失去热情。热情是心中的火苗,没有这团火苗,生活将会是一片死寂。爱亲人、爱师长、爱朋友、爱自然、爱祖国山河,爱生活中的一切,因为世间的一切都因爱而生长繁荣世代不息。另外,我们的少年不能少了梦想和抱负,一个人没有梦想心里空洞,就好比一部发电机不会发电一样。梦想和抱负是青少年必须具备的,应该从小培养远大的梦想和抱负,例如:钻研科学知识的梦想、遨游蓝天的梦想、飞跃太空的梦想……梦想给人插上一双飞翔的翅膀,会越飞越高。其次,我们的少年要有吃苦精神和奋斗精神,像大禹治水一样长途跋涉不辞辛苦。吃苦是福这句话至今仍然不过时,每个人都是从苦中走过来的。所以今天我们的少年，要懂得吃苦是福，敢于经历苦难才能坚定信念！没有吃苦精神就没有担当能力，会成为一介懦夫。我们不能被人小看，我们有铮铮铁骨，还有顶天立地的气概！另外，我们的少年还要具备生命不息、奋斗不止的拼搏精神。成功不是因为有出众的天赋，而是靠长期的勤奋、坚持，因为付出和收获是成正比的。最后，我们的少年要有"壁立千仞，无欲则刚"的精神和包容万物的胸怀。高山因为没有钩心斗角的凡世俗欲才威严挺拔，人心因为包容天下才能扭转乾坤。我们的少年也当有高山的精神，在困难面前临危不惧，大义凛然！

除了以上三点，我们的少年还要有百善孝为先的品德。一个人不能缺乏对长辈的敬爱之心，这首先体现在孝顺父母上，敬爱和孝顺是做人的根本。父母一生操劳辛苦，我们要多替他们着想，遇事多听取他们的意见，不可无理顶撞。我们的少年要尊敬师长，团结同学。古人讲"一日为师终身为父"，师长是培养我们走向成才的引路人，我们应当一生牢记恩师的教诲，不辜负他们的期望。对待同学要友爱和谦让，不可傲慢自大、趾高气扬。任何时候我们都会有不懂不会的问题，请教他人应该谦虚、恭敬！

梁启超先生的《少年中国说》中有一句话时刻警醒我们："少年智则国智，少年富则国富，少年强则国强，少年独立则国独立，少年自由则国自由，少年进步则国进步，少年胜于欧洲，则国胜于欧洲，少年雄于地球，则国雄于地球。"这是多么有力而富有民族气节的话啊！今天，我们的国家强大了，我们的人民富裕了，少年有青云之志，青年有鸿鹄之志，这是我们民族的荣耀，也是我们国家的骄傲！

少年是祖国的未来，因此少年要热爱科学，走科学兴国之路。教育要以素质教育为依托，培养学生的科学精神和科学态度，帮助学生建立完整的科学知识观与价值观。有了这些，才能少年壮志，有志者事竟成！

何为师道

何为师道？心正则为师道也。作为一名教师首先要心存正念，念正才能气正，气正才能言正，言正才能行为正、仪表正。在教学过程中，教师心正学生才有良好的学习态度，才能建立正确的人生观和世界观。一个教师要行端体正，行走坐卧不忘学养，这才是教师必备的素质。仪表正也很重要，教师的穿戴不可太随意、太奢华。因为教师要站在讲台上面对众多的学生，仪表简洁大方能体现教师的仪态之美和精神之美。

如今某些教师师不尊、言不正、利己不利人，总想着名誉、权利、住房、待遇等，心不在教学上，因此教师的形象打大折扣，与人类灵魂工程师的称谓相去甚远。《礼记·学记》中说："大学始教，皮弁祭菜，示敬道也。《宵雅》肄三，官其始也。入学，鼓，箧，孙其业也。夏、楚二物，收其威也。未卜禘不视学，游其志也。时观而弗语，存其心也。幼者听而弗问，学不躐等也。此七者，教之大伦也。"意思是作为教育者应该具备一定的素质，人民教师是高尚的职业，不能有半点功名利禄之心，不然教育就成了一潭浑水，而失去了"问渠那得清如许，为有源头活水来"的意义。

何为师道？韩愈的名言："师者，传道受业解惑也。"教师首先要教育学生有正确的道德观念，没有良好的道德一切高学历都化为零；其次，把科学和先进的知识或技能传授给学生，教育理念要不断更新，不能抱着老观念不放；再次，还要帮助学生答疑解惑，这是中国几千年的师道精神。孔子云："三人行，必有我师焉，择其善者而从之，其不善者而改之。"人人皆是我师，学生在某些方面也可称为老师，因为每个人身上都有"我师"的长处。教师在做人上要与人为善，待人宽容，严于律己，这不仅是修养，也是为人师的标准。尊师重道是中华民族数千年遗留下来的伦理道德，俗话说"一日为师终身为父"，可见古人对教师的诚敬。

学生只有一次成长的机会，不像童话里的人物可以重生，所以在教学中教师要多听学生的心声，根据他们的心理接受程度，给予学生最适宜的帮助。

在学校，教师传授学生丰富的知识，也要给予他们关心和爱，这不光是师生之爱，还包括父母之爱、兄妹之爱、朋友之爱，同时教师自身也会收获快乐。学生除了在学校学习知识，还会与教师朝夕相处，尤其是小学老师，得像妈妈一样爱护学生。小学生模仿能力特别强，教师的每一句话、每一个动作、每一个眼神，都会成为他们模仿的对象。如果小学教师德行不好、语言不文明、思想不纯净，也会给学生造成不好的影响，误导孩子的成长。因此，幼儿教师和小学教师更要做到正心正德，以此教育学生做一个品学兼优的人。而对待中学生则不同，中学教师是学生的启明灯，为他们一路带来光明和指引。中学教师要思维敏捷，要有足够的智慧和独到的见解，最好是满腹诗书。学生提出的每一个问题教师要能对答如流，答疑解惑，此为师道！再次，小学生和中学生在教学上要有区别。小学生不具备自我管理和约束能力，离开大人会信马由缰，所以小学教师要温和、耐心，做到"知其心，然后能救其失也"。而中学教师却不要求面面俱到，因为中学生思想逐渐成熟、有主见，他们也不喜欢被"唠叨"。所以中学教师切记少说废话，千万不可以把自己在家管孩子的习惯带到班上来，那样会引起同学们的反感。中学教师不光要正心、正念、正气，还应端正威严，但不能肆无忌惮；应该诙谐幽默，但不放纵松懈；应该大方洒脱，但不任意抓狂；言谈举止要有分寸，讲课既要"润物细无声"，又要"铁马冰河入梦来"。

除了言行的影响，教师还要对学生的道德产生影响。我国著名教育家陶行知先生在这方面有一个真实的事例，我们需要学习。有一个男生用泥块砸班上的同学，被校长陶行知发现制止后，命令他放学后到校长室去。放学后，陶行知来到校长室，男生早已等着挨训了。可是陶行知却笑着掏出一颗糖送给他，说："这是奖给你的，因为你按时来到这里，而我却迟到了。"男生接过糖。随后陶行知高兴地又掏出第二颗糖放到他的手里，说："这是奖励你的，因为我不让你打人时，你立即住手了，这说明你很尊重我，我应该奖励你。"男生惊讶地看着陶行知。这时陶行知又掏出第三颗糖塞到男生手里，说："我调查过了，你用泥块砸那些男生，是因为他们欺负女同学。你砸他们说明你很正直善良，且有跟坏人做斗争的勇气，应该奖励你啊！"

男生感动极了，他流着眼泪后悔地喊道："陶校长，我错了，我砸的不是坏人，而是同学……"陶行知满意地笑了，他随即掏出第四颗糖递过来，说："为你正确地认识自己的错误，我再奖给你一颗糖，我没有多的糖了，我们的谈话可以结束了。"

看看，这才是教育的智慧！所以，教育学生不应该用训斥、苛责、打骂等粗鄙的方式，而应该用平心静气，换位思考，旁敲侧击，对比设喻等方式来教化对方。很多时候，微笑比严苛更有力量，赏识比批评更具激励作用。滴水穿石，胜过暴风骤雨，和言良意，默化潜移。

还有，中国著名教育家、西方戏剧以及奥运会在东方的最早倡导者、被誉为"中国奥运第一人"的张伯苓先生也十分注重对学生进行文明礼貌教育，并且身体力行。

1919年之后，张伯苓先生相继创办南开大学、南开女中、南开小学，为我国教育事业做出了杰出贡献。

张伯苓先生经历过这样一件事。一次，他发现有个学生手指被烟熏黄了，便严肃地劝告那个学生说："吸烟对身体有害，要戒掉它。"没想到那个学生有点不服气，俏皮地说："那您吸烟就对身体没有害处吗？"张伯苓对于学生的责难，歉意地笑了笑，立即唤工友将自己所有的吕宋烟全部取来，当众销毁，还折断了自己用了多年的心爱的烟袋杆，诚恳地说："从此以后，我与诸同学共同戒烟。"果然，打那以后，他再也不吸烟了。

　　一个学生不能只读书，要懂得人生之道；一个老师也不能光教书，要懂得教学生做人。陶行知先生说："智仁勇三者是中国重要的精神遗产，过去它被认为'天下之达德'，今天依然不失为个人完满发展之重要指标。"

　　我们应当向中国的教育者致敬！

化腐朽为神奇

庄子的博大精深，只一句话就令人思考很久。"化腐朽为神奇"出自《庄子·知北游》。我记不得是什么时候看的，也许很早了，这不重要，重要的是这句话一直启发着我、改变着我。

"化腐朽为神奇"从字面上解释是变坏为好，变无用为有用，它放之四海而皆准。

我回想起自己小时候就像一块"朽木"。想上学，想和同学们一样坐在教室里上课，可我不行；我想有健美的身材，像运动员一样在跑道上奔跑，可我不行；我想像笑星那样往舞台上一站，下面观众就捧腹大笑，可我还是不行……我似乎除了生病，再做不了别的什么了。18岁我拿到身份证的那一刻，我怨老天对我太不公平，白活了18年！别人健康，我生病；别人上学，我自学；别人幸福，我不幸。这日子怎么过下去？我感觉所有的一切都黯淡无光，聊以自慰的是读书，以此救赎自己，忘却痛苦！

夜晚我常常问自己能否改变命运的安排，这痼疾带来的命运要伴随我一生吗？泪水涌出眼眶打湿了枕头。有一次，我看到海伦·凯勒的事迹，她生下来十九个月时因病失去视力和听力，可她通过自己的努力成为世界著名作家。由此可见命运是可以改变的啊！而我有眼睛、有耳朵、有双手，为什么不试试？一天，妈妈推我去一个地方办事，让我在门口等她，我看见旁边一个展览馆门前围着一些人，我把轮椅移到跟前，见一位戴八角帽的艺术家在现场做泥塑。我来了兴致，也在人群中看了起来。那位艺术家面前放着大大小小各种形状的泥块，他灵巧的手抓起一块泥巴三下两下塑成一个头颅，不一会儿又捏出鼻子、眼睛、嘴巴，太神奇了！突然间我觉得这个泥塑似乎有了呼吸和心跳，有了生命！

一堆烂泥巴都能变成一件艺术品，人是不是也可以呢？回家的路上我心里的乌云好像散开了。这件事在我脑海里思考了好几天，我想我也可以变成一个有用的人。很久以来我很自卑，也很茫然，认为自己是一个没有灵魂的躯壳。泥塑都有灵魂，我不能没有灵魂！我问大人灵魂是怎么进到泥塑里的？他们说："书里都有，去读书吧。"于是我开始读书，可我仍然没找到我想要的答案。我又请教有学问的人，他们说："人有灵魂，万物都有灵魂。这是不需要说明的。"

那时候我特别无知，对这个深奥的问题百思不得其解。终于有一天我知道了灵魂的来处：当妈妈生下我们的时候，灵魂就跟着我们的身体在一起了。灵魂是人内在赖以生存的力量，与我们的生命共呼吸，是我们生命的依托。这个谜解开了，从此我不再自寻烦恼、胡思乱想，每天快乐地生活。我感觉自己像一株向日葵朝着阳光的方向努力生长。

著名作家雨果说："笑，就是阳光，它能消除人们脸上的冬色。"

于我而言，笑是良药，我的病被这一剂良药治愈了。人生无论遇到什么困难，只要积极乐观就能战胜！当我的人生观发生了改变后，一切"腐朽"都随之变得"神奇"起来。我把良好的情绪带进课堂，潜移默化中孩子们也发生了变化。他们变得积极友善，互帮互助，而且学会体恤爸爸妈妈了，一段时间后学习成绩也提高了。很神奇吧？

每个孩子都有优点和缺点，我们要想办法把"腐朽"变成"神奇"，帮助孩子们建立一个正确的生活理念和良好的心态。但有的大人却有意往孩子身上贴标签，把还没有发生的事情事先就预测到了。有一位妈妈送女儿来上第一节课，对我说："我女儿胆子特别小，上课不敢发言！"她首先给女儿贴上"胆小"的标签，上课的时候这个小女生果然胆小得不敢发言。我对她说：

"不要害怕,你说话的声音很好听,来,大胆地读出声音来!"开始她声音很小,后面慢慢大了,我让同学们为她鼓掌,她有了信心。以后每次上课我们都鼓励她大声朗读,她胆子慢慢地大起来,对读书也产生了兴趣。通过这些我悟出一个道理:帮助孩子认识自我价值,鼓励并发挥他们的优势和长处,才能"化腐朽为神奇"!

也有这样的事情:孩子本身是一块玉,最后却变成了顽石,"神奇"没有了,剩下的是"腐朽"。

一次周末,我在大明宫遗址公园看见一群幼儿园的孩子在画画。地上铺开一条长长的画纸,小家伙们一个个撅起屁股趴在地上,憨态可掬,惹人喜爱。仔细一看他们画的房子歪歪斜斜,太阳落在小草上,肥硕的果实长在细瘦的树干上,实在太有想象力了!大人们都夸赞,小家伙们画得更起劲了。但接下来有点糟糕,一位年轻的、操着一口标准普通话的男老师开始指点孩子:"宝贝,你画得很好,但线条再直一些,房子歪了会倒哦!……还有蜻蜓应该涂上绿色!"有的孩子照他说的做了,画面好像立刻失去了点什么。这位男老师又对旁边围观的家长说:"您的孩子很有画画的天赋,尤其对色彩和造型的把握很好,来我们班学画画一定会大有进步,我们经常有幼儿简笔画大赛、各项美术大赛等机会……"

哦,原来是这样!这完全丧失了教育的本来功用,利用一群无知的儿童在大肆宣传、提高自己的声誉,以此聚拢生源。对这样的招生我是蔑视的,在我的教育法则中坚决不提倡!

孩子的作品充满想象力,大人的参与只会画蛇添足。要知道儿童天生具有灵气和悟性,几乎一点即通。孩子的求知欲与生俱来,想象力也是天才级的,画的画完全可能出人意料,而大人太自以为是了。大人喜欢让孩子按照自己的方式成长,这大大违背了孩子先天的禀赋,剥夺了孩子的创造力。孩子有自学的本能,例如:他们会观察天空的云,会思考云为什么变化出各种形状。他们会发现植物生长的奥秘和天气以及光线之间的关系。他们还善于和动物交流，因为他们懂得动物的语言。他们随时随地都会有很多奇思妙想，经常令大人惊讶和喜出望外。我们不过年长孩子几岁，且不要像老先生一样说一些老生常谈的内容。其实很多时候孩子是我们的老师，能点醒我们对万物的贪恋和痴迷！如果大人能与孩子促膝交谈，了解他们的兴趣和志向，和他们一起追逐打闹，互为乐趣，会让你有新的发现！教育者的任务是帮助孩子建立健康的心态，让他们时刻感受成长的快乐，而不是在他们本有的"神奇"上制造"腐朽"。

有一位妈妈有三个孩子，第一胎是女儿，第二胎是双胞胎儿子。妈妈辞了工作专心在家带三个孩子。她每天做饭、洗衣、接送孩子们上学放学，这已经够忙了。可她还养了一条狗，每天晚饭后必须下楼遛狗，还要给狗狗剪毛、铲便便。孩子们也学妈妈样儿给狗狗剪毛、铲便便，把狗狗收拾得干净又漂亮。我经常在两个双胞胎兄弟的作文中看到他们对小动物的描述，看得出养小动物培养出哥儿俩的善心和爱心。最令人敬佩的是这位妈妈一天到晚做着重复的家务劳动却乐此不疲。有时候她像个长不大的孩子与儿子们争薯片吃，和他们藏猫猫。每次下课她骑一辆电动车来接两个宝贝儿子，前面带一个，后面驮一个。同学们又是羡慕又是好笑。我也喜欢这位妈妈，有时候我们会聊几句。她说起孩子玩泥巴和喂养的狗啊猫啊的糗事笑得前仰后合，我们也被逗得哈哈笑！有时候这位妈妈也会对儿子们严加管教。有一次兄弟俩脸上挂着泪痕，我问发生什么事了，他们说妈妈骂他们，中午还不让他们吃饭，惩罚他们干家务劳动。我问原因，他们说因为没有完成作业。听到这里我心中明白了，两个小家伙分明是偷懒才受到妈妈的惩罚。我说："该！"俩小家伙垂头丧气地坐下。这位妈妈对孩子的教育奖罚分明，不娇惯，不纵容，有错误不过夜，令我很佩服！后来她又收留了亲戚家的一个男孩，还帮别的家长带管两个孩子。这样，她家更热闹了，两个大人、六个孩子、一条狗，但是她乐在其中！当一个人内心快乐大于烦恼、包容大于狭隘、善良大于自私时，当一个母亲心胸宽广能容纳万物、品德高尚能博爱天下时，孩子的教育就不会成为一个家庭问题或一个社会问题。有句话说得太对了：一位好母亲胜过一所好学校！

天下的母亲都有"化腐朽为神奇"的本领。婴儿呱呱坠地，她们精心哺育，孩子一天天长大，就像枝头绽放的花朵，就像小树苗壮成长。那是人生最大的幸福！可是也有愚笨一些的妈妈。一次，一个妈妈问我怎么能让她儿子喜欢读书？我说每天您能保证和孩子一起阅读三十分钟，孩子就会爱上读书。她听完回去了。一周后她跑来说："这个礼拜我儿子非要读书，可我没有让他读。"我奇怪地问为什么。"书看多了对眼睛不好，我偷偷把书锁进柜子里了。"我听了简直哭笑不得，同时又为那个可怜的孩子感慨，连读书都得听凭妈妈的安排！这个妈妈实在太糊涂，对孩子的教育理念走入了误区！

那时候班上不断来新生，我初见一个孩子总要问："你喜欢玩什么？"家长有些不解，这个老师不问学生喜欢学什么，读什么，偏问喜欢玩什么？会不会不务正业？但是这样问有我的道理。了解孩子的喜好，可以因材施教，也知道孩子平时有没有说谎的习惯，因为讲实话通常会挨骂。大人认为贪玩的孩子一定不爱学习，其实这是两码事。小孩子哪有不贪玩的道理，哪有贪玩不聪明的道理？凡贪玩的孩子都爱动脑筋，思维活跃，学习一定不成问题。从我面前走过的孩子，我知道他们喜欢什么、不喜欢什么，或者有哪些逆反心理，这叫察言观色。而对待调皮好动的孩子，我只训练他们去观察、去实践，而不和他们讲太多的道理，因为道理不入他们耳，反而会把道理当成"妈妈"的唠叨。只有当他们身体力行把一件事情做好了，事情的本身就是对他们最好的教育和奖赏。

我们都有过童年，有过无知，有过不快乐，有过逆反，犯过错误，也有过不听大人话的时候，何必要求孩子成为一个完美的人呢？如果把以上这一切看成是孩子童年必须经历的过程，我们就明白了教育的真谛。

有的孩子本身就很"神奇"。有一天清晨，我开着轮椅在小区花园里溜达，看见一个10岁左右、头扎马尾辫、身穿运动衣的小女孩。她在晨跑，清风吹拂起她额前的碎发，阳光洒遍她的全身，她奔跑的节奏在我视线中一起一伏，太美了。我不由地跟上她的节奏，学生们经常说我是花痴，盯住一个孩子就看得出神。我喜欢这个美称。我把轮椅速度调到和她的步调一致，我顿时觉得我的双腿也在发力，好像随着她的节奏跑了起来。小女孩转过头朝我笑笑，牙齿如白玉一般洁白。

"老师，我见过您！"

"哦？"

"我还知道您作文教得好。"

知道得不少啊！

"我的同学王晓琪是您的学生，她的作文在我们班上经常被班主任表扬。有一次她的作文还在报纸上刊登了呢！"

"我记得王晓琪的名字。"我说。

"我也想学写作文，您收我吗？"小女孩停住脚步双手背着，那神采奕奕的眼睛让我没有理由拒绝。

当天下午小女孩和妈妈找来了。

她上课的时候也在微笑，和同学说话也笑眯眯的，那笑容如烂漫的春花，如初春的阳光，同学们都喜欢和她在一起。她写作业十分认真，错一个字立刻用橡皮擦掉，重新再写一遍；读书朗朗上口，感情运用得恰到好处，发言有条理，从不慌乱。说实话，我对这个新来的女生心生偏爱，我想她的素质注定她一定会有个美好的未来，因为爱笑，对生活充满向往，幸福就会一直跟着她。

老师在孩子学知识的同时，还要帮他们建立良好的学习习惯，培养他们的兴趣，鼓励他们发现和探索。作文课不单单是写一篇文章，而是教会孩子提升认知能力和创造能力，发掘他们内在的潜能，这才叫"化腐朽为神奇"。

用心灵教化学生

《庄子·内篇·德充符》讲：鲁国有一个人叫王骀，被砍断了一只脚，而跟他学习的弟子却和孔子一样多。

有一次，常季问孔子："先生，听说王骀被砍断了一只脚，可跟他学习的人和跟先生您学习的人一样多。这是为什么？"

孔子说："他是圣人啊。如果有一天我见到他，一定拜他为师。"

常季说："我还听说王骀对弟子从不用话语教诲，也不发表自己的议论，但弟子们去拜见他时空杯而来，满载而去。难道世上真有不用言语，没有形式，光用心灵教化弟子的人吗？"

"我都这么想，况且那些不如我的人呢？我要让天下人都去做王骀先生的弟子！"

常季又问："他是如何做到让心灵达到这种境界的呢？"

孔子说："他能控制自己的心意，不随生死而变……并守着真正的根本大道。懂得这些，他可以不用耳目辨别是非，而把心灵放在道德上，达到最高的境界。他视万物为一体，所以不会在意自己断了一只脚。对他而言，失去脚又有什么关系呢？"

王骀丢掉自己外在的丑陋，以高贵的品德和智慧教化弟子，并受到弟子们的敬爱。我也不能用双脚走路，可我做了些什么呢？我仿佛一下被警醒，反思这些年来走过的路，虽然有一些自己的教学思路，但是远远不够啊。我要向王骀学习，做个用心灵教化学生的人。

记不清教过多少学生了，反正各种性格的我都见过，甚至有心理障碍的儿童和自闭症儿童，还有身体残疾的儿童。家长们是慕名而来，听说这个老师教孩子有方法，就带孩子来听一听。有一次，班上来了个四年级女生，同学与她说话，她目光冷冷的不回答，我对她说话，她也目光冷冷的不回答。她妈妈单独和我说女儿患有自闭症，我说我没有教过自闭症儿童，不了解他们的心理，这是实话。可妈妈说她就想让女儿来听听，她希望我试试，哪怕女儿有一点点的变化。她不要求成绩多好，只要女儿快乐就行。我常常被妈妈们的良苦用心打动，完全理解做妈妈们的心情，所以我答应了。

上课的时候小女孩坐在同学们中间，我有意识地接触她的目光，让她知道我很在意她，并且对她友好地微笑。有时我心生怜爱，自闭症儿童将自己与外界隔绝，生活在自己的心理世界，他们心里想什么没人知道，他们离世界很远，世界也离他们很远。

一开始，小女孩胆子小得像麻雀一样，椅子发出的响声都会吓她一跳。之前她妈妈说过女儿没有小伙伴和她玩，女儿一直很孤单。我希望这个班级的爱会慢慢感化她，给她幼小的心田注满温暖和爱。

她每次看着我，我就对她微笑，不管她懂不懂。对她的作文优点我及时表扬，不管是不是合格，因为鼓励对她很重要。课间我让同学们叫上她一起去玩，因为她不会主动去玩，我希望她感受到有朋友的快乐。慢慢地，小女孩看我的目光不那么陌生了。过了一个月，她开始用眼睛看着我听我说话，这让我无比喜悦。每次，她想要书的时候就用眼睛看看我，我把书给她，她会看我，好像在说谢谢。时间久了她的目光同学们也能猜出一些意思来。有一次一个同学惊讶地说："老师，我知道她在说什么，她在说她喜欢咱们班级！"小女孩看看每一个人，又看看我，那一瞬间我高兴地想上去拥抱她！

我期盼着人类远离疾病，同时愿这些患有疾病的儿童早日从病苦中走出来，迎接他们未来美好的生活！

我还有过听力残疾的学生，那是一个上三年级的小女孩。因为听不见，所以口齿不清楚,她怕同学们笑话就不说话。开始她用手语和我交流,可是我一点也不懂,后来我跟她学会了一些简单的手语。她笑了,好像说:"你终于明白我的语言了,我们可以交流了。"

残疾儿童从小面对孤独,那绝对是置身荒原、独行沙漠的心境,我感同身受。所以我想尽力为这些孩子做点什么,哪怕为他们唱首歌,对他们说句鼓励的话,或学习上给予他们一些帮助,那都是我莫大的快乐。

有一次,我去智力残疾儿童机构看望那里的儿童,我给他们唱我小时候的歌:"小燕子穿花衣,年年春天来这里……"他们有的用眼睛看着我,有的对着我笑,有的对我拍手。我又唱了《丢手绢》和《采蘑菇的小姑娘》,直到他们的目光在我的歌声中变得柔和起来……

"孩子们,你们是最可爱、最勇敢的!来,让我们一起展开嘴角笑一笑,对,就这样,太棒了!"

那一张张天真可爱的笑脸像花儿一样绽放。这时,阳光住进了他们的心房,这就是正能量。

和孩子相处不是一件复杂的事,但是需要耐心、诚心、爱心。我教他们写作文,同时也兼顾和他们谈心,做他们的心理导师。你会发现这些小家伙们心里装的东西真不少,有些看似不是问题的问题,都是需要关注的教育细节。

班上有孩子说话紧张,还口吃,同学们都笑话他。对此我说:"同学们,讲话前不要紧张,想好再说,也可以慢慢说。如果还是觉得紧张,那么可以先拿一篇课文来读,读着读着你就会口齿清晰了。来,现在让我们齐声朗读课文《白杨》!"

朗读声响起,同学们声调一致,激情满怀,正如白杨挺拔向上的精神。

人有所长,也有所短,帮助孩子们发挥特长,同时也不要忽略短处,因为短处可以变成长处,这是一个此长彼消,或此消彼长的过程。我认为人的悟性和灵感是天生的,如果能保持一颗少安毋躁的心,悟性和灵感就会彰显并发挥出来。

王骀的教育方法看似高明，也最简单。他只要往那里一坐，学生们就已经有了学习的动力。老师通达了，学生才能贯通。后人不懂这个道理，给学生满灌，最后适得其反。

心是万物之源。庄子说："与接为构，日以心斗。"人总是与自己过不去，日日给自己结网，最终把自己网住。要么每日与心做斗争，有的斗争一辈子也没有弄明白，真悲哀！

每个生命都会留下精彩的瞬间，也许是流星滑过夜空，也许是日月照亮山河，也许是江河湖海波澜壮阔，而没有精彩就不会有永恒！

卢高地老师就是以心灵教化学生的人，他老人家退休后办自学英语班，还资助贫困生。陕南山区的邓学莉老师也有高贵的品格，她自办山创小学，用爱心义务教学，在当地美名远扬。还有青莲国学班的张新娟老师也是以心灵教化学生的人，她对每一个学子都充满仁爱，做到爱人如己。他们都和王骀一样，有一颗质朴的心，以教育为本，是人类灵魂的工程师。

以心灵教化学生，要先树立学生的自信心，然后建立他们的人生观、价值观和世界观。如果他们再有对未来的愿景，那就更好了。孩子可以少一些兴趣爱好，但不能没有未来的愿景。愿景是人对生活的创造力，是奋斗的目标。有愿景的人，他的未来不彷徨，不懈怠，不蹉跎，会充满希望。

我们可以像王骀一样用心灵教化学生，老师心无杂染，如孩子一般保持单纯，才能与他们心灵相通。

家长与孩子沟通不了时，他们会向我告状。例如：孩子不听话，让他们写作业，他们偏磨蹭；让他们读书，他们偏看电视；让他们洗澡讲卫生，他们偏藏在屋里不出来，处处逆反，事事不从。我只要轻轻地对他们说："快点写完作业，有很多好玩的东西等着你呢，如果你磨蹭时间就玩不到了！"他们保准第一时间写完作业，因为他们才不想失去玩的机会。或者"你没听说过台上是疯子，台下是傻子这句话吗？然而智慧的人才会去读书！"他们听见一溜烟跑去读书了，因为他们才不想成为傻子呢。在我跟前他们乖巧得像兔子一样，不爱学习的淘气包也很快对学习产生了兴趣。我天生有童心，与孩子们做朋友，所以他们听我的。我与孩子们结为一伙，所以顺理成章地被他们接受和喜爱，成为他们的良师益友。

对孩子讲话我从不啰唆，也从不拖沓，他们说我是润物细无声。我发现语言艺术在教学中有着不可忽视的作用。可是有些老师听不懂孩子的语言，别看他们博览群书，会那么多网络新名词，但那不等于他们有资本。我认为必须给孩子新鲜的东西、能让他们反复咀嚼的东西，所以我们首先要提升自己的文化知识。俗话说自己有一桶水，才能倒给孩子半桶水。

一般老师布置的作业都是写啊算啊的，我布置的作业是阅读、观察、做事，还有手工、音乐、下棋等。家长不理解，说手工与作文八竿子打不着啊！这话不对，所有的知识都是相通的。做手工，可以写成作文；听音乐，可以写对音乐的感悟；下棋，可以写战术，有什么不对呢？小学生正是培养情趣和爱好的时候，有了爱好、情趣、想法和感悟，还愁写不出好作文吗？我很少长篇大论讲写作技法，因为每个人需要的方法都不是固定不变的，适合学生的才是最好的方法。

以心灵教化学生还可以是一个眼神、一个微笑、一句"你真棒！"或者一个热烈的拥抱，这些都可以唤起孩子们学知识的信心。

从王驰的故事里我悟出一个道理：老师的责任就是塑造学生的灵魂，帮助学生筑梦和搭建通往理想的桥梁。

教学之道

文从心生

说到创作儿童文学,一定离不开我与孩子们相处的那些经历。我教孩子们写作文,孩子们教我成长,我们互为人师。在多年教与学的过程中发生了许多有趣的事情,这些都成为我写作的灵感和素材。

那些年,我白天讲课,晚上写作,精力还十分充沛,完全没有了病态。我写下很多儿童故事和童话,还出版了几本书,似乎小有成绩。做每件事都需要在适合的年龄里进行,这好比农民播种,合适的季节才有助于农作物生长和收获,但是一定不能为了收获而播种。

曾有一个媒体记者问我:"您的儿童文学源于学生吗?"

我说:"是的,源于我和同学们共同的感受和体验!"

真是这样的,一个作者写自己经历的生活,这有什么难的?拿起笔灵感会迫不及待地往外冒,哪里有让你休息喘气的时间。就像1989年我写小说《秋之梦》一样,那是我童年和青年时代经历的生活,一闭上眼睛,我就会看见那些熟悉的场景:那条狭窄拥挤的街道,那一间间错落的简易平房,还有那些质朴善良的人们……根本不需要我多想。

而我和文学的不解之缘来源于读书。小时候,有书读我就不想玩,甚至不想病什么时候会好。书,总会萌生我对未来的憧憬。这样读下去吧,我想。十七岁那一年我终于忍不住写下一篇名为《秋叶》的歌词,经过舅舅的指导,我寄给了《宁夏日报》,不久便发表了。当收到样报和一张8元的汇款单时,我高兴坏了,从那一刻起写作成为我的理想和追求。我开始奋笔疾书,写我的所思所想，并开始在广播电台播出，当时我收到很多听众来信；后来又在全国报刊上发表，就这样我的美名和荣誉来了……井底之蛙只看得见井口大的天，没有经过时间考验的文字，又怎能站得住脚呢？它们终要被时光埋没，这是客观规律。很多前辈不为名利，怀着对文学的热爱和崇敬，为文学奋斗一生。而我呢？发表了几个豆腐块就得意洋洋，太自不量力了！我决心不写了，又回到无所事事看闲书的日子，但心又好像被什么牵着，总也丢不掉，这很折磨人！我一边教学，一边体验生活，希望突破自己，在写作上能有一个质的飞跃。这中间同学们写作遇到困难，我鼓励他们不要轻易放弃，只有坚持才有进步。等我再次拾起笔，已经是2005年。

我一直坚持文从心生的创作原则。文思如泉水一样喷涌，如溪流一样流淌，如瀑布一样一泻千里，那是写作的最佳状态。如果一味地靠挤压出文字，会打破文章的意境，这样的文字是不会打动读者的。

我告诉同学们，不要怕困难，你在困境中的所思所想就是你文章的骨架，读书积累的词汇就是皮肉。皮之不存，毛将焉附？我在写作中也吃过很多苦，是与疾病抗争身心受尽煎熬的苦。2003年因为生活发生了一些变故，我随之陷入困顿和茫然。那段时间我几乎夜夜失眠、发脾气、摔东西，心情坏到极点。我问自己到底想要什么？经过一段时间的反思，我发现了一个问题：心不正，则文不能达意。不要以为人心都是正的，非也。当情绪来临的时候、当生气懊恼的时候、当私欲没有得到满足的时候，心很容易歪斜，一旦克制不住就会生出祸患。当我意识到这个问题很严重的时候，我开始冷静下来修正自己。直到2007年转型写儿童文学，我发现我的春天来到了，眼前姹紫嫣红，春色迷人。接着一篇篇童话、小说、散文如婴儿呱呱坠地，我相继出版了《蓝色水印》《中国文化》等书。我对自己更有信心了，同学们是我的读者，他们看了都说喜欢，同时也提高了他们对写作的兴趣。我们师生你追我赶展开了一场生动的比赛。很快同学们中间也有作文在全国儿童期刊上发表的了。家长们见我就说："我孩子进步了，在学校被老师表扬了，谢谢刘老师！"我想这就是互为人师的道理。

同学们进步了，我也进步了，在写作上我们教学相长。一次，《陕西工人报》记者杨令青女士采访我，在采访结束的时候她忽然向我提出一个与采访主题无关的问题。

她说："很多残疾人写作都是自己写自己，你对这种写作视角怎么看？"

我想了一下说："这个问题我也思考过，我的儿童文学里几乎很少有我的影子，只有《秋之梦》是我唯一写自己的故事，但也有虚构的成分，只不过更文学化一些。从我个人而言，如果借写文章倾诉自己的不幸以此赢得读者的同情和好感的话，干脆就不要写了。每个人都有自己的苦难，谁愿意花时间看一个素不相识的人喋喋不休地说自己的苦难？反正我是不愿意看的！还有，残疾只是一种生理上的疾病，不可以当成对外宣泄的窗口，或者说残疾是个人的隐私，不需要人人皆知。中国媒体喜欢以残疾人自强不息的事例来为大众树立榜样，这可以理解。榜样的力量是社会发展进步的动力，但榜样不能太千篇一律，否则榜样就没有力量了。在我的写作生涯中可能表现更多的是人类命运的共同力量和永恒精神，这样才更符合我个人对生活的理解。"杨记者听完颔首微笑。

那几年我在儿童文学创作中如鱼得水，先后创作了《少年与丹顶鹤》《坏孩子的天堂》《谷小雨的秘密》《风信子话语》，还写了关于素质教育的儿童故事，如《笨鸟也高飞》《悄悄话》《时间就是动力》《疯狂老妈》等。每次同学们拿着我刚收到的还散发着油墨香的样刊看时，那聚精会神的劲头让我快乐！

文学好比信仰，让我有了寄托，让我的心灵不再感到孤单。我想就一边教学一边写作这样走下去了，然而，2005年我突然感觉生命的潜流进入了一种深层次的断裂，这种变化我很难用语言来形容，同时对人生有了更直观的思考。我始终认为思想使一个人有独立的个性，而个性取决于对生命深度的理解，最后取决于作品的生命力和社会价值。

那一年秋天我对自己说:"天气寒冷不算什么,饥饿也不算什么,只要心底对生的欲望不灭,任何时候都来得及!"接着,饥饿和重病朝我压了过来,我身体无力坐不起来,手不能操作键盘,只能躺在床上,只能安静地思考,时间好像静止了一样。一直到了2005年10月17日,我试着坐起来,把轮椅挪到桌前,打开电脑想看看近些天的新闻。屏幕上出现一条新闻,上面写着:著名作家巴金先生辞世。这条消息令我一惊,我回忆起之前的新闻报道说巴金先生病重在医院治疗,没有想到这么快就……

巴金先生一生人品高尚,他的作品里无不渗透着对文学精神的追求,读他老人家的作品能感受到他质朴的情怀和爱国主义思想。他老人家的去世是中国文坛的重大损失。他是用生命在写作,用思想在呐喊,他的文章给人以心灵的震撼和启迪。当代不会再有"巴金",不会再有文学思想的巅峰。

人品杰出,作品亦杰出,巴金先生向所有人证明了这一点!欲正人,先正己,这和教育同出一理。

当我熬过病榻上痛苦的时光后,我又可以给同学们上课了。在教学上,我也做到欲正人,先正己。

同学们喜欢在作文中用一些华丽的辞藻,看上去很美,读起来也上口,似乎没有什么不对的。其实不然,作文如果只为漂亮,就失去了言之有物的灵魂。我先从一个故事给大家讲起,故事的名字叫《陶母封鱼》。陶侃小时候虽然家里很穷,陶母却很注意儿子的品德教养。后来,陶侃做了小吏,有一次,他利用负责管理鱼塘之便,弄到一坛子腌好的咸鱼,让人捎给母亲。陶母知道儿子孝顺,但却没有吃,她命人原物送回,并写信给儿子说:"你作为一个官吏,私自拿公家的财物,不但不能让我高兴,反而增加了我的忧虑啊!"此后,陶侃牢记母亲的教诲,清廉正直,忠于职守,后官至征西大将军、荆江广州刺史、八州都督诸要职,成为东晋初期的重臣之一。听了这个故事后,同学们很快就发生了变化,有的不说谎了,有的乐于助人了,还有的待人大方了。苗小好修正,人小好改过。

作文要写真实的事情，要有真实的感受。有时候同学们也会遇到一些不好写的作文，例如"一件难忘的事""一件有意义的事"之类的命题作文。拿到这样的题目他们就开始挠头！小学生哪有那么多有意义的事写，"意义"这个词太大，我认为不符合小学生的写作范畴。遇上类似命题同学们常常绞尽脑汁，交上来的内容也不符合要求。但是"一件快乐的事"和"一件有趣的事"对他们来说就容易多了，因为范围缩小了，且易于表达。

我希望语文的练笔作文能多贴近小学生的日常生活。例如，小学低年级可以写自己吃过的一种食物，例如饺子。吃饺子的经历大家都有过，饺子的制作过程和对这道中华传统美食的喜爱之情却没有几个人仔细想过；还可以写写吃饺子过程中与家人的对话，这样就容易表达，小学生也会喜欢上写作文。小学高年级可以写读了一本好书或看了一部纪录片、一场电影，写自己的感受，写打动自己的情节以及由此想到了什么。如果今天去游泳或登山了，你就写一篇记事作文，描写登山的过程和一路看到的风景，这些都是真实的体验、生动的内容。小家伙们个个机灵，经过我点拨，有的同学茅塞顿开，作文成绩如芝麻开花节节高。

小学生要想写好作文一定要多阅读、多观察，展开想象的翅膀；中学生写作文一定要大胆表达自己对事物的见解，要有独到的议论。当然前提是学会科学地思考，因为思考总会把人引向光明。

有一次，我给初二同学上作文课，他们一个个无精打采的。我看出他们是对学习产生了疲劳感，从周一到周五在学校上学，双休日上课外辅导班，铁打的人也受不了。课外辅导要换一种方式，于是我说："同学们，现在我们放松十分钟，大家想趴着、想站着、想说话、想唱歌的都随意啊！"同学们不解地相互看看，有的耸耸肩。三分钟过去了，没有一个人动。

这时一个男生的嘴角嗫嚅了一下说："我们马上要中考了，天天复习，真想亲吻一下我沉睡的篮球。唉！"

"天天学习，我只想好好睡一觉！"

"我没空想别的！"

听了大家的发言我说："今天的课我们就从这'没空想别的'开始。"

"啊！这也能叫上课？"一个同学夸张地瞪大眼睛。

我看了一眼窗外笑笑说："今天天气不错，但我没空想别的，因为要给你们上课。你们看窗外刚下过阵雨，阳光多明媚啊，空气多好啊！"

我话音刚落，一个女同学说："好像没那么美，来的路上我不小心一脚踩进泥水里脏了鞋子！"

"我比你好点儿，不过下雨后公交车上像蒸笼，人在里面像热包子一样难受。"

"太阳出来才难受呢，一会儿回家一路晒，如果能开一辆奔驰就好了！"

十分钟很快过去了，气氛活跃起来了。

"你们说的都是写作文的素材，这才是你们当前最真实的生活和心理，就写这些吧！"我接着说，"鲁迅、郭沫若、朱自清……那么多伟大的作家都投身于文学事业，他们用毕生的经历完成了一部部不朽的著作，这说明什么？说明写作是一件十分有趣的事啊。我们要把无趣变成有趣其实不难，我相信你们一定会做到。"同学们的目光带着思考。

我接着说："成为一个作家，往大的方面说写作是表达作家的思想和见识，往小的方面说，写作是每天的观察、思考和发现，日积月累才有丰富的素材。你们刚刚都是有感而发，但光有感受还不行，要从中提炼出自己独到的见解，这样文章才有亮点，才能打动人。"

一个男同学举起手说："老师，我有一个发现，那天在家里我趴桌上写作业，忽然一抬头看见窗前低矮的院墙上长满爬墙虎，绿茵茵的一片非常好看！但是，我仔细看看，又发现爬墙虎遮住了一大片阳光。我的房间里一下阴暗了，我又联想到与世阻绝的生活。我们住在高楼上与楼上楼下的邻居老死不相往来，人与人之间少了交往，少了了解与沟通。我想如果能打破这样的闭塞，让人们相互走动往来，那样的生活才更美好！"

我立刻带头鼓掌，同学们也都鼓掌，后面的同学依次发言。顿时，作文课上同学们妙语连珠，出口成章。不一会儿，一篇篇作文就交上来了。

　　这些年文学在我心里愈来愈厚重了，有时我为此喜悦，有时为此忧心，但无论如何，我坚持走这条路，坚持把最好的心得和理念传递给同学们，告诉他们文从心生，才能下笔有神。

　　这算是我写作的一些心得体会吧！

取与舍

我开始学绘画的时候，把一张纸画得很满，解老师眯起眼看看说："画面要有取舍。"

"什么是取舍？"我纳闷。

"取舍就是选择表现主题的素材，舍去那些画蛇添足的东西，画面不要太满。"

解老师的话让我仿佛醍醐灌顶。我又画好一张拿给老师看，他点点头笑了。

从此，我知道了什么是取舍。后来，解老师还告诉我："国画重在意趣，即便留下一片空白，也会充满想象力。"我铭记在心，慢慢地便运用自如了。

之前，我在生活中也喜欢占有物品。每次去花卉市场，喜欢牡丹、爱慕芍药、怜惜杜鹃，最终也不过买走一两盆；逛超市，这个那个都放进购物车，回家一看很多物品用不上，堆满一寝室。后来想想一日三餐吃饱就好，占有是非常不聪明的选择。有句成语：贪心不足蛇吞象。当经历一些之后，我懂得了人生取舍的真正含义：月满则亏，水满则溢。

在教育上我们也要懂得取舍。家长给孩子报特长班，常常选这个挑那个，什么都好，什么都想让孩子学。其实有些不是孩子喜欢的，家长也要勉强。很多时候孩子是为大人而学，例如妈妈年轻时喜欢跳舞的理想没有实现，就强加到孩子身上，等等。

妈妈们经常在一起谈论："我孩子学的琴棋书画，你孩子学了什么？"

那个妈妈说:"我孩子只上学校的课程……"

"那怎么行,现在升学考试学生没有几种特长可不行。"

那个妈妈一听蛮有道理,第二天就给孩子报了好几个特长班,根本不问问孩子是否愿意。

有一次,一位妈妈给我打电话,语气很着急,我以为有什么急事。她说:"刘老师,我要给儿子报名上作文课!儿子的作文让我头疼,每次一写作文他就抓耳挠腮,所有的作文书翻一遍,东拼西凑完成任务,这样下去怎么行!我必须给他报作文班让他学习学习!"我以为这位妈妈是认真的,就对她说带孩子来吧。可过了两天,她又打来电话,同上次一样急切地说:"刘老师,我儿子不来上课了!我昨天给他报了一个夏令营,听说这个夏令营非常好,既能强身健体,又能学知识。我先让儿子去参加夏令营,等回来之后再上作文课,实在不好意思!"我的天哪,我真想问问她这么急于求成干什么?这样的教育会耽误孩子,尤其会让孩子盲目追随,丧失主见。我很担心!诸如此类的家长,我想问问他们:把孩子赶这么紧,是出于爱吗?他们才上小学,以后学习的日子还很长很长,现在给他们过重的学习负担对未来有益处吗?我为孩子感到担忧、难过!

教育最怕的不是小得小失,而是大得大失。当孩子处于受教育的最佳时间时,往往因为父母的主观决断断送了孩子的兴趣。我经常对家长说:"选择好一门课程,不要这山望着那山高,不要投机取巧,更不要太在意得失,要脚踏实地坚持下去。因为你坚持的过程中根本不知道后面会发生什么,更不知道会有什么结果,所以要把心力和精力都放在这个过程中,坚持到最后!"

什么是人最宝贵的?答案是生命。童年是培养孩子智慧的最佳时间,这时候一点一滴的教育都关乎后天的成长。学习不能像猴子摘玉米,摘一个扔一个,一晃小学就毕业了,一晃中学就毕业了,再回头看时我们的教育留下最多的可能是遗憾!

有一个故事讲得很好。一个渔夫捕鱼归来,一个商人看见了说,为什么不多捕几条？渔夫不以为然，说够吃就行了。

商人不解地问："那你剩下的时间用来干什么？"

渔夫说："每天睡到自然醒，然后和孩子玩玩，陪陪老婆，晚上找几个朋友去小酒馆喝几杯。"

商人大感不解，为渔夫出主意说："我是美国哈佛大学企业管理的硕士，我可以帮你忙。你可以多捕鱼，多卖钱，然后换一只大点的船，自然就可以捕到更多的鱼，买更多的船。之后组织一支船队，到时候你就不用把鱼卖给鱼贩子，而是把鱼卖给加工厂。然后你可以开一家罐头厂，你可以控制整个生产、加工、处理、营销。然后你就可以搬出小渔村，去洛杉矶、纽约。"

渔夫问："这需要花多长时间？"

"十五年到二十年。"商人说。

渔夫问："然后呢？"

商人说："你就是富有的人了。"

渔夫问："然后呢？"

商人说："你就退休了，可以搬到海边的渔村来住。每天睡到自然醒，然后和孩子玩玩，陪陪老婆，晚上找几个朋友去小酒馆喝几杯。"

渔夫疑惑不解地说："我现在不就这样了吗？"

人生走到终点才发现你想要实现的原来就是你最初的那个愿望，像这个商人对渔夫说的一样，多可笑，转了一圈最后回到最初的起点。这个故事要表达的是人生的取舍，人不可以太贪婪，贪婪会让人失去快乐。

孩子的学习压力大，学太多科目也会失去童年的快乐。生活里失去快乐又意义何在？快乐是金钱买不来的，而金钱买来的到头来也许是一堆无用的东西。仔细看看周围人的生活，难道不是这样吗？很多父母喜欢为子女存钱，银行里已经有一部分，可是还嫌不够，退了休又去打工赚外快，累到生病也不休息。最后孩子奢侈挥霍，钱花光了，精神世界也跟着崩塌。这都是贪心的结果。

学习的压力、成长的压力，小小年纪面对爸爸、妈妈、爷爷、奶奶、姥姥、姥爷的叮咛和嘱托，数一数多少座大山啊。在教学中我会有紧迫感，不光孩子需要帮助，家长也需要帮助。如果有一个家长学习班，帮助家长普及一下教育知识该多好呀！然而当个人经济条件处于最底层仅能顾住温饱时，做任何一项事业都会举步维艰。如果我有足够的积蓄，我会毫不犹豫投入我的理想中。在中国，对年轻人进行为人父母的教育很重要，尤其是80后家长需要一次"扫盲"，学一些先进的教育理念，不然大孩子管小孩子，最后问题会多到一团糟。我看我需要因地制宜，于是我利用下课后的一个小时和家长进行座谈。大家谈谈遇到的家庭教育问题，无论是小见识还是大道理，只要与教育孩子有关都可以交流和讨论。然后由我来帮助大家梳理问题的线索找出症结，再给出合理的意见和方法。

"我以前不知道教育孩子还有这么多方法，回去照刘老师的话做了，真管用！"

"我儿子说：'妈，你早该上家长班受受教育了，不然你会误了你儿子。'这小兔崽子！"

"按上次老师教给我的方法，我一周没有唠叨他，那小子反倒自觉读书了！"

家长们对我这套教育理念很接受，每次总提出很多问题，同时我也在思考遇到的问题，积极寻找好的方法。

孩子身上的问题其实大部分出在家长身上，只要家长先认识到自身的问题，孩子的问题就会迎刃而解。通过与家长的交流，我得出一个结论：家长们片面追求成绩扰乱了孩子学习的正常秩序，同时社会教育盲目跟风导致学生消耗了大量时间。

仔细想想这些年我教过的学生和我走过的路，说实话很感慨！以前偶尔写一些教学日记，那天我找出一篇来看，我是这样写的：

一位妈妈向我诉说儿子卓卓最近发生的事情。卓卓的成绩明显退步了，数学题满篇错，语文作业张冠李戴，班主任请了家长。看得出妈妈受到老师批评很生气，卓卓的情况不容忽视。

我了解卓卓，他平时大大咧咧不把事放在心上，以前觉得这是他的优点，现在看来这样对待学习就成了马虎不经心。卓卓平时作文写得很好，我几乎没发现他作文里有张冠李戴的现象。为什么会出现班主任说的情况呢？看来他的"退步"另有隐情。

课间，我找卓卓谈心，他站在那儿，脚底下没一分钟安静，手里不停地按压自动铅笔。这个小动作引起我的注意，一般心理有压力的孩子会借用某种方式来缓解压力。我不用对性格直爽的卓卓拐弯抹角，单刀直入地说："喂！听说你退步了？"

"有点！"卓卓用手抠抠脸蛋嗫嚅地说。

"什么原因？"

"作业太多，烦死了！每天晚上还要练琴、画画，没有玩的时间……"

后面的意思不言而喻了。

玩耍是孩子的天性，放松大脑和身心，有益于开发智力。而过多的学习占去他玩的时间，于是卓卓开始有不满情绪，开始抵触老师和妈妈，把作业不当回事。

我告诉卓卓妈妈："行之有效的办法是每天晚上给卓卓留一个小时玩耍的时间。小升初阶段抓成绩没有错，但要方法得当，硬来会引起孩子的逆反心理。"

一周后，卓卓妈妈见到我高兴地说："老师，按您说的方法，我让他放松了一周，每天放学让他玩一个小时。他情绪果真好多了，这个礼拜班主任没批评他。"

这就是教育心理学：先知道孩子心里需要什么，一语中的，再循循善诱！我们把需要的给孩子，不需要的不乱给，大人不能太任性，任性加目光短浅会害了孩子。孟子曰："鱼，我所欲也，熊掌亦我所欲也；二者不可得兼，舍鱼而取熊掌者也。"懂得这个道理，教育就不会盲目跟风，就不会出现令家长烦恼的问题。

授人以渔

孔子说过，"三人行，必有我师焉""当仁，不让于师"；西方的亚里士多德也说过，"我爱吾师，吾更爱真理"，都是讲一个人在某方面擅长，在另一方面可能会差一些。我赞同这个说法！

我与孩子们相处，懂得他们的想法，了解他们的兴趣爱好，又能与他们谈心，消除他们心里的烦恼和疑惑，这就是我擅长的。我还喜欢和孩子们一起做游戏、玩耍，喜欢和他们一起看童话故事，观察昆虫和小动物等。总之我们能在一起玩，一起说，一起笑，彼此都很开心。反过来他们也信任我，常常把自己的小秘密告诉我，让我替他们保守秘密！

上作文课我不讲枯燥的写作技巧，只教他们把熟悉的人和事或看到的事物先说出来，再按照顺序写下来，一篇作文就完成了。有时候他们写完一看自己都惊讶，也有时候我会找出他们语句不通顺的地方，或者某一处细节不真实的地方，要求他们认真改正。这就是我的教学方法，很简单吧！

到了春天或者秋天的时候，我常常带他们去户外观察。因为大自然是天然的课堂，有很多知识是书本上没有的，比如季节变化、气候冷暖、植物荣枯。北门环城公园是个天然大课堂，那里有密林，有小路，有各种鸟儿。孩子们喜欢在那里玩，坐在石头上，头顶是槐树、榆树、松树的叶子，脚下是柔软清香的花草。而我坐在轮椅上离他们很近，我们一起听着头顶树叶的沙沙声，这样，我们的课就开始了。

在自然中上课，课文不重要了，没什么可讲的。我只讲季节的变化和植物的生长以及古城墙的历史。有时候课间休息他们想听我讲故事,我也乐意讲给他们听。那一次就是这样的情景,然后我开始讲起故事来:

很久以前,有一个穷人,日子过得相当困难,甚至很多时候只有向别人乞讨才可以过活。他附近住着一个善良的渔夫。

一天,穷人见渔夫捕获了很多鱼,已经很久没吃肉的穷人就向渔夫要一条鱼。善良的渔夫很慷慨地给了他足够吃一天的鱼。当穷人吃到鱼肉时,他觉得鱼真是太美味了。一连几天,穷人对美味的鱼都念念不忘。终于,他为了再次吃到鱼,忍不住又去向渔夫讨要。这次渔夫还是满足了他的要求,而且还对他说:"想吃的时候,还可以再来。"穷人非常感激地离开了渔夫的家。在回家的路上,穷人想起渔夫的话,心想:话虽如此,但自己怎么好意思老向人家要呢?那怎么才可以不乞讨也能吃到鱼呢?自己又不会捕鱼,要不……哦,是啦!为什么不向渔夫学捕鱼呢?想到这里,穷人高兴地往渔夫家跑去。渔夫一看穷人又回来了,手上还拿着刚才给的鱼,不禁有点疑惑了。

于是就问:"你还有什么事吗?是不是鱼不够吃?"

"不,不是。我回来是想拜师的,您教我捕鱼吧!我不能老向您要,如果我学会了,就可以自己捕鱼吃了。"穷人非常诚恳地说。

渔夫看到他那真诚的目光,心想:是啊,与其给他鱼,不如教他捕鱼的方法,这样不是更能帮助他吗?于是,渔夫很爽快地答应了。

在渔夫认真的教导下,加上穷人自己的努力,他很快就学会了捕鱼。在他第一次捕获到鱼时,为了报答善良的渔夫,他把鱼全都送给了渔夫。

此后,穷人凭着勤劳和不怕吃苦的精神,所捕获的鱼居然比渔夫的还要多、还要大。而且在他随时都可以吃到美味的鱼的同时,生活也改善了,还摆脱了贫穷。

我刚一讲完,昊天就猜出是"授人以鱼,不如授人以渔"的故事。我说:"是的。这个故事很简单,鱼是目的,钓鱼是手段。一条鱼能解一时之饥,却不能解长久之饥。如果想永远有鱼吃就要学会钓鱼的方法。这和写作文的道理一样，我教你们写，不是长久的办法，而你们自己学会写，不论遇到什么题目都能写下去，这才行！我希望同学们将来每人手中都有一根鱼竿，然后自己去钓鱼，钓大鱼，那样才会年年有鱼！"

孩子们听了点点头，我笑了，仿佛看见他们的脑袋里此时装满了鱼。

"'授人以鱼，不如授人以渔'出自哪里？和'临渊而羡鱼，不如归家织网'是一回事吗？"楠提出这个问题，她是学生中最爱思考的一个。

"这句出自《淮南子·说林训》，古人有言曰：'临渊而羡鱼，不如归家织网。'"

"哦！明白了！"楠茅塞顿开。同学们也都明白了。

我讲的知识像涓涓细流一样流入他们心田，很快用在了写作中。例如楠把授人以渔的故事写成日记；昊天用进了作文里，还写下一段精彩的感悟；还有的同学联想到不能死啃知识，应该灵活运用以及不能依赖爸爸妈妈，要学会自己动手，等等。孩子们能举一反三，实在太了不起了！这就是教学相长，我们结伴学习。

在中国的课堂上，一直以来，教学方式都是老师讲学生听，但我认为那样缺少互动和启发的空间，束缚了学生的积极主动性。慢慢地，学生习惯竖起耳朵听，学习成了一种记忆模式。而授人以渔的教学方式很好，交给学生一把万能钥匙，让他们自己打开知识的大门，自己去探索和发现，多有趣啊！比如：把一块上面有着厚厚的奶油和水果的蛋糕摆在同学们面前，吃一口很好吃，但是做蛋糕的过程他们没有体验过，他们只吃到一点点甜的味道而已。而让他们学会做蛋糕，并做出各种味道的蛋糕，不是更有意思吗？

有时候我对自己说："幸亏我没有上过学，不然我也循规蹈矩，哪里会授人以渔？"

要说授人以渔，最初我是得益于我的两位恩师。一位是西安市铁二中的美术老师解瑞华，一位是西安晚报社退休记者卢高地老师。先说解老师，我最先认识他，他是我的第一位恩师。他教我国画就是用授人以渔的方法。我从小对画画有一些天赋，我师从解老师学画山水花鸟。开始解老师教我握毛笔，我手软软的，毛笔头儿也软软的，立马我就没信心了。而解老师很有耐心，经过一段时间，我习惯了毛笔的握法，宣纸上的鸟就有了动态的美，再过一段时间满纸都是形态各异的鸟了！当我画出一群鸟时，啊，它们仿佛在宣纸上飞或在叽叽喳喳鸣叫，好不热闹。

解老师教会我画花鸟，还教我通过绘画开拓人生的境界。解老师开启了我对艺术的审美情趣，让我懂得了除了文字以外，还有很多方法可以传达生命的思考。

后来我的病加重了，手臂无力抬不起，只好放弃了理想……但是，我没有放弃学习。不能画画，我可以学别的，学什么呢？我想那就学英语吧，我只认识26个字母，不算是零基础。于是开始自学，可是越学越难，我发现没有老师的指点是不行的。一次偶然的机会，我和卢高地老师认识了。那是1995年，《西安晚报》刊登了我的事迹，卢老师想与我交朋友，于是找到我，没想到我们一见如故，成了忘年交。卢高地老师以前是延安某中学的英语老师，后来在西安晚报社当记者。我认识他的时候，他已经是八旬老人。他办英语自学班义务为社会发挥余热，令人感动！我对卢老师说了我想学英语的想法，他非常赞同。卢老师教学很有经验，他不从26个字母教起，而是先从国际音标教起，这样即使在没有老师的时候也能独立拼写单词，这个学习方法非常了不起！当我很快掌握了拼读要领后，自己就能朗读课文了。这样一步一步学下去，既节省了时间，又提高了效率！

卢老师说我聪明好学，其实，哪里是我聪明好学，分明是智慧的老师教会了愚笨的学生嘛。

饮水不忘掘井人，我生命中的这两位老师都是授我以渔的人，他们把钓鱼的方法教给了我，让我年年有鱼！两位恩师一生朴实敦厚、善良温和，对弱者施以仁爱，将自己最宝贵的治学之道传授给学生，令我感恩和敬仰。因为一位老师的良好品格和精神气质总能潜移默化地影响学生，犹如江河湖海带动每一簇浪花奔涌向前一样。老师在学生遇到问题时答疑解惑，永远是指路的明灯。

论智慧，我远远不够，但我愿意继续学习。同学们喜欢上作文课，喜欢沉浸在我为他们营造的氛围中，感知一些有生命内涵的内容……所以他们写出的作文有感情、有温度，能打动人。另外，我给他们读唐诗、讲故事，时而将他们带回过去的岁月，时而将他们带向未来的憧憬，既开阔思路，也延伸思考。有灵性的孩子只需点拨一下，他们就开窍了。楠就是这样的学生，一点即通，作文几乎不需要我动手，在班上表现突出。还有一些孩子，思维方式也非常好，只是平时少训练，稍加指导作文也会出采。

我一直觉得培养小学生观察、思考的能力比教写作文重要。特别是小学六年级的同学，要引导他们思考问题，因为思考能让作文言之有物，落笔有神。

小学教学要掌握好四个基本要素：拼音、写字、读书、作文，而作文是这四项里最包罗万象的一个。我收学生通常先让他读一段课文，如果朗朗上口，说明语文有基础，作文应该问题不大。教小学生要有耐心，我经常反复改正他们的错别字。病句也是小学生常出现的错误。发现问题时，我指出来让他们当堂修改，改完再让他们读一遍。没改对时，一读就会露馅，他们自己也会忍不住笑了。重复出现错误，重复进行改正，这是小学老师要做到的。

昊天就是这样，他似乎永远记不住"的、地、得"的用法，每次都写错。我有时候看着他无奈地笑，他也笑。于是我们师生一起感慨："中国字为什么这么麻烦！"

无论麻烦与否，作文得写，错别字得改！

这一点，楠就比较好，她遇到辨别不清意思的生字就主动查字典。

学习的方法有很多种，不必拘泥，适合自己的就是最好的方法。

成长就像一株株幼苗，我们只需要灌溉、修剪，而不要拔苗助长。

在自然中，孩子会学到令大人意想不到的知识。道理非常简单，放松紧绷的神经，思维就活跃起来了，大脑的记忆力就增强了。

许佳旺就是这样的学生。在家父母除了吃饭穿衣几乎不管他，作业也从不过问，他却特别爱读书，一看就入迷。还有各种爱好，能识别昆虫的种类，还能识别花的香味，一写起作文就结不了尾，经常皱起眉头问我："刘老师，怎么办？"

"切记，别废话就行！"

我是不允许作文啰唆和言之无物的，对许佳旺这样已经具备一定作文功底的同学更要严格要求。

楠说我是一个好老师，其实我是一个好学生，因为做了学生，才知道学生的需要。真正的好老师是解老师和卢老师，他们不是只顾着1+1=2，而是在2以外开发出更多奇妙的数字来，可以变化出无数开启智慧的密码，所以他们才是真正的好老师。

家长们经常问我：哎哟，孩子来上一次作文课就变样儿了，之前不喜欢读书，现在回到家就捧起书看；之前写作文东拼西凑，现在能独立完成；之前因为学习落后在班上无人问津，现在同学追捧，老师也夸奖，您是用了什么方法？

我想了一想，似乎也没有一个确定的方法。善于启发学生创造性思维，把枯燥乏味的知识融入生动有趣的内容中，我想这就是方法吧。

老师打开学生的智慧，把深奥的知识用最简洁的语言传达给学生，在学生心里起到潜移默化和融会贯通的作用，这才是授人以渔。所以，不要给学生一条鱼，而要教给他钓鱼的方法，让他自己去尝试、去收获。当他钓到更大、更多的鱼时，他的饭桌上就会年年有鱼啦。

吃苦精神

吃苦是一种精神。大多数父母不愿意孩子吃苦，要知道蜜罐里长大的孩子是很危险的。

我们通常希望孩子是一个有理想、有抱负的人，但又怕孩子吃苦受累，孩子刚做点什么大人就立刻制止。原本洗碗扫地是轻松的活儿，父母怕影响孩子学习也给剥夺了；怕书包压得孩子不长个，自己接过来背上；怕孩子走路多了累，上学放学爸爸妈妈开车接送；在家里妈妈做好饭给端上桌子，本来手提肩挑可以将孩子柔弱的肩骨锻炼得结实有力，可是在疼爱的庇护下，孩子失去了主动的机会，总是像一只小鸡一样躲在妈妈的翅膀底下。

现在的孩子越来越远离劳动，远离生活。不吃苦，何谈实现理想？！不吃苦成不了人，更难以成人才。父母不想孩子吃苦，这不是爱孩子，是害孩子！大凡成熟懂事的孩子都吃过苦，都懂得一分苦一分甜。特别是有作为的人把吃苦看成历练和对意志的考验。一个独立的人必须有吃苦的决心，在困难面前不惊恐，敢于担当。作为父母和教师需要有理智清晰的认识，要培养孩子吃苦的精神。

翻阅历史，中华民族奋发图强靠的是什么？是吃苦精神。在今天怎么让孩子们去理解吃苦精神呢？孟子说："天将降大任于是人也，必先苦其心志，劳其筋骨，饿其体肤，空乏其身，行拂乱其所为，所以动心忍性，曾（增）益其所不能。"这就是吃苦精神。孟子的吃苦精神与当时的时代有着密切联系。战国时期群雄四起，当时孟子的思想学说不像后世这样受人推崇，而是遭到一些人的舆论和排挤。他希望在那个只讲霸术、争权夺利的社会里，找出一个实行王道仁政、以济世为目的的领导者，好实现自己齐家、治国、平天下的理想抱负。然而，天下混战，国君昏庸，要想实现理想抱负谈何容易？孟子拿出不怕吃苦的精神四处奔走，只为表达自己的志向和对事业的忠诚。今天我们读孟子依然能感受到他苦其心志、劳其筋骨的思想。上天不会把好运气白白降临到一个人身上让他不劳而获，而是使他受尽苦难折磨，坚定意志，这样才能增加他的才能。所以，没有苦难的经历、不适应艰苦的环境，怎能担此重任呢？

  孟子的话一直激励着后世的人们，同时告诫人们苦难是试金石……我给同学讲课也常引用孟子这句话，同学不理解，反问："生活真有那么多苦吗？"我说是的！我小时候就吃过不少苦，但对一个不到十岁的孩子来说还不知道什么叫吃苦，只知道自己和别人不一样，总是被孤立，被当另类，还被歧视，每天在病态的生活里睁着无力的眼睛看着生命在时间里一点点地消失。另外，物质也很贫乏，生病能喝一杯牛奶就是一种奢侈。长大后我才知道那些苦其实没白吃，它们都化成我生命的能量了，不然我怎么去完成一件件有意义的事情呢！现在想起来，反而心里很甜蜜，很充实！

  90后的孩子，他们有富裕的物质生活，有自己的理想和追求，常常是吃着火腿、喝着酸奶长大，骑着赛车、听着MP3上学，真让人羡慕！可是光享受幸福也不行，应该走出去感受自然，接触社会，结交朋友，尤其结交有生活阅历的朋友，这些对人有积极的影响，能催人奋进。

  年轻时我结识过很多有生活阅历的朋友，他们身上有某种不可言说的精神内涵，给我很多生活的启示，让我抬起头向前看。

  记得早年间，我们大院有一个小姐姐，她善良而美好，我很喜欢和她玩。她有三个哥哥、一个弟弟，爸爸是工人，妈妈是精神病人。因为妈妈的缘故，没有小伙伴和她玩，只有我愿意和她在一起。我喜欢看小姐姐走路甩起两根长辫子，喜欢闻她手里馒头蘸酱油的味道，喜欢看她坐在小板凳上两腿岔开中间放一个大洗衣盆有节奏地搓洗衣服。她干活很麻利，家里洗衣做饭、缝缝补补全落在她一个人肩上，但她从没有一点怨言和烦恼，反而脸上总是笑嘻嘻的。每到六月开始割麦的季节，凡是家里的闲人都到附近村里帮农民割麦，小姐姐和她的兄弟们也在烈日下割麦。手指被麦芒刺出血，她也从不喊一声疼。有一次回来，我看见她吮吸手指上的血，问她疼吗？她摇摇头。我不解，为什么每次打针我都喊疼呢？长大了我才懂得不是她不疼不苦，而是当一个人把苦看得很轻时，苦在她身上就无知无觉了，亦如糖吃多了不觉得甜一样。小姐姐给了我与疾病抗争的力量，我心里暗暗对自己说一定要坚强，不怕吃苦。

还有一位朋友也给我留下深刻的记忆，他的经历不同一般。20世纪90年代末期，我二十多岁，正是对生活充满好奇和幻想的年龄，根本不了解在我以外还有那么多不一样的生活和人生。那一次，我参加一个朋友的聚会，里面有一个中年人引起我的注意。他三十八九岁的模样，脸上布满沧桑，额头上的皱纹像刀镌刻一样深，使我想到某部电影里的男主人公历尽苦难的面孔。大家你一言我一语在热火朝天地聊天，唯有他独自坐在一边低头嗑瓜子，目光直直地对着某处，似乎在听，又似乎在想着什么。有一次，聊天中有人说下岗后的生活很困难，日子很苦！他听了后大发感慨。他说："你们把这些看成吃苦，你们知道什么是吃苦吗？你们吃过苦吗？你们挨过饿吗？知道挨饿是什么滋味吗？！一个人找不到工作，没有分文收入，天天捡菜叶下锅，有上顿没下顿，有时候为了忘记饥饿，蜷缩在床上睡一觉，你们有过这样的经历吗？只有我知道什么是穷途末路！"他的情绪低落了一下，拳头落在桌子上，虽然没有发出响声，但茶杯还是晃动了一下。"我们这一代人，先是赶上三年自然灾害，后来又开始上山下乡，知青回城以后，当兵在部队摸爬滚打，复员后好容易有了工作，20世纪90年代又遇上下岗……人生的苦难都让我们赶上了！我记得三年自然灾害的时候，老家的一个弟弟饿得面黄肌瘦，有一天大人不在家，孩子一连偷吃了几个稗子面馍馍，结果吃完喝了两瓢水就满地打滚，胀死了……还有上山下乡那个年代，饥饿像一种可怕的灾荒，我们知青到延安插队的时候，和村民们排着队去县城讨饭。谁见过那阵势，人人手里拿一个碗拄一根棍子步行几十里地到县城挨家挨户敲门，对人家说'行行好，给口吃的吧'，有的女生磨不开面子转头哭着跑了……想想心酸哪！后来我入了伍，在部队每天操练、劳动，当过炊事员、饲养员、士兵、班长……吃苦的同时身体也变强壮了，什么是苦？苦就是咬牙、坚持、硬扛！"

  天！我几乎屏住呼吸听完这位朋友的讲述，被那个年代的人的吃苦精神感动、震撼……苦，经过沉淀在他精神里已经变成一股不可抗拒的力量，所以他才有如此的从容和淡定。我想起海明威的短篇小说《老人与海》中的那位驾着小船在海面上与风浪搏击击败鲨鱼的老人。那种强大的苦难造就老人顽强的精神，让他战胜自然。不能不说苦难的生活能给人以思考和觉醒。

  很多年过去了，我仍然记得那位朋友说过的话。

  我想把这种吃苦精神带到课堂上。有一次上课我先让大家找一找自己的懒惰行为，有的说早晨不想早起读书，偷懒赖床；有的说不想走路上学，让父母接送；还有的说不想参加学校劳动，找借口请假，等等。然后我给大家讲了胡雪岩、胡适、林肯等人先吃苦后成功的故事。讲完之后，同学们又吵吵让我讲三毛的经历，我已经不止一次讲过《撒哈拉的故事》这本书了，但他们还想听，我就又讲了一遍。最后我说：

  一个人的吃苦精神是在生活中不断磨炼出来的，就像铁杵磨成针一样。三毛在游历过程中遇到很多困难，例如：车子坏在沙漠里，房子坏了无处安身，没钱买车票回不了家，等等。但三毛没有把这些当苦，更没有逃避困难跑回家，而是想了很多办法巧妙地解决了困难，才写出这些真实感人的故事。还有一点也很重要，三毛在任何环境里都能够随遇而安，保持乐观的心态和积极忘我的精神，这是十分可贵的！

  大家听得十分认真，女生们都佩服三毛的冒险精神，有的说长大了也想去世界各国旅行，看看世界是什么样子，大家你一言我一语展开热烈的讨论。

还有一次，六年级同学军训回来，一个个叫苦连天，说军营不是人待的地方，说教官简直是魔鬼！我对他们说："你要搞清楚军训让你们去干什么？不是睡懒觉、不是玩手机、不是在绿茵场上踢足球，军训是锻炼你们的身体，增强你们的意志，别看你们每天吃得好，身上全是懒肉，以后拿什么承担养妻儿的责任？"有几个男生听了不以为然地笑了。我又说："就你们现在这样的生活态度，以后找不到工作，连老婆也娶不上，更别说养儿孙了。"我对他们说话很不客气，我要让他们知道成长所吃的苦是必须的，逃避是懦夫！如果现在怕吃一点小苦，长大会吃更多苦，岂不更糟糕！在吃苦面前不能退缩，要学会接受和顺应，并找到办法。

20世纪90年代有教育家提出"挫折教育"，在我看来这是一个很好的教育理念，只可惜没过多久就销声匿迹了。我始终认为中国应该对青少年推行吃苦教育，但吃苦不是违背人性的吃苦，而是培养吃苦耐劳的精神。

少年吃苦是励志。有一个初一的男生给我留下了深刻印象。这位同学从小懂事知礼，人见人爱。一年寒假，他对妈妈说想去打工。妈妈一听便说："咱家又不缺钱，去受那份累干吗？"他说："我只想体验打工挣钱的滋味，不是为挣钱，妈，你就让我去吧！"妈妈觉得儿子说得有道理就同意了。很巧，一家早点铺外面贴着招一名洗碗工的告示，妈妈进去找老板说了儿子想打工的事。老板开始不大愿意，妈妈说了半天好话老板才答应。此后这个同学每天早上5点起床去上班，他什么活都干，老板渐渐喜欢上这个勤劳善良的少年，夸他是好样的。很快寒假结束了，这位同学收获了很多，而且对新学期信心满满。当妈妈看见儿子皲裂的双手时心疼地掉下眼泪。儿子却满不在乎地说："一点皮外伤，不疼。"后来这位同学考上大学后仍然坚持勤工俭学，自食其力。他以吃苦精神证明了自己的价值。他就是西安市第十中学的学生吉庆林。2016年暑假，吉庆林来看我。那时他已经是大二的学生了，个子高高的，还和从前一样腼腆、爱笑。在交谈中，我问他一边上学一边打工觉得苦吗？他说："我在干工作的时候根本没有想到辛苦，只想要好好干，因为在工作中我能学到很多书本上学不到的东西……"我把吉庆林的故事分享给同学们，告诉大家吃苦是品德，吃苦是福德，肯于吃苦未来才有美好的生活。同学们立刻有了积极的响应，有的同学问："老师，捡破铜烂铁卖了算自食其力吗？"我知道有同学家庭困难，就说："算！"家长们从吉庆林的故事中也受到启发，鼓励自己的孩子利用寒暑假去孤儿院或养老院做义工。这些都是很好的事情嘛，既能帮助孩子培养爱心，又能为孩子打开一扇窗，让他们看到不一样的人群和不一样的风景！

不苦则不反思，不反思则不悟。今天的孩子生活富足，幸福快乐，吃的苦越来越少。俗话说：幼年无知苦，少年读书苦，青年仕途苦，中年携老扶幼苦，老年无所依靠苦。人生每个阶段都有苦吃，一定要学会接受苦难，顺应困难，这样苦难来了才不会束手无策。

"天将降大任于是人也，必先苦其心志，劳其筋骨，饿其体肤，空乏其身，行拂乱其所为，所以动心忍性，曾（增）益其所不能。"让我们把孟子这句至理名言铭记在心，时时思考，常常反省，作为我们不怕吃苦敢于担当的座右铭。

点亮童心

我小时候喜欢看点燃的火柴，那一簇橘黄色的小火苗向上挺着身子。火光虽小却能照亮一间房子，给人带来信心和希望。

后来，与孩子们在一起，我希望我是火柴，用我的光照亮每一颗童心。

孩子们是一刻不安分的。他们喜欢闹，喜欢笑，也喜欢恶作剧，但他们的坏带着淘气、带着可爱、带着天真、带着烂漫，让你生气，又让你爱和想念。无论如何，孩子们给大人带来的是快乐，他们好比是降临到人间的天使。

孙贝宁是天使，又是小机灵鬼，还是淘气包。她的聪明伶俐超过同龄孩子，她天真无邪的话语常常令你捧腹大笑。她刚来的时候不知作文为何物，上完一节课，她就喜欢上作文了。第二次来上课的时候，她就走到我面前把脸贴近我。我清楚地看到她脸上可爱的小雀斑，然后她胳膊搭在我肩上，这个亲昵的动作惹来同学们的"切"声。她却不在乎，专注地看着我的眼睛说："我想叫你妈妈，可以吗？"

"啊！"我瞬间不知道怎么回答她，但心里有一股暖流。

有同学说：

"孙贝宁早上没睡醒吧？"

"孙贝宁真逗！"

孙贝宁装没听见，歪着脑袋在等我回答。

"我能知道理由吗？"我问。

"你要是我妈妈就可以一直教我写作文了！"

"我晕!"

"老师晕倒了,不好了!"孙贝宁满教室大声喊,还要打120,我忍不住笑喷,眼泪都冒出来了,她先一愣随即也晕倒在桌上!

这下,教室里充满了笑声……

孙贝宁是懂得表达感情的小女孩,在她的情感世界里与人没有"距离"。她待人热情,一言一行常常会让你大笑之后感动好半天……她也是我教过的小学生中给我灵感最多的孩子,我创作的"丁小茉校园系列"中的丁晓茉就取材于孙贝宁。

我用这小小的火柴每点亮一颗童心,孩子心里就会多一片光明,这是生命的光。

小学低年级的孩子兴趣爱好很容易培养。他们的心很细也很专注,一只小虫子都会吸引他们的注意力,都会成为他们议论的话题。

记得有一个上二年级的男生,他不爱讲话,性格腼腆得像女生一样。每次我讲观察课,他都听得很认真。有一次上课的时候一只长腿尖嘴的蚊子绕着他飞,他既没有用手赶,也没有眨一下眼睛,而是目光跟着蚊子的旋转看个不停。忽然一个同学的巴掌拍着了蚊子。他立刻问:"干吗拍死它?"然后他弯腰捡起蚊子,从口袋里掏出一小块卫生纸把蚊子放上去。蚊子奄奄一息在挣扎,他继续目不转睛看得入迷。这个学生离开作文班已经很多年了,我不知道他如今怎么样了,但我想以他的细心和专注,长大了会把注意力放到更广阔的天地间,去观察、发现更多有趣、有意义的事物。这叫年小有小志,年大有大志。

点亮童心,就是给孩子成长以启迪和帮助,让他们发挥自己本来具有的潜质。注意哦,每个人小时候都具备潜质,只是被大人忽略或掩盖住了,直至最后成为一个平常又平庸的人。

有时候顽皮淘气的小孩会惹大人烦,其实不是这样的。而是大人失去了管控孩子的能力而惴惴不安,怕孩子离开,丢给自己一片孤独。这一点儿不奇怪，人人都有掌控他人的欲望，这出自人的本性。我很庆幸没有沾染上这一习性。我没有想管控孩子，只是在他们不遵守纪律扰乱课堂秩序的时候会管他们。因为我明白束缚人不如给他们自由，训斥他们不如给他们讲道理。孩子们淘气胡闹起来像孙猴子大闹天宫，大人不要为此喋喋不休，只要掌握一条原则：注意安全即可。

往往孩子们和我在一起的时候会说出许多奇思妙想，家长听了不解地问这是为什么。我微笑着回答："他们不紧张，放松下来脑细胞自然就活跃了。"

家长和同学们偶尔会说我幽默，这是夸赞我。其实我的家族里没有幽默细胞，我母亲经常说我父亲不会幽默，所以他们的三个儿女也不会幽默。以前我多半沉默寡言，做了老师以后才渐渐学会幽默。可这幽默不能像挤牙膏一样硬往外挤，得有对象才可以。孩子们就是我幽默的对象，在他们面前我童言童语，亦如我点亮童心的时候，童心也点亮我，我们互为光亮。

前面说过孩子们本身是具有潜质的，但有的孩子性格或心理上多多少少有一点小小的缺失，心里世界呈现灰色，又如何点亮呢？

我们改变一种方法会有不一样的效果。

我第一次看见小玉的时候，她脸上特有的目光吸引住我。小玉有一双会说话的大眼睛，当她看我的时候，我第一反应是这孩子需要爱。我会靠近她微笑着和她说话，并尽量和她平视。小玉嘿嘿笑了，门牙露出来，很天真。因为小玉学习不好，又木讷沉默，同学们不愿意和她玩，课间她常常留在教室和我说话。

有一次，她正自己玩着，一个男生过来用脚踢她，她不还手，双手环抱住头蹲下大声喊："老——师！老——师！"我立刻叫住那个男生，气愤地对他说："你向小玉同学道歉！"男生十分不情愿地说了句对不起。然后我说："以后不许撒野！站到墙边去反省！"男生走过去仍然一脸不服气的样子。

我问小玉踢疼了吗？她点点头，目光里全是惊吓。"以后再有人欺负你，记住，你要还手！"我第一次这样教学生，因为对女生而言，这样的亏不能再吃第二次，否则以后走上社会受人欺负很危险。小玉点点头，用手背抹着眼泪坐回座位。

小玉刚来的时候上课发言十分胆怯，后来她见我不凶，笑着和她说话才慢慢放开了胆量。

一个学生学习好坏不重要，但品行很重要。我的原则是：这个班级人人平等，师生之间要彼此尊重，同学之间要相互友爱，即使不聪明、不勤奋，甚至留级生也要受到尊重。

晨晨（化名）对学习落后的同学不理不睬，从他们身边走过也总趾高气扬，有时还用蔑视的眼神看着落后的同学。这样不行！可是对晨晨不能用说教的方式，因为骄傲的他不会虚心接受，必须想一个办法。那天，在课堂上我表扬了几位积极发言和按时完成作业的同学，原本也应该表扬晨晨，但这一次我把他空过去了。我说："在我们班里光作文好还不行，还要有良好的思想品德，否则也不会受大家尊重。同学们必须先做到不骄傲，一视同仁。我已经发现咱们班里有这样的同学，大家猜猜他是谁？"

同学们说出了一个个名字，没有人说晨晨。他一语不发，低下头，心里很不高兴。我暗暗观察着晨晨的表情变化。检查作文的时候我也先检查写字慢的同学，晨晨站在后面勉为其难地把同学们一个个让到前面。课间他没有出去活动，而是一个人坐在那儿百无聊赖地转动手上的自动铅笔。我暗自发笑，心想，这方法果然奏效！阅读时我提问大家，晨晨踊跃举手，屁股离开了板凳，嘴里不住喊着："老师！我！我！我！"我一笑，目光跳过他叫了后面同学的名字，他只好坐下。这样几次后，晨晨的傲慢渐渐收敛。之后我找他谈心，他主动说自己不该蔑视同学，是自己做得不对。我笑了，这才是纯洁的童心！

在此，我想说教育要讲求方式方法，要站在孩子的立场上为他们着想，为他们负责,去改变不利于他们的因素,帮助他们更好地成长。

但是,有的孩子用再多的方法也救不了,这是教育的悲哀。有一次,我正在给孩子们讲课,忽然一股力量把门推开了,同学们都回头看发生了什么事。只见一个身材高大的妈妈拽着儿子的胳膊硬闯进来,一脸怒气地看着我说:"这孩子气死我了!见人说人话,见鬼说鬼话,我实在管不下了,把他送来……"管不了送给我管吗?这是什么道理?我看看亮亮(化名),他蔫了,耷拉着脑袋,他一贯做错事就是这样一副要诚实认错的样子。我可不上他的当,但我已经明白发生了什么事。亮亮是作文班的学生,这孩子小小年纪撒谎成性,还油嘴滑舌,正像妈妈说的见人说人话,见鬼说鬼话。昨天他向我请假说他妈妈加班今天不能送他来上课,我信了。这不,今天谎言就被揭穿。唉,孩子,你何必要说谎?!

亮亮说谎的习惯非一日养成,要改掉这些毛病必须爸爸妈妈配合。但是,我的"教育"无权施加给家长,即便他们与我配合也会时断时续,坚持不了多久。而这种反弹的作用力要比原本的作用力大得多。在这方面,我的帮助亦如黑夜里萤火虫的微光。

孩子们身上的光亮也不可小觑,他们有很多好玩的事情在我脑海里。例如:正上课的时候谁口袋里跳出一只蛐蛐,同学们都疯跑着去捉蛐蛐了。还有他们吹牛皮的本领也不能小看,课间坐在教室里吹得天花乱坠,然后偷偷瞄我一眼,以为我没听见。他们还会把路上捡来的流浪猫带到课堂上,说它们多么多么可怜,请求我别赶它们出去,我答应了,他们才安心上课。冬天下起大雪,他们非闹着推我出去堆雪人不可,我被他们"绑架"着穿上厚厚的棉袄、戴上帽子手套到了雪地里。啊!到处白雪茫茫,空中还不停地飘落着雪花,我情不自禁地说:"撒盐空中差可拟。"他们立刻说:"未若柳絮因风起。"然后我们开始笑啊、闹啊,围着雪人一起唱歌。

孩子们身上的种种让人发笑的事情多得说不完,你只有和他们在一起才能体会。我经常很感慨生命中与孩子们相遇,他们纯洁、善良、心如明灯,亦如我前面说的我们互为光亮。

　　我想永远是一根火柴，在他们忧伤的时候、在他们灰心的时候、在他们需要帮助的时候，用我的光照亮他们、温暖他们，给他们爱和前进的动力。

　　我愿意永远做一根火柴，点亮每一颗童心。

和诗一起成长

2014年，我带了最后一届初一学生，其中多数上小学就跟着我学作文，升初中以后他们仍然选择留下来继续学习。因为中学的作文提升了难度，尤其是议论文同学们把握不好，内容经常空洞无物。家长们也深知作文是语文的重中之重，不能忽视，必须坚持辅导。就这样，我们师生经过这么几年的相处有了深厚的感情。他们经常说我是90后，我大笑，说："你们不会想叫我一声姐姐吧？"果然有一个同学勇敢地叫我一声姐姐。

上课的时候我很严肃，经常讲着讲着我会插入中国神话和诗词，因为语文要想生动有趣，就要旁征博引。同学们都觉得这样好，我讲得也更起劲了。有时候我为他们放一些背景音乐，让他们边欣赏，边写作文，意在静心，陶冶情操。音乐可以唤起写作的灵感，有的同学会一发不可收，作文写得洋洋洒洒。同学们说从周一到周五都很紧张，只有来到这里才感觉学习不是那么累。看到他们放松精神而不怠慢学习，我暗自高兴。我的教学模式恐怕在很多课外辅导班中都属别开生面的，那就让我继续创造这个"别开生面"吧。

但是在前进的路上总会遇上新的问题，现在问题就摆在面前了。十三四岁的孩子开始有不安分的想法，有了青春期的叛逆，有了对异性的爱慕，学习上开始心不在焉。这些问题是家长最敏感的。家长们和我通电话、见面，张口就是："我孩子和班上一个男生一路上学，这会不会……我担心死了！"我安慰他们说："事情可能还没到你想象的那种程度，也许仅仅有一些早恋的苗头，慢慢来帮助，先不要紧张。"好多时候因为家长的一时紧张把事情弄糟糕了，结果大人与孩子之间有了深不可解的矛盾。

在我看来早恋很正常，这是青春期的正常现象，只要合理地对待就行了。我常常把青春期的孩子比喻成海面上行驶的船只，只要舵手不偏离方向，船只将永远不会偏离方向。

我对我们班的情况做了具体的观察。全班女生9人，男生7人，最近他们在闹派别，女生只和女生同桌，男生只和男生同桌，看上去冷冷的唇枪舌剑，其实心里在相互对峙、相互挑衅，少说一句都觉得吃亏。男生的话语对女生充满挑衅，还暗含讥讽，这勾起女生心头的火。女生一句"非人哉！"双方开始争执不休，课堂秩序因此被扰乱。"安静！"我说。男生住嘴了，拿起书，但看没看进去，他们却瞒不了我。遇到这种情况时，我的态度是：要么你们坐下专心听课，要么出去站着，不许影响其他同学。

这样的事情每节课都会发生，怎么办呢？思想教育显然对90后有点老套，平时家长和学校没少说教，他们的耳朵早已被灌满。好吧，我就来点新鲜的！

这天早上上课的时候，同学们进教室都感觉不一样。哦，耳畔响着好听的音乐。

"老师，为什么放音乐？"

"陶冶情操啊！"我说。

他们照旧坐下来取出书本和文具，等了十分钟还不见我开始讲课。一个同学按捺不住站起来问："老师，为什么还不上课呢？"

"我们正在上课啊！"我笑着回答。大家诧异地相互看着对方。

这时我说："听音乐的好处是能去掉浮躁，近来咱们班太热闹，太躁动，你们心里好像揣着小火苗似的。别忘了，现在是六月天，穿夏天的衣服，上火可不好！音乐给人清凉、平和、宁静。"我看了一眼大家，同学们都坐得很整齐。

"好，现在我们学诗！"我说完，同学们又一脸诧异，似乎问为什么要学诗，而不写作文？

我说:"诗歌除了咏物言志,也用来表情达意。在诗人看来,对异性的爱慕需要委婉含蓄地表达,这样才更加美好。这节课就让我们来学习两首爱情诗吧!"

"啊!爱情诗?"全班无一不惊讶,个个目似铜铃,但喜悦也是掩盖不住的。我心说今天我非要和你们好好论论哪些是人类最美好的爱情。

"首先我们来聆听中国著名诗人舒婷的诗——《致橡树》。"我打开音频文件,随着背景音乐响起,我开始读:"我如果爱你——绝不像攀援的凌霄花,借你的高枝炫耀自己;我如果爱你——绝不学痴情的鸟儿,为绿荫重复单调的歌曲;也不止像泉源,常年送来清凉的慰藉;也不止像险峰,增加你的高度,衬托你的威仪……"

同学们沉浸在诗的美好意境中。曾有诗人说过,孩子对诗有天生的悟性,当美好的意境触击他们心灵的时候,一定会打动他们。接下来我带领同学们一起读《致橡树》,同学们的声音美极了,像树梢上的鸟鸣,又像山涧回响的水声,直到读完最后一句,教室里安静得鸦雀无声。

"真正懂得爱情的人往往不会谄媚于人,因为爱情在他们心底是纯净美好的,谁愿意污秽了它呢?而单相思是没有用的,只会耽误了自己的青春年华。诗人的情感最丰富,他们借助形象语言描写出人类至高无上的爱!"我说。

同学们认真思索着,我知道这节课进入了他们心底……

诗,绝对有这样的功用,绝对和青少年有心之共鸣,读诗可以让生命开花,可以让理想生根!

一个女生的眼圈红了。"这首诗太美了!"她说。

"我完全不知道自己在哪里了?"另一个女生说。

"原来诗人心里的爱情是这么有味道!"一个男生脸上挂着陶醉的微笑。

"如果我妈知道今天的作文课我们学习爱情诗,她不知道会惊讶成什么样子!"一个男生说着托起下巴美滋滋地做出陶醉状。

同学们都笑他。

这首《致橡树》仿佛清水灌溉了他们心里的幼苗，滋润了心底开出的花朵，让他们懂得了男女之间的感情是很美的，而不是着眼于流俗，更不是敌我对峙。

美，可以有不同的境界，也可以有不同的感受。在女生的心里，诗好像一束阳光，激发她们的热情和执着；在男生们心里，诗是一种力量，能强健他们的筋骨，增强他们的意志。在以后的课堂上，同学们经常主动拿诗来一起分享，例如：余光中的诗、席慕蓉的诗、戴望舒的诗、舒婷的诗、海子的诗等。诗点亮了他们的心，让他们的眼里、心里都悄悄地流淌着光明。诗很受同学们欢迎，在连续几周里学诗的热情在班上不断高涨。

之后，男生女生不再发出争吵的聒噪之声，又和以前一样友好相处了，课堂也恢复了秩序。他们知道在作文班的学习是短暂的，随时有离开的可能，给对方留下糟糕的印象不如留下好印象，以后想起来还是一段美好的回忆。

和诗一起成长，美好的诗带来美好的情感。同学们通过读诗学会辨识真善美与假丑恶，还提高了审美情趣。

中学生"早恋"不是一个"问题"，是我们老师和家长过度紧张和敏感。对待中学生"早恋"，大人首先不要急躁、逃避，那样孩子会更加好奇、向往，甚至有可能节外生枝，事情更难收拾。我们要懂得顺理成章，顺着他们的意愿与他们谈心交流，告诉他们哪些是对，哪些是错。再高明一点的办法是家长能主动和孩子分享这段感情，与孩子分享自己曾经有过的"早恋"，做到友好和平地进行沟通。另外，还可以与孩子一起欣赏文学作品，例如优秀的爱情诗。这样既丰富了心灵，也从中找到一种正确的价值观。

我们要相信中学生是明理有见识的，要善于看到他们对事物善于辨析的长处。在很多时候他们对事物的分辨力强于成年人，而成年人因为有过多的世俗偏见，加上旧的习惯，往往偏执。所以对中学生"早恋"问题，要掌握度，要知道"欲速则不达"。

读诗虽然只有几节课，但是诗的情感穿越了时空，美化了同学们的心灵和情感，丰富了他们的课余生活。如果有时间，我想把这样的内容继续下去，因为生命尚存，诗情不息！和诗一起成长，让我们感受诗的情怀，感受诗的意境，把自己那点小"我"忘掉，获得大"我"的境界。

"早恋"是一种纯真而美好的感情，希望我们的教育体制能多关注青少年心理教育，开设一些有益身心健康的课程，正确引领青春期孩子的成长。

"挑山工"的精神

梦见登山的情景,眼前总是重峦叠嶂,云雾缭绕,每个人都一心向往山顶!

登山不光是我的梦想,也是很多喜欢登山人的梦想。这项运动有益身心健康,是对生命极限的挑战。凡是有信心攀登的人都是热爱生活的,对明天有美好的憧憬。

一个人若立志要攀登高峰,那么,生活定会赋予他坚强的毅力。生命如春蚕吐丝要为经历一个漫长的过程而积蓄力量,然后才能到达山顶。

早年间我认识了一些喜欢登山的朋友,他们每周都要登一次秦岭,回来总要给我讲讲一路发生的事情,我总是听得聚精会神,心里想我要能去一趟山里多好!

我很向往自然界,向往那里的一草一木,一花一景,还有日出和晚霞。但是人生不会什么都称心,就拿我来说吧,轮椅禁锢了我的行动,却禁锢不了渴望知识的心,不能走进秦岭大山,却能攀登知识的高峰,这不是也很幸运嘛。在教与学的过程中我不断充实自己,积累经验,增长智慧,这也好比是登山,向上攀登,一路有美好的风景。

登山最考验人的意志。中国登山队,一步一个脚印,踊跃攀登高峰,创造出辉煌的纪录,令国人骄傲!我常常鼓励同学们有机会多去看看大自然,多陶冶情操,只有身临其境才会有真实的感受。我经常对同学们说:"人生就像是个背包客,每个人都在独自前行。不要怕,只要向前看,就会知道困难没有那么可怕,会有很多美好的过程。那美好一旦被你记住就会刻骨铭心一辈子。"

1998年8月,在朋友的帮助下我登上了海拔3000米的太白山。登顶那一刻我顿时明白了杜甫的"会当凌绝顶,一览众山小"的意境。回来后,我一气呵成写下《山的断想》和《太白山》两篇散文,感触和收获颇多。

生活难免有烦恼、忧伤、徘徊、惆怅……我们回忆自己走过的路,哪一条路没有泥泞,哪一条路没有绊脚石?风雨兼程后,才有彩虹出现。我经常说好事永远和坏事做伴,坏事也永远伴着好事同行。如果心里有登山的渴望和憧憬,当你遇到困难时就会觉得那些算不了什么。

小学语文教材里有一篇课文叫《挑山工》,我记忆很深刻。那个挑山工一天到晚挑担子上山,收入也不丰厚。可他们为什么要这样不辞劳苦呢?仅仅是为了生活的需要吗?似乎不完全是,选择生存的方式可以是多种多样的,不一定非要做挑山工啊。那是为什么?他们是为了完成一种生命的精神。这些劳动者,一天上下山往返数次,凭的是脚力,即便脚底打泡也要坚持走到山顶。看着是一种简单得不能再简单的工作,却需要坚持!坚持!再坚持!人生的每个阶段都有不同的境遇,这些境遇就是完善生命的过程。挑山工一路上的遇见,也是一生中的遇见,他们耐心、执着、勇敢。孟子的"苦其心志,劳其筋骨",还有孔子的"岁寒,然后知松柏之后凋也"都是说的这种吃苦精神。

给同学们讲完《挑山工》后,我希望大家回去写一篇读后感。结果多数同学的读后感无病呻吟,少数同学写得比较好。写得好的同学抓住了挑山工不遗余力的忘我精神,写出了挑山工不怕吃苦、不畏艰辛的品格。有一个同学在作文中还写道:"我们平时总怕付出辛苦而得不到回报,好像那一点得失会倾注了自己的生命似的。也许挑山工也会这么想,因为他也是平凡的人。只是他想到更多的是生命需要付出劳动的代价,而不是坐享其成分享他人的成果。我敬佩挑山工这一特殊的职业,更佩服他们'挑山'的精神!"

多好的有感而发呀,我们都要学习挑山工不畏劳苦的"挑山"精神。

每一次"登山"都是对心灵的鼓舞，生命会因此变得丰富多彩、充实而有意义。

俄国生理学家、心理学家巴甫洛夫在生命的最后时刻把自己关在家里，对来访者说："巴甫洛夫很忙！"其实巴甫洛夫是在体验糟糕的身体状况，并不断地向身边的助手口述生命衰变的感觉。他要为一生挚爱的科学事业留下更多的感性材料。一个人励志完成一件事情，他不会计较困难和得失，甚至愿意奉献出自己宝贵的生命，巴甫洛夫亦如此。相比之下我们就显得有些平庸，每天忙碌着个人的得失，还有一些无厘头的事情，把世俗名利当追求，把利己物质作为满足。

沉思一下，我们在当下做了多少无愧于自己的事呢？古人说："少而好学，如日出之阳；壮而好学，如日中之光；老而好学，如炳烛之明。"现如今，有的人天天逛街、搓麻将，连小孩子也沉溺在网络游戏中，还有的人像将死的虫子，四肢懒惰，大脑颓废，生命就像夕阳落下……

这个时代的进步是日新月异的，例如大多数景区都有缆车，已经不用徒步登山，挑山工也越来越少了。有谁愿意像挑山工一样去吃苦受累，载负着游客的行李徒步上山呢？但有一次，我听一个从华山回来的朋友说他见到挑山工了。我当时很惊喜，问了好多，朋友一一给我进行描述。我眼前仿佛出现那位上了年纪的挑山工的身影，背着竹篓，佝偻着腰背，举步维艰地攀登……

什么时候我能见到他，听他聊聊挑山的感受？

神话的启示

一

神话一直是我喜欢的文学形式之一。它不光有瑰丽的色彩，还有民族特色和传统意义上的审美价值。神话故事大都内容简洁优美，意境深远，留给人们遐想的空间。有人说神话是给孩子看的，我不同意。神话浅显易懂，易于孩子阅读；神话里的故事引人深思，大人读神话也会有收获。所以，神话不专属于孩子，而是属于全民族、全人类。我们倡导阅读，应该引领孩子从神话开始，让他们了解我们的民族文化，认识真善美与假恶丑。

神话里蕴藏着丰富的精神文化，可以从中获得无穷的力量和信仰。我对中学生讲："神话在中国历史上占有重要的位置，这并不完全取决于神话的思想价值，而取决于他的精神内涵和超越自然的力量。这些赋予了神话划时代的意义。"

有很多神话值得我们认真阅读，例如：《夸父逐日》《女娲补天》《精卫填海》《嫦娥奔月》《沉香救母》《八仙过海》《三戏海龙王》《孟姜女的传说》等。这些有着鲜明民族特色的神话是开启中小学生智慧的法宝。古人有信鬼神敬天地的传统，更有与自然抗衡的渴望。所以，我们必须先对神话怀有敬畏之心再去阅读。

我把神话引入课外阅读中，没想到同学们非常喜欢，捧起神话朗朗的读书声仿佛天籁之音！可以想象上古人民用智慧创造出的神话给后人留下了多么丰富的精神财富。

《女娲补天》这个神话孩子们一点也不陌生。

"女娲补天在于她坚定的信念，在于她忘我的精神，没有自己，没有小我，完全是大无畏的精神。这样的女性不值得我们敬仰和尊重吗？凡天下能干成大事的都有忘我的精神。身为一个女子，女娲的功绩很了不起！"同学们听得聚精会神。女生们对女娲升起敬慕之心，男生们对女娲更是钦佩，这女子太厉害了！"女娲所做的事情远远胜过男性，男生可不能等闲视之啊，要加油！"接着我告诉他们，"女娲不光有智慧、耐力、胆识、恒心，还有改造天地的雄伟气魄和大无畏的斗争精神。"

当有限的人力、物力解决不了人与自然之间的矛盾时，人们便用想象创造了无所不能的神和英雄来完成自己无法完成的征服自然、驾驭自然的任务。可以说，用想象来表达与自然抗争的精神是神话故事的主题，也是世界各民族神话传说中经久不衰的主旋律。之所以有这种想象，是因为原始社会生产力低下，人的能力有限，但希望无限，所以要用想象来填补、来发挥、来创造。

神话《女娲补天》反映了古代劳动先民与大自然顽强抗争的精神。女娲挺身而出救民于水火的高尚品德源自人类渴望征服自然、创造美好生活的愿望。

二

再来说说《夸父逐日》，这则神话情节很简单，讲的是一个男子在烈日之下狂奔追日。夸父汗流浃背地在烈日下狂跑，这情景足以让人感动。尽管每一位读者都知道太阳永远也追不上的道理，但夸父自己认为可以追到太阳，于是他不遗余力，奋力追赶。这恰恰是这个神话不简单的地方：一个人凭勇力不顾一切追赶太阳，一路饥渴劳累，看上去很傻，却又很让人心疼，而这种简单和理想的结构正是这则神话的魅力所在。

《夸父逐日》不强调故事性,也不着重刻画人物,而是烘托出一个时代的大背景、一种惊人的毅力。感动之后,给人留下深刻的思考……这是神话的完美主义精神,也是人类信仰的精神!

我对同学们说:"夸父很勇敢,他身上有男子汉勇猛的性格!他的不达目的誓不罢休的精神,也是人类共同的精神追求。"同学们听了很受鼓舞。我接着说:"夸父遇到困难没有放弃,他执着而忘我,直到身体累倒,再也没有起来……这看似悲壮,却是一种精神力量,值得我们深思。每个人的生命都会消亡,关键在于死后给社会留下什么?"到这时,我们进入了深层次的阅读,同学们都在凝神思考。我接着又说:"生命无论怎样坚强不屈,最终都会消殒,这是自然的规律。夸父倒下了,太阳每天依旧冉冉升起,他执着的精神永远给后世以觉醒!"

讲到这里,下课时间到了。"我们对这篇神话已经有了理解和感悟,希望课后同学们继续思考,因为学无止境。"

三

《精卫填海》是一个优美的神话!提到这个神话故事,我眼前便会出现一片汪洋大海,一眼望不见彼岸,海天一线处有一只衔着树枝的鸟儿,在波澜壮阔的海面上振翅飞行……我多次被这美好的画面陶醉。

同学们朗读的时候也特别用感情,尤其女生声音唯美到极致!

读完《精卫填海》同学们才知道,原来炎帝的小女儿精卫去东海玩耍不慎掉进深海里,变成了一只鸟。为了早日填平大海,她决心衔石子和树枝每天往返于大海和陆地。就这样,不知疲倦,一年又一年……

"太伟大了!"同学们赞叹道。

"这个神话的情节与《夸父逐日》一样简单,但比前者更有画面感,更有想象力，易于让人身临其境。现在让我们闭上眼睛想象一下！"我说。

同学们都闭上眼睛，有的同学趴在课桌上，完全处于自然放松状态。

我说："现在我们想象一下在波澜壮阔的海面上，一只羽毛未丰的鸟儿，不分白天黑夜地飞行，不辞辛苦，只为填满大海……"

教室里看似安静下来，其实，他们在动脑筋展开想象……

过了几分钟，我接着问："精卫填海有什么意义？"

这下他们打开了话匣子。有的说精卫掉进大海里回不了家，所以要填平大海；有的说她变成一只鸟，所以恨大海；还有的说精卫想干完这件大事再回家，不然爸爸会批评她贪玩惹祸。同学们各抒己见……

等大家说完，我说："炎帝最疼爱的小女儿精卫本该依偎在父母怀里撒娇，或者变成一只鸟，可以悠闲地停留在树梢上，和同伴们快乐地叽叽喳喳，可她选择了夜以继日地填海，而且一点不觉得厌烦，这是为什么？"

"因为她做事一心一意，认真踏实，有坚韧不拔的精神！"一个女生回答。

我立刻带头鼓掌。这就是自发的学习积极性。

在神话王国里，我们的学生学会了乐观、勇敢和积极向上，并有了开拓精神。神话中一个个鲜活的形象感动着我们，也鼓舞着我们，还告诉我们无论遇到什么困难，都应该对生活充满信心。

四

自从课外阅读开始引入神话故事后，同学们阅读的兴趣高涨，甚至刚上完这节课就追问下节课讲什么。看来神话的魅力无穷啊！中国神话赋予我们丰富的想象力，会让我们获得意想不到的收获。在阅读内容上，小学的同学们经常发生争执，男生强烈要求我讲《哪吒闹海》《宝莲灯》《夸父逐日》，女生则强烈要求我讲《女娲补天》《精卫填海》《嫦娥奔月》。他们各持己见，争着让我先讲各自喜欢的，完全打乱了我备课的顺序，尽管这样我也愿意满足他们的要求。而中学生的兴趣则放在《沉香救母》《后羿射日》等神话故事中。因为中学生思想成熟一些，更喜欢曲折的故事情节。于是我先选择了神话《沉香救母》。

这个故事大家都不陌生，尤其是女生们。她们喜欢电视剧中的沉香，说那个沉香英俊、勇敢。

"《沉香救母》不是只讲了孝道，还讲了信心、决心和耐心。沉香不畏困难翻越高山，跨过河流，一路忍饥寒，双脚磨出血泡，身上被灌木划出了血痕，为救母亲他一点也不在乎吃苦受累，这正是我们中华好儿郎的精神！"

同学们问："沉香救母、夸父逐日和哪吒闹海有什么不同？"

"夸父逐日是为全人类，哪吒闹海是有志不在年高，而沉香的行为比他们简单，也单纯得多，他一心救母。正所谓'纸上得来终觉浅，心中悟出始知深'。"

同学们认真倾听，同时也开始深思。相信他们的思维已延伸到了广阔的空间，正在穿越到沉香的时代，与之对话交谈。

五

神话穿越千年，今天读来依然回味无穷，为什么？因为它凝聚着人类不朽的精神。

讲了几节课的神话，我想给同学们留点时间消化一下，可大家非要我继续讲。我想这样也好，趁热打铁！接下来讲什么呢？忽然想起中秋节快到了，不如讲讲与中秋有关的神话吧。于是理所当然地找到嫦娥的故事，就讲给他们听了。

上课前我一说讲嫦娥，女生们第一个举手赞成，男生们也想听听有什么不一样的地方。于是我开始给同学们讲："嫦娥是一个仙女，也是广寒宫的主人。民间传说嫦娥被逼,无奈之下吃下了西王母赐给丈夫后羿的一粒不死之药后,飞上了天。从此,嫦娥和玉兔永远住在了广寒宫。每年到八月十五这天晚上,嫦娥都会遥望家乡思念亲人,父母也会望月思念女儿嫦娥。从那时起中国人开始有了吃月饼的习俗和思乡的情怀……"当我把准备好的月饼分享给同学们时,平时怕吃甜食、担心会发胖的女生也毫不犹豫地吃起来。大家咀嚼月饼的时候心里想着挂在天空的那轮圆月,想着举目无亲的嫦娥,女生们的眼圈红了……

嫦娥的故事,大家耳熟能详,但百听不厌。

每一个神话都有一种深深的意味,这种意味便像浓浓的酒,每抿一口,都能品出不同的味道来!

六

在神话里,同学们学到乐观、勇敢、坚强。一个个鲜活的人物感动着他们,激励着他们,帮助他们树立人生的信念,找到理想的坐标。

神话是上古人类精神的图腾,是民族强劲的动力。把这一课给同学们讲好不容易。如若只讲故事,就不能很好地领会神话背后的意义;如若只讲意义,却又怠慢了神话本身的含义,同学们会失去听的兴趣。想来想去,我才找到这个办法:先引出疑问,启发他们寻找答案,然后表演神话,做到心领神会。通过讲神话,我也对神话有了更深的理解和认识,可谓一劳永逸吧。

留住真情

孩子的目光很纯真，总流露出最可贵的真情；孩子的话语也很童趣，听了总想停下脚步与他们对话。我们很容易被他们的真情点燃，但这种美好的真情会在一天天的成长中渐渐消失，甚至会变得冷漠、无情，这是怎么回事呢？

一位记者朋友从一所中学采访回来神色黯然地对我说："现在的中学生和我们的中学时代大不一样了。"

我问怎么不一样。她若有所思几秒钟后说："首先与他们交谈很难找准他们的兴趣点，他们看似目空一切，又好像虚怀若谷，反正不好断定。我分析了一下觉得这是因为他们对人、对事缺乏某种热情而带来的漠视！"朋友以肯定的语气说。她的理性分析触动了我，我想起学生中也有这样的情况。

接着她又说："我看到他们目光里的冷漠以及对周围人和事漠不关心的眼神，问他们每天都想些什么？理想是什么？你猜他们怎么回答？多数同学说没有理想，有的眨眨眼睛想半天，回答考大学。"记者朋友报以无奈的耸肩。

这令我陷入思考。对于生活幸福的青少年来说，应该对未来充满志趣和奋斗才对，但情况似乎不容乐观。我想到我在课堂上遇到的所谓"目空一切""虚怀若谷"的孩子的确不是少数。经常听到同学说"活着没意思""很郁闷""烦死了"，这些话让我很担忧……时常看媒体报道：某小学生因老师的批评想不开跳楼自杀，某中学生因父母的教育不得当离家出走，还有更残忍的弑母事件，令人发指！这究竟是什么原因导致的？家庭、社会、物质、精神？

有一次一个小学二年级的女同学对我说："老师，我告诉你一个秘密，妈妈每天逼我学习，一天晚上我倒完垃圾没有回家偷偷离家出走了……"我惊讶得差点叫出声来，一个八岁的小女孩离家出走，这太危险了！"天黑，路上人很少，我害怕，就又回家了。"我松了口气。

我必须约这个孩子的妈妈面谈一次。这不是小问题，也许她妈妈还不知道，不能再大意了！我们通电话之后，孩子的妈妈来了，我没有直截了当说孩子离家出走的事。以我的经验家长都是急脾气，弄不好火冒三丈回家揍孩子一顿，岂不是火上浇油。

我先打比方说："孩子就像一台计算机，不能老往里安装软件，装满了运行速度就会越来越慢，时间久了容易死机罢工！我们要根据孩子的特点进行培养，不能在她童年里让她对学习产生恐惧和厌烦心理，那样会发生不利后果，例如：厌学、离家出走，等等！"

聪明的妈妈听到"离家出走"几个字立刻问："您是不是发现我女儿有什么不好的倾向？"

我见是时候了，就说："我们现在的问题是要改变教育方向，不要给她过多的学习压力。孩子聪明悟性好，但要循序渐进加以引导，树立她正确的三观，而不是急于求成！"妈妈听完默默点头，心里有数了。

说实话，面对教育中遇到的种种现象，我心里也十分焦虑。孩子不是机器，他们有自己的个性和需要，例如：玩耍、游戏、奔跑、跳跃等，而我们往往在这些方面没有满足孩子的需求。在小学生的课堂上，老师看到的不是学生渴望知识的目光，下课后看不到孩子喜悦的笑脸，课余时间要么上网，要么玩手机……老师在讲台上大声说："请安静！开始上课！"而同学们对老师的讲课似听非听，心不在焉！再看中学生，与人交往的能力更令人担忧，对待长辈冷若冰霜，见到伙伴自私自利，遇上初恋热火朝天。在家对爷爷奶奶和爸爸妈妈经常是一副爱答不理的表情，令长辈很寒心。有的中学生见到爷爷奶奶从不称呼"您",而用"你"和"他(她)"。妈妈好心给他端杯牛奶补补钙,却招来一句:"出去、出去,烦不烦?!"有时候急了还说:"你们再管我,我就去自杀!"可怜天下父母心,孩子却一点也体会不到!在学校,学生对待老师也是不尊重,甚至有横眉冷对、表演恶作剧的行为。老师叹息,欲哭无泪!老师气愤地说:"现在的孩子你越对他好言相劝,他越是对你反目成仇。"

在80后和90后的一些人身上缺乏人文素养和责任心。有一部电视剧里讲到一对90后的年轻夫妻,妻子刚出月子就撇下襁褓中的婴儿出去玩了,丈夫抱着哇哇啼哭的婴儿不知所措,坚持了一天他也耐不住寂寞丢下孩子跑了。此后夫妻二人经常为不愿照顾孩子吵架,最后闹到离婚的地步。丈夫说孩子应该归妻子,妻子说凭什么归我,你是孩子的爸爸,应该你照顾。双方争执不休,末了,妻子一纸弃书把孩子送给了保姆!多么荒唐又可悲的闹剧啊!其背后反映出一系列家庭和社会问题,尤其是两代人接受教育和被教育的行为方式,值得我们思考!很多年轻人生下孩子不是给婆婆带就是给妈妈养,完全忘记了自己身为父母应该承担的责任!

我记得作家梁晓声讲过一个有关"人文"的故事:

一次在法国我跟两个老作家一同坐着外交部的车去郊区。那天飘着雨,前边有一辆旅行车,车上坐着两个漂亮的法国女孩,不断地往后窗看着。她们的车轮碾起的尘土扑向我们的车窗上,加上雨滴,车窗被弄得很脏。

我问司机:"能超过去吗?"

司机说:"在这样的路上超车是不礼貌的。"

正说着前面的车停下来了,下来一位先生对我们的司机嘀咕了几句,然后回到车上,把车靠边,让我们先过。

我问司机:"他刚才跟你说什么了?"

司机告诉我说:"他说一路上我们的车始终在前面这不公平,他还说车上还有他的两个女儿,他不能让她们觉得这是理所当然的。"

梁晓声说这句话让他羞愧了好几天。

留住真情，不让悲剧重演，教育必须从幼儿抓起。清代思想家梁启超说："人生百年，立于幼学。"幼年是培养孩子的启蒙阶段，《弟子规》说："父母教，须静听。父母责，须顺承。"先要做到听从父母的话，父母责备你的时候不要顶嘴，才算有家教。不然"身有伤，贻亲忧，德有伤，贻亲羞"，前人教化儿童的根本是心从善，念则改，一切随心而动，随意而转。父母生养我们吃苦受累，我们不能做无情无义的人！中国人的传统情感美德为什么在这一代少年身上没有很好地体现？我们应该好好反思，教育中出现了哪些问题。在人们称"小皇帝""小公主"的时候，在衣来伸手、饭来张口的时候，在"不好好学习就没出息！"的时候，在孩子遇到困难或摔倒喊疼的时候，在与父母顶嘴离家出走的时候，在和老师对抗不遵守纪律的时候，在我们这些做长辈的无尺度娇宠顺从的时候，孩子恶劣的秉性已经形成。这种不可逆的现象归根结底难道不是"子不教，父之过"吗？

发生在我们身边的教育问题太多了，冷静想想，我总结出培养孩子的情感有以下四种方法：一要做个有心人，二要热爱自然和动物，三要阅读文学书籍，四要以身边人为榜样。

一要做个有心人。遇事多为他人着想，多一点耐心和爱心，当你用心为别人付出的时候，你得到的是真心！

二要热爱自然和动物。有一篇小学生作文题目叫《哭泣的小树苗》，写的是在放学的路上该同学看见几个高年级的同学把路边一棵小树苗拔掉当武器相互打斗，他很生气上前制止他们的行为，结果发现小树苗已经奄奄一息了。我读后被深深感动，这篇作文的主题思想谴责了那些损坏树木和破坏森林的人。大自然与我们人类的生存息息相关，爱护自然，等于造福我们的后代。我为这个小同学竖大拇指！近年来养狗、养猫成了城市人的时尚追求，有的小朋友也加入其中，但也有大人不支持孩子养小动物的，他们的理由是："学习都学不好，不许养！"其实教会孩子处理好养小动物和学习之间的关系很重要，可固执的父母认为一切要为学习让道。有一位妈妈对这件事情却有不一样的处理方式。10 岁的儿子看见楼下一只流浪狗蜷缩在杂物堆里央求她带回家，她同意了。回家后她和儿子一起给小狗洗澡，儿子特别高兴，没等她督促就赶快把作业写完了。爱是无所不能的，爱也是微妙神奇的，爱可以融化冰川，爱也可以起死回生，热爱自然和动物，社会才会和谐。

三要阅读文学书籍。文学书籍是人类智慧和艺术的最高成就，无论是丰富多彩的情感，还是包罗万象的知识，它们都是传递大爱真爱的，教会我们识别真善美和假恶丑。大家喜欢的《西游记》中的唐僧师徒就是真善美的化身，而妖魔鬼怪就是假恶丑的化身。我们要告诫孩子学习孙悟空的机智，识破妖魔鬼怪，同时学习猪八戒的敦厚，但一定不能学他的懒惰和贪婪。还有经典神话《宝莲灯》、世界名著《老人与海》等，这些文学书籍是对孩子心灵有启迪作用的。文学作品中的艺术形象容易被孩子记住，例如书中主人公的不幸遭遇最能激起孩子的同情心，同时唤起他们的爱心，培养他们美好的情感。读书增长智慧，提升情感。

四要以身边的人为榜样。2008 年我国汶川发生特大地震的时候，9 岁的小林浩在地震发生时用柔弱的小肩膀从废墟中背出两位同学；许中政小朋友被压在废墟下 28 小时，为了鼓励同学们坚持下去，他带领大家唱国歌；四川省青川县木鱼中学初一女生何翠青被埋废墟 50 个小时后，凭着自己强大的求生欲望和惊人的毅力，在救援人员的帮助下生还；还有一名叫尚婷的小学生被困一百小时后获救，他们创造了一个个生命的奇迹，他们的勇敢和坚强都是值得学习的！

培养孩子有真情、真爱非常重要。一个人有爱才有责任感，有爱才有使命感。一切良好的习惯和品德都以良好的情感为动力，缺少了爱和情感，人生就失去了滋味。

生命有限，情义无限，不要忽视对孩子情感的培养。要让孩子从小事做起，爱身边的一草一物，爱爷爷奶奶，爱爸爸妈妈，爱老师，爱同学……

留住真情，才能成就未来。

谈读书

一说起读书，我很有兴趣！这兴趣来自童年培养起的阅读习惯，书读多了，学会思考，又发现思考是件有趣的事，继而就愈想读下去……

会读书的人一定是把书读到骨头里去，化成自己的血液。有的人读书耐心持久，容易废寝忘食，觉得读书比吃饭重要，一生与书为友。但也有人读书兴头很短，一会儿吃零食，一会儿看手机，心不在焉。不喜欢读书的人把书当成无事寻乐，而喜欢读书的人把书当作心灵的滋养，这看似消遣的读书，其实是在净化心灵，韬光养晦。

大凡家里有爱读书的大人，孩子也大都爱读书，耳濡目染嘛。我童年的时候，母亲爱读书，姥姥整天说母亲看的是闲书。我不懂什么是"闲书"。母亲烧火煮饭的时候腿上总摊开一本书，饭溢出来她才觉查；母亲的床头也放着一些小说，可我那会儿不懂小说为何物。

记得有一次，母亲与人聊读书的事，她说什么金陵十二钗，还说什么青埂峰下的顽石……我觉得很好奇，很想知道那书里究竟写些什么。我忍不住问母亲，她才告诉我那本书叫《红楼梦》。从此我便有了读书的渴望。

我12岁那年第一次阅读连环画《红楼梦》。我尚且年幼不懂其中深意，只看到优美的图文和红楼女儿们的悲剧命运，长大后联系到时间的过往和生命的凄美，便有了对《红楼梦》一点浅浅的认识……后来知道，此"闲书"非彼"闲书"啊。母亲好阅读一直影响着我，家里数我的闲书多，什么小人书、漫画书、故事书……装了满满一箱子。有一段时间台湾女作家琼瑶的言情小说风靡大陆，我看入迷了。母亲发现后严厉地对我说："小小年纪不许看言情小说！"我乖乖地看着书被她没收锁进抽屉。后来我的阅读全部由母亲选择，我再也不敢乱读书了。

母亲的做法是对的，小孩子读书一定要有方向，不可随心所欲，荒废光阴。但是也有爱读书却不被大人理解的孩子。有一次，一个小学四年级女生的妈妈找到我，一脸苦楚地说："我不知道该怎么办了，我女儿特别爱读书，经常读起书忘记写作业。我和她说过很多次不能这么入迷，可她不听，我愁啊！"

我问孩子都读什么书，她说童话、科幻、故事等。我说："这很好啊，您女儿这么爱读书，您应该高兴！"

可这位妈妈说："我女儿读书占用的时间太多，作业不能按时完成，为这经常挨班主任批评，我也被叫到学校。班主任说作业都不能保证完成，看那么多书有什么用？"

听完这些，我心里特别不是滋味，真想找班主任理论。凭什么作业就比读书重要？读书难道不是学习吗？读书学到的知识远比作业丰富得多。孩子爱读书非但不鼓励反而批评，这是什么道理？这位班主任应该好好检讨一下自己，她倒是应该多读书，提升自己的知识和教学水平！

还有一次在超市图书角，一个大约八九岁的小女孩正捧着一本书津津有味地看着，她妈妈走过去一把拉起女儿说："怎么能坐地板上看书，多脏啊！"小女孩被妈妈领走了。诸如此类，我目睹过很多，也思考了很多。

有一些家长问我孩子为什么不喜欢读书，我结合自己多年来对儿童阅读的观察以及自己的读书经验告诉他们，读书习惯是培养出来的。他们还问选择哪些书阅读，我推荐中外儿童经典文学名著，因为这是开启儿童智慧的金钥匙。如果一开始儿童读一些无用之书，既花时间又消耗精力，要读有用之书。当然"有用"不是功利，而是读有益于身心健康的书。小学低年级的儿童要在大人引导下读书，这样更容易培养起读书兴趣，还能建立亲子关系。

"我儿子从小不爱读书,现在上小学五年级了,连一本完整的小说也没有读完过,我急啊!"

"我家柜子里的书都放不下了,可我女儿就是不碰!"

"我希望儿子每晚睡觉前读一篇文章,这样可以积少成多,可他玩够了头一挨枕头就睡着了。"

……

听了家长们这些话,我十分担忧。从什么时候开始,读书在儿童心里已不再是美丽的童话和浪漫的理想追求。书的魅力哪里去了?现在可以说家家户户都有藏书,为什么多数儿童不喜欢书呢?挤不出时间,内容不吸引他们,还是注意力转移到别的事物上了?或者是丑小鸭变成天鹅的故事结束了?诸多问题向我们的教育工作者提出。

经过思考我找到以下三个原因。一、读书需要兴趣。二、孩子不能没有读书的伙伴。三、家长把读书看得太功利。这三条都是导致孩子不爱读书的原因。那么怎么培养孩子爱读书呢?

第一,读书需要兴趣。爱因斯坦说:兴趣是最好的老师。如果能帮助孩子找到读书的乐趣,他就会喜欢上读书。例如:父母可以和孩子一起阅读,鼓励孩子发表读后感,多听取他们的见解。切记不要说教,那样孩子会逆反。星期天和孩子去户外阅读是最好的选择,春天一起踏青,一起阅读,他们一定会感到快乐。孩子最喜欢表演的形式,孩子扮演小兔子,妈妈扮演兔妈妈,爸爸扮演长颈鹿,以生动的形象和语言帮助他们获得读书的快乐。这样既提升了他们的兴趣,又达到了阅读的目的。

第二,孩子不能没有读书的小伙伴。记得我们小时候有三三两两的小伙伴坐在一起读书,为了一本书常常争执不休,现在想起来都好笑。每次我们交换阅读的时候,大家把借来的书尽快看完好换新的;在放学的路上,路边书摊上经常能看见小伙伴相伴读书的身影,那段时光已经印在我们心里。读过的小人书至今能记起名字和情节。我们从不感到阅读是负担和压力,相反阅读让我们的童年丰富多彩，充满快乐。而现在的孩子少了这些体验，每天上学放学、写作业，或者读学校指定的书，没有自由而开阔的阅读体验，这样十分不利于孩子的身心发展。父母要帮助孩子建立阅读兴趣和"人际关系"，告诉他们与小伙伴相处的好处，让他们体验互换阅读的快乐。

第三，父母把读书看得太功利。家长们要求孩子多读书，说什么不读书没有前途，不读书将来没饭吃，找不到工作，甚至讨不上老婆，等等。让人很无语，这完全偏离了读书的美好。读书是一种乐趣，是用来启迪孩子心灵和智慧的，不是为了建功立业的（那是后话），当下不要急于求成！有的学生说："妈妈说了如果我不好好读书，长大了找不到好工作就要去路边卖菜。"我听了苦笑，不读书就一定会活不下去吗？再说卖菜的职业有什么不好？难道都要开豪车做白领吗？社会分工不能以此为界定，这是偏激的认识。如今的孩子要面临激烈的竞争，物欲掩盖了孩子纯洁的心灵，我们勉强他们为了利益读书会让他们失去生活的快乐。阅读要发自内心，要与完成作业的形式区别开，自发自愿会读出欢喜心。小时候为买一本小人书对爸妈哭闹，拿到新书爱不释手，晚上钻进被窝打着手电筒偷看，那种乐趣现在想起都感觉很幸福！

书是孩子童年的春天，书里有美丽的花草、明媚的阳光、清新的空气！书籍也是人类的精神食粮、高于一切的启蒙教育，而不读书成长会留下遗憾！

2008年后，我曾经在各个年级中做过小范围的调查。每所小学每天给学生布置阅读作业，每学期有指定的课外阅读书目，但是学生把书买回家多半都用来"装饰"书柜了，很少有孩子去认真阅读。这种现象令我思考，我们是为了让孩子完成任务去读书吗？我仿佛嗅到那些沉睡的书在柜子里散发出变质的霉味。有些孩子小学即将毕业却连一本书也没有看完过，小学六年级分不清什么是散文，什么是小说！有一次，我对同学们说："下周上课大家带上自己喜爱的书，我们开始互动阅读！"结果一多半同学忘记带，有的连续几周忘记带。我问大家每天在家阅读吗？有六个孩子说没时间阅读，三个孩子沉默不语，只有一个孩子说阅读一小会儿。我惊讶于全班十个学生中只有一个人阅读，而这十位同学来自不同的小学，其中不乏重点学校的学生。这个小小的测试让我惊讶！而阅读课不光在我们作文班难以开展，在很多课外辅导班和学校班级中同样难以开展。

一次，在六年级的阅读课上，我让同学们读一篇大约六百字的课文，头两遍声音整齐洪亮，读到第二遍、第三遍声音渐弱，最后保持住的只剩下两三名同学。这说明他们平时很少朗读，体弱气虚！接着我请同学们说读后感，没有人能具体说出来，写下的读后感更是生涩乏味。有一个女生嘟起嘴不高兴地说："读书太累！读书有什么用？"我又被惊到了，她怎么会生出这种想法。小小年纪对读书如此抱怨！再看下面的同学把书已经合上了，说话和笑闹声响成一片……我想起毛泽东主席说的话："人有了学问，好比站在山上，可以看到很远很多的东西。没有学问，如在暗沟里走路，摸索不着，那会苦煞人。"

怎样帮助同学们建立读书兴趣，让书成为他们童年的朋友？于是，我提出我的设想和建议：希望家长每天抽半个钟头时间和孩子一起阅读。可他们坚持不到半个月就懈怠了。有时候面对家长的教育，我想大声疾呼："请牺牲一点时间帮助孩子坚持一段时间！"可是家长有太多不能坚持的理由，诸如：上班忙、家务累，等等。

请家长配合引导孩子阅读看来难以实现，接下来我又想到一个好办法——带孩子们去图书馆阅读。平时孩子们的读书范围太局限，去图书馆开阔眼界，在图书的海洋里陶冶情操，相信他们会有收获。可是从作文班到市图书馆的路很远，孩子们能走到吗？家长们会放心吗？我先征求家长们的意见，说了我的想法，家长们居然都表示赞成。孩子们当场也表态："我们不怕路远，一定能走到！"我顿时心里有了力量！很多爸爸妈妈说平时上班忙没时间带孩子去图书馆，有老师带着放心。

我们在星期天早上，迎着朝阳出发了。一路清风，一路歌声，路上的行人好奇地看着我们这支由孩子和轮椅组成的"队伍"。有的人停下来朝孩子们竖起大拇指，孩子们挺胸阔步，一个个像接受检阅的小士兵，一丝不苟地迈着坚定的步伐！

当我们走到北二环立交桥下时，前面有三个路口，往哪边拐弯儿？孩子们停下来看着我，等待我的确定。我示意往西边拐弯，这时一个男生解下红领巾高高地举起对我说："老师，我用红领巾在前面给大家带路，您走在同学们的后面，这样您不用回头就能照顾到大家。"好主意，不愧是班里的智慧星！这回后面的同学不会掉队，我也不用往后看，我心里一阵感激。孩子们有一点点为他人着想的行为我都会非常高兴！我的轮椅跟在队伍后面，同学们跟着手拿红领巾的男生走在前面。孩子们汗流浃背，但没有一个人喊累。如果平时多让他们有一些锻炼的机会，相信他们就不会有赖床的习惯了。

到达图书馆门前时，孩子们激动地跑向前欢呼着，那情景不亚于登山到达顶峰的喜悦。此时，我们的头顶是蓝天白云，脚下是绿草茵茵，在一片开阔的地面上，一座灰色的建筑物伫立在前面，上面是"西安市图书馆"六个大字。男生们大步走进去，女生们步子缓慢，我朝她们一挥手，女生们赶紧跟上来。

我们先去了儿童阅览室，里面有一排排整齐的书架。孩子们的眼睛一下被点亮了，只见他们迫不及待地跑到书架前找自己喜欢的书，似乎对书有久别重逢的喜悦！男生们你偎着我，我靠着你，还有的同学一个人趴在桌子上专心致志地看书，仿佛到了无人之境。书的力量除了可以升华思想，有时候也可以安顿浮躁的心。

我告诉他们可以在本子上写一段读书笔记。有的同学愿意写，有的同学不愿意写。我对不愿意写的同学说："如果你不愿意写也可以讲给大家听。"结果他们说几句就开始挠头了，再看旁边的同学都在埋头写，也赶紧拿笔写起来。对付孩子的懒惰必须要有方法，要善于激发他们，发挥他们的自主意识。

等大家把读书笔记全部交上来，已经是中午了。孩子们去户外玩耍，吃各自带来的面包、方便面、薯片等，而我开始认真检查作业。有真实感受，语句通顺就算过关。有一篇不知所云的，我当面让他自己读一遍，让他也挠头目的就达到了。他趴下修改，再看就过关了。

最后我要求每人说一句今天的读书体会。

有的说："我喜欢读书了，我发现书里有很多我想知道的知识！"

有的说："我喜欢和大家一起读书，我们可以相互交流，不懂了，还能问老师！"

有的说："我喜欢图书馆，我想把家搬到图书馆！"

大家听了哈哈大笑。

下午五点半钟，家长们已经在图书馆大厅等候接孩子们了。孩子们奔到爸爸妈妈怀里兴奋地说今天阅读的喜悦和收获，有的闹着要妈妈现在去书店买书，妈妈满心欢喜地答应了。有的爸爸妈妈直接给孩子在图书馆办了借书证，可以把书借回家看，这才安抚住他们。见孩子阅读兴趣从未有过地高涨，家长们不停地向我表示感谢。

这时，旁边一位戴眼镜的妈妈走过来礼貌地对我说："打扰一下，我听见你们在谈孩子读书的事，我很感兴趣。我儿子上小学四年级，平时不爱读书，我们全家都很着急。今天星期天我专门带他来图书馆看书，可他只顾疯跑！"

我顺着这位妈妈手指的方向看去，一个小男孩正玩得起劲。我笑着说："首先您可以给孩子选择一些他感兴趣的儿童读物，例如：童话故事、科幻小说等；其次每天和他一起阅读，一定要坚持，然后再说阅读的方法。"

"好好好，谢谢！"戴眼镜的妈妈连忙说。

这时，我班里的一位家长接过话说："我孩子以前也不爱读书，自从上了刘老师的作文课，孩子变得爱读书了。"

"是啊，我儿子也是。你看他今天写的……"我班里的家长忍不住拿出孩子当天写的读书笔记给她看。

"每一个孩子都有可塑性，不要把读书当成任务，孩子会觉得那是压力。

要把读书当成游戏、当成艺术、当成表演,让他们在玩耍中获得读书的乐趣,提升阅读的鉴赏力。"我说完,家长们都表示信服和赞成。

戴眼镜的妈妈看看我一下明白过来,刚要对我说什么,儿子跑过来拽着她走了。

我笑了。很少有人把"老师"这个名词与我这个残疾人联系起来。长时间以来人们习惯把我和"爱学习"三个字联系在一起,因为我戴着一副近视眼镜,平时爱学习,不言而喻嘛。孩子们称我老师,虽然我学识不深,但我会坚持,不辜负这个美名!

后来,一个叫许景琛的小学四年级男生做了我的学生。没错,他就是那个在图书馆把妈妈拽走的男孩。他从不喜欢读书到爱上读书,最后作文还发表在《童话世界》杂志上。他的语文成绩是芝麻开花节节高。他妈妈每每提及那一次在图书馆遇见我的事情都会激动地说:"刘老师,要不是遇见您,我儿子不会变得这么爱读书,作文也不会进步得这么快!"

我笑笑,觉得有一束暖暖的阳光照进了心里。

图书馆之行激发了孩子们的阅读兴趣,但这只是个小小的开头,阅读需要坚持,需要延伸,要每天阅读,做到循序渐进,才会有更大的进步!

小聪明和大智慧

我认识很多年轻妈妈,她们常在一起谈论孩子。例如:

"我家孩子从小聪明,学东西很快,在他们班老师都喜欢他。"

"我家孩子在学校也是,连特长班的老师都夸奖我们有悟性。"

此话不虚。现在的孩子远比我们那时候聪明,算算术脑筋转得快,玩电脑一看就入门,不佩服不行。他们经常是我的小老师,我电脑方面有不会的问题就请教他们,经他们指点,我才明白。

有时候看到一些反应慢、口齿不利索的同学,其实这只是一种表象。之前我有个学生性格木讷,你喊他名字,他眼睛看着你,不搭腔。他有点不讲卫生,鼻子下总挂着两条浓稠的鼻涕。我说去擦鼻涕,他听话去了,回来没两分钟鼻涕又流出来。同学们嫌弃他,不愿意和他坐一起。我想这孩子可能有鼻炎,一问,他说有一次吃黄豆把一颗黄豆吸进鼻腔里了。我看着他鼻梁没什么异样,问他疼不疼?他摇摇头。同学们背地里说他傻,有时候取笑他。有一次我给他讲修改的要点,问他记住了吗?他一拍脑门,说忘了。我再讲一遍,他仍是一知半解。忽然有一天,我发现因我的一句话他茅塞顿开,从此作文开窍了,而且像上了发条的钟表一样发奋向前,不久成绩在他们班上就名列前茅了。

还有一类学生,你看他手疾眼快,开口滔滔不绝,以为他聪明悟性好吧?恰恰错了,此同学一个问题你讲十遍他照样挠头,你的提问他永远是答非所问,却又经常表现出超乎他人的聪明,让你不知说什么好。前者作文可以做到条理清楚，后者则有头无尾，说东道西，没有主题。对前者，我一般不用说教，只讲重点，他会意即可；对后者，顺其自然，不强迫，知道多少算多少。

所以，聪明不聪明需要仔细观察，而不要以貌取人。教育者要有辨识的眼光，善于发现孩子的优缺点，及时启发他们的智慧。

一般有聪明的家长就有聪明的孩子。妈妈见人就唠叨儿子的事情，包括儿子小时候尿床，她给换尿布，等等。儿子听了反感，这妈妈太不聪明。一定要学着做一个智慧的妈妈，不要动不动就揭孩子的短，这样容易打击孩子的自尊心。

有这样一个妈妈就做得非常好。儿子要去外地上大学了，妈妈叮咛："儿子，爸爸妈妈不在你身边，你在外面遇到困难，记住什么都可以舍弃，唯独不能舍弃一样东西，那就是做人的本分。"多么简单朴素的话语，却暗含着做人的深刻道理和大智慧。

还有一位妈妈，她平时对儿子的调皮捣蛋从不管教，别人说她儿子没家教，她笑笑就过去了。有一次，在她接儿子放学回家的路上，儿子在人行道上乱跑撞倒了路边一筐水果，苹果滚落一地，摊主是个老爷爷，他很生气。儿子见事情不妙想跑，妈妈一把拉住他严厉地说："把苹果捡起来，去向老爷爷道歉！"儿子害怕了，乖乖地去捡苹果，并向老爷爷鞠躬道歉。而这还没有完，妈妈又拿钱买下了那些苹果，每天早晨给儿子吃一个，为了让儿子记住他的错误。

这两位妈妈都有大智慧，她们帮助儿子学做人，走好了人生的第一步。也有的妈妈见孩子占一点小便宜就沾沾自喜，付出一点辛苦就埋怨唠叨。女儿下班回来累了，妈妈心疼地说："你要学聪明点，趁老板不在时偷个懒，反正干得多老板也不会多给你一分钱。"女儿照着做了，结果不久被炒了鱿鱼。还有的大人对孩子说："单位的事别抢着干，你不拖地自有人拖地，干吗把自己累着，真傻！"这些都是助长子女的小聪明，其实是害了孩子。

在小学生中这样的例子更多。小升初前,一个男同学利用课间写学校留的卷子。他的同学也想看看,他马上用手捂住说:"我妈说了同学看见我的答案,我小升初会多一个竞争对手!"瞧,多可笑的逻辑。就算张三不看,难道没有李四超越你吗?这位妈妈太不智慧。

如果小聪明不及时改正,搞不好会有更严重的后果。

小聪明者多以自我为中心,表面上聪明伶俐,能说会道,其实善于伪装。小聪明之所以是小聪明,因为在智慧者眼里很容易被识破。

网上看到这样一个故事:现在的大学生家庭条件都好,经常买了新衣服就把穿旧的扔进垃圾箱。学校的宿管阿姨见了觉得很可惜,于是捡回家洗干净准备打包快递给老家的亲戚。有的同学一看小聪明立刻来了,趁机把自己平时不想洗的衣服都扔进宿舍门口的垃圾箱里,等宿管阿姨捡回去洗干净晾晒好,他再偷回来。这种小聪明招来同学们的鄙夷。

孔子说:"君子不器。"这句话里充满灵性与智慧。良好的教育是把智慧的语言潜移默化地传达给孩子,不是一就是一,二就是二;而要把一变成二,把二变成三,甚至变出更多不可知来。教育的方法有很多,或是陪孩子玩一个游戏、读一本书,或是登一次山、游一次泳,让孩子在不知不觉中领会和感悟,这都是智慧!

大智慧是舍得,有大智慧才有大境界、大胸怀。

怎么培养孩子的智慧呢?教他们爱人、惜物、善待他人、包容万物,要有大鹏一飞冲天的精神,这是大智慧。

庄子的《逍遥游》给我们讲了一个故事:宋国有个人会调制预防皮肤皲裂的药,因为宋人长年漂洗丝絮,双手在水里容易皲裂。有个人知道了愿意出百金购买这个药方。那个宋国人就想我们世世代代漂洗丝絮,也挣不了这么多钱,他回去与族人商量后,决定把药方卖给那个人。那人得了药方立刻去吴王那里自荐为官。刚好越国发难,吴王就命他率兵打仗。正赶上冬天在水上交战,士兵们涂上药手没有皲裂,最后打败了越军。买药方这个人做的事情,于宋人、于吴王、于自己都有好处，可见智慧要用对了地方，于他人有益就是大智慧。

读庄子的《逍遥游》，我们会发现各种生命的不同状态，给我们智慧的思辨。小我的教育会桎梏孩子的思维，拿无用当有用，而大我的教育才会帮助孩子走向美好的未来。

有一次，我们阅读课上读一篇有关藏羚羊的文章。那些藏羚羊平时的奔跑时速约为70千米，而猎豹的奔跑时速约有100千米。按常理来说，猎豹捕获藏羚羊是十拿九稳的事。但是，事实并非如此。猎豹每次出击，成功的概率不到10%。这是为什么？

读到这里，我先让同学们进行几分钟的小讨论。我问大家："藏羚羊是用什么方法从猎豹的魔爪下一次次成功逃脱的呢？"

同学们没有人能回答。

"我的推断是藏羚羊用了一个巧妙的方法脱险，现在我们来看看下面的内容。"我卖了个关子。

同学们产生了兴趣，一双双眼睛在字里行间寻找答案。结果答案是当猎豹每次快要追到藏羚羊时，藏羚羊就用它的智慧让猎豹扑空。猎豹一次次扑空灰心丧气，最后不得不放弃追捕。我告诉大家危急时刻用智慧脱险才是最高明的选择。

这篇文章让同学们获得快乐并增长了智慧。

父母不能耍小聪明，要有大智慧、大远见，父母的认知决定孩子的未来。大商人胡雪岩小时候在放学回家的路上看见路边有一袋金子，他想丢金子的人一定很着急，索性坐在路边等那人来找。可是等到天黑也没有见到人影，于是他把金子带回家和母亲说了。母亲批评了他，并与他拿着金子一起到路边等，最终把金子还给了失主。胡雪岩长大后之所以有大成就，和母亲从小的教育是分不开的。所以孩子的智慧要看父母的引导和教育。

有人说小境界无碍他人也挺好，但别忘了人是高级动物。俗话说鸟往高处飞，不能因为做不到就不努力，要不断求知和不断提高自己，这才是人应有的追求。

　　大智慧质朴无华，多读读经典就会增长智慧。《逍遥游》让我们领悟到大鹏的高远，还帮助我们开阔了心境，放下了小我，明白了事物发生和变化的过程。任何事物求变才能有发展，社会求变才能革新。从小聪明到大智慧也需要有一个变的过程。也许我们平时无知无觉，但与之前的小聪明相比你的人生境界宽阔了，遇事粲然笑之，那离大智慧就不远了。

美德教育

窗外，灌木丛在灰色的天空下干枯而萧条，偶尔有几只淘气的麻雀振翅飞过，给冬日带来些许生机。

双休日两天，屋里的炉火生得很旺，这都是父亲的功劳。他起得早，怕我和孩子们上课冷，所以在炉膛里放了三块蜂窝煤，足够保持一上午的温暖。快9点钟了，门仍没有被敲响。早晨孩子们一定是怕冷不愿出热被窝。是啊，天气太冷了，我也有点懒床的毛病，但是一想到今天要上课，我就说什么也睡不着了。再等等，我对自己说。

这时传来锁自行车的咔嗒声，是邮递员来送信和报纸。通常他把信和报纸放进门口的信箱里，然后就骑车走了。

教室的门"吱"的一声被一双小手推开，一个头戴风雪帽、身穿红色羽绒服的小男孩走进来。

"老师好！"他一边搓搓冻红的双手，一边礼貌地说。

"来，坐在这里，离火近一点！烤烤手！"我笑着叫他过来。

他走到火炉边把手伸在火苗上方。橘红色的火苗往上蹿，映红了他的手掌和脸颊。

"老师，一会儿炉子里的煤烧完了，我来添煤吧！"

"好啊！"我说，"你会做这些事吗？"孩子热爱劳动要鼓励。

"我会！在家我也给炉子添煤，一点儿也不麻烦！"孩子快乐地说。

他叫白鹭，一个很好听的名字，让我想起"两个黄鹂鸣翠柳，一行白鹭上青天"。往常这孩子来得早会找安静的地方看书,今天他没有看书,而是很想和我说说话,于是我认真听他说起来。

"今天早上妈妈早早出门了,我起床自己生炉子,不然家里会很冷,连小花猫都蜷缩在窝里不肯出来!老师,你猜我是怎么做的?"我睁大眼睛等他说下去。

"我先拿着一块黑煤去敲开隔壁李奶奶家的门,请李奶奶把煤放在她家炉子里引着,然后我用夹子小心翼翼地夹回去放进我家炉膛里,再重新压上一块新煤,等几分钟后蓝色的小火苗就上来了。开始小火苗只有一两簇,看上去弱弱的,有气无力的样子。慢慢地火苗壮大了变成金色的火苗,最后金色的火苗越来越多,围满了炉膛!"

"天哪,白鹭,你太了不起了!"我不禁惊讶地叫道,"那么难的一件事你居然轻而易举就做到了,太厉害啦!"

白鹭听了脸蛋红扑扑的,眼睛像星星一样闪着亮光。这个少年只有9岁!如果每个孩子在家都能做一些力所能及的家务劳动,那该多好。可是大部分妈妈不愿意让孩子劳动,只要他们好好学习就行了。而白鹭的妈妈不这样,她让儿子从小养成爱劳动的好习惯,因此从不对白鹭娇生惯养。白鹭也很懂事,小小年纪就很体谅妈妈爸爸挣钱辛苦,从不乱花钱。

白鹭还有一个美德,就是为他人着想。我打算把白鹭生炉子的事在课上讲讲。这个班级是二年级的小学生,而且是9月开学后的新生,同学们来自四面八方的小学,相互不了解,缺少沟通和交流。如果彼此熟悉了,美德就会相互传递。这又会是一堂生动的德育课!

开始上课了。我给大家讲了白鹭生炉子的事,孩子们的目光里充满了对白鹭的羡慕和佩服。有的说白鹭心细,有的说他想跟白鹭学生炉子,还有的说没想到家务劳动也这么有意思!多半孩子在家不劳动,可是有时候会有命题作文让写做过的一件家务事。大部分同学没有素材,有的回家找事做,然后写作文。我不赞成这种临阵磨枪的做法,孩子急,家长急,写出来的作文还不一定合格。我希望同学们平时能做一些力所能及的家务劳动，这样写作文时就会信手拈来了。

"同学们，白鹭早起生炉子，他不光细心认真，还懂得替爸爸妈妈着想，知道他们上班辛苦。这美好的品德不是说在嘴上的，是要付诸行动的，大家要像白鹭一样踏实、耐心，持之以恒！"

同学们听了，看白鹭的眼睛都睁大了一圈。一个男生上去一把搂住白鹭的肩，拍拍他的脸蛋说："我要向你学习，哥们儿！"

女生们的表达则比较含蓄，她们给白鹭使劲鼓掌。

白鹭的脸蛋上升起两朵红云，不好意思地只顾低头笑。

"老师相信每一位同学都具备美好的品德！"我趁此对大家说，"其实每个人都有美德，只不过被遮住看不见了，就像镜子上蒙了一块布，等揭开布才能看见一样。美德也是如此。"

孟尧听完第一个站起来发言："我奶奶有眼病，每天都要滴眼药水，我每天放学回家第一件事就是帮奶奶滴眼药水。我现在做小事，长大了才能做大事！"

我带头一起为孟尧鼓掌。

"我给爸爸洗袜子算不算美德？"戴晓静不自信地站起来，她平时很腼腆，很害羞。

我立刻说："算算，当然算！"

戴晓静挺起胸脯说："我不爱洗袜子，妈妈为了治我的毛病，干脆不给我洗。所以我攒了一堆袜子，房子里一股臭袜子味。你们别笑我。有一次我没有袜子换了，妈妈不在家，我只好自己洗袜子，看见爸爸的臭袜子也扔在角落里，我主动给他洗干净了。后来我每次都这样做，爸爸以为是妈妈洗的。妈妈说我们父女俩臭味相投！"

大家又一起热烈鼓掌。

"我也要发言！"王琳琳举手，小辫子在头后摆动着。

"我们学校组织同学们植树,我参加了,种了一棵小树苗。我给它培土、浇水,还在树前许下一个心愿。我想等明年春天再去,到那时小树苗长高了,我也长高了,然后我要再种一棵、再种一棵、再种一棵……就成一片森林了!"

每个人的美德鼓舞着彼此,大家信心百倍。

"每天早上在学校门口我都会看见一个蹬三轮车的老爷爷,他骑车上坡很吃力,我每次都跑上去推一把。"李阳晃着脑袋,不是骄傲而是信心满满。

听了同学们关于美德的发言,别提我有多高兴了。这让我想起有的孩子缺乏美德教育,上小学五年级还是自顾自,对他人有困难熟视无睹,脾气暴躁容易动手打架,实在需要加强教育!之前,我想过开设美德教育课,也征求过家长们的意见,他们一致摆手说孩子没有时间。我知道他们是觉得美德课程不能直接出成绩,他们只愿意花课时费让孩子补习语数英,不愿意把时间留给美德课。学业不论从社会发展的角度还是职业竞争的角度来说都很重要,但是我相信美德更重要,因为没有美德的人生不是美好的,是不会有快乐的。

美德教育必须引起全社会的重视,下一代的美德培养关系到未来发展和人类共同的幸福!就像一艘轮船偏离航线就会有触礁的危险,会带来巨大的灾难。

为他人着想是一种美德。有一次正在讲课,有个女生忽然胃疼呕吐一地,旁边的同学都闪开了,空气里弥漫着异味!

这时候我对大家说:"谁愿意去卫生间把拖把和卫生纸拿来?"

"我去!"有个同学取来了拖把和卫生纸。大家七手八脚开始收拾,不一会儿地板清理干净了,门窗打开了。

我表扬乐于助人的几位同学,并奖励他们每人一颗美德小红星。

借孩子们思考的空档,我说:"有一次,我在路上看见一个八九岁的小男孩刚要把一元钱纸币放进乞讨者的碗里,爸爸拉起小男孩就跑,说:'快!别磨蹭,公交车来了!'小男孩只好跟着爸爸走了。多么可贵的美德,可惜没有进行下去！咱们换一个角度思考一下，如果你们是这位爸爸，会怎么做？"

"如果我是这位爸爸，我会等孩子做完这件事！"孟尧说。

"如果我是这位爸爸，我会和孩子讲道理，先上车！"琳琳说。

"如果我是这位爸爸，就等下一辆公交车！"白鹭说。

我在心里为孩子们的发言叫好，他们各自有自己的看法和主见，而不是千篇一律，这很好。

"这辆车过去了还会有下一辆来，而有的机会失去了，或许以后再也不会遇到同样的事情！"我补充说，"人一生中很多事不会重复发生，今天和明天永远不会相同，今天失去的就再也不会回来！"

课堂安静了，二年级的同学听得懂，并且会成为他们思考的问题。

接下来的一节课，我给同学们讲了《一袋干粮》的故事："一个13岁的小红军在随部队一起前进的时候，好不容易得到了一袋干粮，却在过一座桥时为照顾一位伤员不慎把自己的那袋干粮掉入河中。她偷偷摘了许多野菜塞入挎包，塞得鼓鼓的。后来她因长时间的饥饿身体垮了。当战士们发现她吃的干粮是挎包中的野菜时，大家都落泪了。于是每人把自己的干粮分了一点给她，让她体会到了家的温暖……她只是一个13岁的孩子，却知道体谅他人，为他人着想。在她饥饿的时候，她大可伸出双手向战友们要一些，但她没有这么做，而是不告诉任何人，自己吃苦，这是多么朴实、美好的品质啊！"

同学们开始对美德产生奇妙的幻想，大家眼睛里有亮光，好像心底的小火苗被点亮了！

课间休息，孟尧不想去玩，独自趴在桌子上。琳琳问他怎么了，孟尧说早上起晚了没吃早餐。琳琳赶快从书包里取出一个裹着塑料袋的面包掰了一半给孟尧。孟尧接过说谢谢，三口两口就吃下去了，仍觉着肚子饿。可是琳琳只剩下半个面包了，如果给孟尧，自己就得饿肚子。我在旁边默默地注意着他们的谈话，想看看他们怎么解决这个问题。最终琳琳决定把剩下的一半面包也给孟尧。

正在这时白鹭从外面进来把一封信放在我面前,我忘了取信的事。我对白鹭说:"谢谢!"白鹭说:"不用谢!"

他走过去把自己刚从小卖店买的一袋热牛奶放到琳琳手里说:"这个给你喝!"琳琳笑了。

这样琳琳手里有了一袋牛奶。这时,孟尧忽然想起了什么,忙从自己书包里取出一块巧克力放在白鹭手里。这下三个人手里都有一样食物了,他们相互看着对方都笑了!

吃饱肚子的三个孩子手牵手去玩耍了,我望着他们仨的背影心里生出无比的快乐!

还有最后一节课就放学了,我听见外面已经有来接孩子的家长在说话。

课间结束了,孩子们排队走进来,经过十几分钟的奔跑跳跃,一个个脸蛋红扑扑的。大家都坐好了,以为我要开始讲课,没想到我拿出一袋糖果招招手叫白鹭过来。白鹭似乎明白了,欢快地跑到我跟前,附耳听我说完,然后拿着糖到大家中间去分发。

孩子们把糖含进嘴里,甜味在舌底慢慢化开,汁水一直甜到心里。

"老师,为什么要发糖果?"孟尧想知道。

"因为你们为对方着想,相互帮助,表现出美好的品德!"我看了看大家,个个精神抖擞,我又说,"希望同学们继续发扬这种品质,把美德传播得越来越远!"

同学们开始写作文,一个个神情专注,奋笔疾书。

转眼下课时间到了,背上书包,同学们说:"老师,再见!"

"同学们再见!"我笑着目送他们走出去。

门外接孩子的家长在和孩子说话。孩子向爸爸妈妈讲了今天学习的课程,说老师给我们讲了美德,还写了作文。爸爸妈妈问孩子累不累,他们说一点不累,很喜欢上作文课。

没有什么比付出劳动换来孩子的收获更让我快乐。一个上午我口干舌燥，筋疲力尽，加上该死的钢板抵在左侧肋骨上，一阵阵隐隐作痛。

我拿起桌上那封信，上面的地址让我当即明白，那是前一阵给一所小学做德育报告校方领导发来的感谢信。我打开信笺，上面写道："在我们看来，您的为人之美、成人之美，值得我们全校师生学习。美德这一课没有完，才刚刚开始，我们要继续'种瓜得瓜，种豆得豆'。今天我们给孩子的心灵播种下一颗美德的种子，日后会代代相传，开花结果。"

是啊，今天播种，来年会开花结果。教育不能用金钱来衡量，但教育又比金钱更重要；知识不能和美德等同，但美德是人文素养的体现，是精神的最高境界。美德教育势在必行！

爱心教育

那些年我除了给同学们上课，还经常参加一些社会活动，例如：参加文学社团、师生座谈、去中小学校和大专院校做事迹报告，等等。参加社会活动有三个好处：一是开阔眼界，增长见识，了解社会，完善自我；二是生命在于运动、在于奉献，人不能故步自封；三是我把自己的见识回来讲给同学们听，激发他们的正能量。

西安儿童村在地图上找不到，那么我是怎么知道的呢？有一次我在新闻上看到关于新城区儿童村的报道，那里收留的大多是监狱服刑人员的子女，还有因为其他原因无父母照看的儿童。于是我便有了想去探访的念头。我向周围人打听儿童村的地址，很多人都说貌似在这附近，但又说不清楚具体在什么位置，我很着急。最后我问一位骑三轮车走街串巷的老人，他告诉我在龙首北路含元殿遗址附近，又给我指明具体的路，还叮嘱我那里的路很不好走，可能看到我坐着轮椅比较艰难。我说："没关系大爷，我注意安全就是，谢谢您！"仔细想来那条路似乎真的不远，或许我曾经到过那里，只是不知道是我今天要找的地方。

我决定去儿童村看看那里的孩子们。从事教学这些年，儿童的事情我最有兴趣，关注他们的成长和发展对我来说是件大事！

去之前，我找到一些资料，又查阅了一些心理学方面的书，以备不时之需。另外，我还购买了一些书和文具带给那里的孩子们。我想让书陪伴他们成长，并成为他们的朋友，丰富他们的生活。

安排好后,我立刻着手办理。我和儿童村负责同志通了电话,他们听说我要去看望孩子们非常高兴。我们把时间敲定在周五下午,因为这一天很多孩子放学早,时间充裕些。

到了周五这一天,一位女友帮忙用自行车带着一箱书和文具,我开着电动轮椅,我们出发了。

走上含元路我才知道,儿童村近在咫尺却好像远在"天"边,因为周围是一大片棚户区。我们只好一路走一路问,经过的都是狭长的巷子,到处是垃圾和臭水沟。冬天零下3摄氏度的气温空气都腥臭刺鼻,夏天可想而知是什么气味。如此恶劣的道北环境真的亟须改善,这不是我一个人的呼吁,整个道北人都在呼吁。

终于看见儿童村大门外面的门牌了,老师和孩子们已经站在门口等待。我们到了跟前,孩子们围拢过来,一个个被寒风吹红了脸蛋。王老师介绍了几个孩子的名字,我问一个叫黄家骏的男孩子:

"你多大了?"

"我14岁。"

"在儿童村多久了?"

"两年多了。"

我又问:"喜欢这里吗?"

"喜欢!节假日有很多大姐姐、大哥哥来看我们,和我们玩,还辅导我们做功课。"黄家骏的脸上露出了灿烂的笑容。

这时另外一个矮个子的男孩说:"我们长大了还回来!"

孩子们的话语简短朴素,如果以后他们真能回到儿童村,这项特殊的教育就有了接力棒!

"快请刘老师进屋里,外面太冷了!"王老师说。

一路上,我的手脚已经冻僵了,孩子们簇拥着我们进了屋里。

我们先与儿童村的领导见面握手,他们对我们的到来表示感谢,并建议我亲自把带来的书和文具发放到孩子们手里。

于是我们跟王老师先去女生宿舍。这是座简易的二层楼房，我和轮椅硬是被工作人员抬上了二楼。

宿舍的门窗面朝南，房间里有充足的阳光，桌上、床上的被褥及物品摆放得整整齐齐。几个女生见我坐轮椅进来好奇地打量着我。我问她们上几年级，有的说上初二。我把带来的书和文具分发给她们，其中一个扎马尾的女生看着我笑，她前面站着一个矮个子女生，她不好意思挤过来。我看出后问她几岁，她回答："17岁。"可我没有带适合高中同学看的书啊！我只好在里面选择了一本内容稍微深点的送给她。她高兴地接住说："谢谢！"

随后我们又去了男生宿舍。男生们健谈一些，我们聊了一些体育方面的话题，我把书和文具分发给了他们。

等出来后，我问王老师："这里也收留14岁以上的孩子吗？"

"不是，按照规定儿童村只收14岁以下的儿童。这不他们一天天长大了，有的已满18岁，高中毕业了，但父母刑期未满，回家没人管不行，所以我们就决定再留他们一些时候。"

原来如此。这看似涓涓细流的爱，却是一种大爱。我想，孩子们也许现在不懂得这份大爱，一旦有一天他们知道了，一定会很感动！

我问了孩子们的学习和生活情况，王老师说这里的孩子心理都比较脆弱，容易受伤、容易有偏激的行为。我能想象得到，父母犯罪，孩子心灵受到严重创伤，遇事警惕、自我保护成了他们的本能。

儿童村的教育不仅仅是教知识，更主要的是教孩子们辨别是非善恶，进行思想品德教育。这也符合我对教育的认同，一个人即便学富五车，没有良好的思想品德也不会有远大的前程。这里的教育理念是拉他们一把，帮助他们走向美好的明天。我从心里感谢老师们对教育的尊重以及对孩子们的关怀和照顾，是他们疗愈了受伤的心，温暖了幼小的心灵。

临走前，儿童村负责人希望我给孩子们讲几句话，因为他们知道我也搞教育，又有各项社会给予的殊荣，对孩子们会有激励作用。我也就不推辞了，对大家说：

"同学们，人不能自暴自弃，更不能在逆境中徘徊堕落。你们看天空中的雄鹰为什么飞得那么高，因为它们能逆风而行。经过长时间的飞行练习，它们才有了坚硬的翅膀。只有敢于在逆境中生活的人才会自爱、自强、自立！今天你们看到的是阳光微笑的我，其实我也沮丧过、自卑过，有过心灵的创伤。以前有人说我是个没用的人，我听了很难过。我不想做没用的人，我不信自己有那么糟糕，于是我每天努力一点。直到很多年过去，我证明给那些人看，现在我是一个自食其力的人了！同学们，虽然你们暂时离开家，离开爸爸妈妈，这些困难都是暂时的，坚强一点。所有的一切都在发生变化，相信你们的成长和每一天的生活也发生着变化，有一天你们也会像雄鹰一样在天空飞翔，去实现自己的理想。在儿童村的生活是你们童年和少年的一段经历，每一位老师都像你们的妈妈，每天照顾你们，接送你们上学、放学，以后无论走到哪里，请把这份爱永远记在心里！"

最后，儿童村的老师们也给孩子们讲了话，孩子们非常受鼓舞，气氛非常热烈。一位老师也慷慨激昂地对孩子们讲了一番话，我记得他说了一句："一个人不能一味地接受帮助，长大后还要回馈社会！"没错！在社会里不能只接受他人给予的爱，社会也不能一味地发善行、施爱心。凡事有度，在接受的同时也要储备自己的能量，某一天付出自己的力量，这就是回馈。回馈是社会的良性循环，是保证社会资源平衡与和谐发展的重要因素。

儿童村之行让我收获不小，首先我明确了一个想法——爱心教育课势在必行。在蜜罐里长大的孩子，他们有些自私和贪心，如果不教育，持续下去对自身不利、对社会也不利。我们要教会孩子建立爱心，并施与爱心，必须知道"当我们哭泣没有鞋子穿的时候，我们发现有人却没有脚"这个道理。

我激动地把儿童村的事情讲给学生们听，并拿出儿童村赠予我的剪纸给他们看。同学们问这问那，我说："我们和儿童村结对子，大家说好不好？"

有的孩子不懂结对子是什么，我解释说："结对子就是我们结成一对一的互助组，互相帮助，可以写信交流！"如果能结上对子，两边的孩子可以相互做朋友，这是一件再好不过的事情了。

同学们一致赞成，教室里沸腾起来。那节作文课，同学们给儿童村的孩子写信，信寄出去后，他们开始翘首企盼回信。每次课间休息都跑去看信箱，如果是空的他们就会很失望，往回走的步伐也慢下来；如果发现有一封信，就立刻高高举起跑回来与同学们一起分享。

这样的爱心课让同学们收获很多。有的同学开始主动献出爱心，比如把自己的书送给买不起书的同学，把自己的面包分给没有吃早饭的同学，主动给生病的同学倒热水，等等。看着同学们的爱心行为我喜在心里，对爱心教育的信心也更足了。

接着，我们又与陕西省镇安县庙沟乡东沟村5组的山创小学结成对子。

要插一句，这里有一位了不起的乡村女教师，她年仅22岁，名字叫邓学莉。她一个人用爱心办起这所山创小学，义务为学生授课。山里的农户家庭贫困交不起学费，加上山路不通车，孩子们步行上学路途远不说，还要蹚过一条河，夏天河水上涨，冬天河面结冰，非常危险。于是邓学莉就有了办学的想法，她把这个想法和家里人商量后，家里人表示同意，为她腾出一间房子作为教室。此后，孩子们天天来山创小学上学，邓老师的爱心办学解了山里孩子上学的燃眉之急。可是孩子们的年龄参差不齐，有的到上初中的年龄却连小学一年级的生字还不认识。于是邓老师对他们进行复式教学，语文和数学一起教。这样的教学难度很大，但是可以让每一个学生都学到知识。孩子热爱质朴善良的邓学莉老师，爱在他们师生心里开出了美丽的花。

我给同学们讲完这个真实的故事后，他们都被感动了，不住地问我一些问题。我说："你们把这些问题写进信里寄给邓学莉老师，同时也让那里的同学认识你们，好不好？"大家赶紧动手写信。有心的同学在信封里偷偷放进一枚邮票，以示返回的邮资，他们想得真周到。这个行为被其他同学看见，于是每封信里都放进了一枚邮票。这一封封普通的信不光写有关心和帮助，还装进了一份爱心。

"我们要把爱心进行到底！"不知谁说了这么一句，教室里响起一片呼应声。

那段时间，作文班同学积极热情，连平时自顾自的小凡也主动帮助起他人来。

有一次，我在街巷里看见小凡蹲着和一个人说话，看背影对方也是个与他一般大的孩子。走近一看，原来是附近靠卖唱挣钱的小男孩。每天傍晚小男孩和爸爸在街边卖唱，我经常会听半首歌，然后往纸箱里放上一点钱离开。没想到小凡和小男孩也认识，小凡塞给小男孩一包餐巾纸，又从口袋里摸出一根棒棒糖放进他手里，然后拍拍屁股跑了。

后来，我在班上专门表扬了小凡，同学们用意外和惊喜的目光看向小凡，好像在说：小凡，你真棒！

爱心教育是一个任重道远的事。通过一天天的爱心教育，孩子们懂得了爱人如爱己，尤其是对家庭有困难、行动不便的残疾人，他们学会了主动帮助和奉献爱心。这样不光做了好事，还为写作文积累了丰富的素材。

我对同学们说："如今，我们丰衣足食，可以把剩余的财富攒起来，等遇到有需要的人，我们拿出来帮助他们。在世界各地依然有饥饿、有贫困、有灾荒，有许许多多我们没有看见和无法了解的灾难，那里的孩子没有衣服穿，没有饭吃，没有学上，他们需要我们的帮助！"

同学们挺起胸脯目光坚定，他们要用行动证明自己的爱心！

助学贫困生

20世纪90年代初期，我的第一批学生来自道北附近各中小学校。原先这个地方的人道德品质较差，知识文化也落后，但随着城市的建设和繁荣，道北人也开始改变了。首先表现在对孩子的教育上，父母开始重视让孩子上辅导班，于是周边辅导班渐渐多了起来。

我的作文班一直在同类辅导班中属教学质量高、收费偏低的，一周上一次课，每次三个小时，月收费五十元。而道北有很多语、数、英辅导班，一周一次课，每次两个小时，月收费却在八九十元不等。对此我没有羡慕，更不想追赶，只想保持自己的特点。有人说我不会算账，看不清经济的发展方向。我觉得这些不是我关注的问题，我关注的是作文怎么辅导让学生易于接受，让孩子们进步得快。另外，我能够自食其力就已经够了。干吗跟自己过不去？那段时间是我人生中最快乐、最开心的日子，偶尔邀三五位好友小聚，我会说："今天我买单！"

教学一直很顺利，孩子们不断进步，家长们很满意，经常满心欢喜地说："谢谢刘老师的用心！"其实，不是我用心，是孩子们用心。

这样发展下去应该没有一点问题，可是我心里总觉得少了点什么。究竟是什么呢？人只满足于安逸的生活，满足在自己的小世界里，久了会颓废、不思进取。那时候互联网还没有兴起，手机也不普及，所以我与外界沟通很少，想做点事情十分不方便。

有一次，作文班发生了一件触动我的事情。按照常规每月到了交学费的日子，会有个别孩子不告而别，这种情况我是不好追问的。原因有很多种，例如：找到了更好的辅导班、家长认为我教得不理想、孩子打退堂鼓，等等。

后来一个同学告诉了我一件事。

这孩子说："我们班的某某妈妈没工作，经常交不起学费，所以他才不来上课了！"

哦，原来我还忽略了这个原因。如果早知道是这种情况，我会告诉他妈妈不用交学费来上课就是了。我试图想给这些不辞而别的家长打电话，请他们再把孩子送回来。可是，这样做可能会让家长难堪，想想我又打消了这个念头。

在很多贫穷的地方因为没有钱一些儿童没有学上或买不起书读，这些都让人难过！学习对儿童的成长是十分重要的！知识就像阳光和空气，花草树木的生长都离不开它。我从小因为没有上学遭人白眼，那些上不起学的儿童也一样。

于是我产生了一个想法，我想找机会试试。

1994年夏天，因为附近的小学对我的辅导班十分熟悉，一开始就有很多学生来报名。我还在想他们是怎么知道的，后来才知道是学校班主任推荐的。我很感动，感谢我周围这些善良的人们！有一次，有一个叫培培（化名）的小学四年级女生由妈妈领着来报名，我和她妈妈交谈的时候她用眼睛打量着教室的环境。我注意到这个女孩很聪慧，绝对是心灵手巧那一类型。对每一个学生的了解，我是从观察开始，观察他们的表情、语言、动作，了解他们的想法。

果然如此，培培上课爱动脑筋，作文写得也用心，从语不成句到朗朗上口，只用了不到一个月的时间。第二个月培培继续上课，到了作文班该交费的时候，同学们都陆续交完了，只剩下培培。我发现培培上课的时候坐在离我远的座位上，以往她喜欢挨着我坐，这是怎么了？我叫她到我旁边来，她摇摇头不说话。以往有家长让孩子自己交学费，但孩子把钱偷偷花了的情况，培培会不会也……我要把事情弄清楚，如果真是这样一定不能隐瞒家长，这可不是小事。那天晚上我打电话给培培妈妈，情况是这样的，培培爸爸患重病卧床不起，培培有一个弟弟刚上小学一年级，一家四口几乎没有收入。

于是，培培成了作文班第一个免费生。那天下课后，我把培培叫到跟前，对她说："从这个月开始作文课对你免费，以后每节课你按时来上课就行了。"培培听完眨眨大眼睛迟疑了几秒钟，立刻挣脱我的手跑到门口，又忽然站住脚回过头看看我，目光里充满了喜悦。

培培是作文班的第一个贫困生。我很高兴以我微薄的力量能帮助一些儿童，给他们知识、给他们信心、给他们力量，为他们打开一扇门，点亮一盏灯。

暑假里辅导班热火朝天，有的孩子报不上名还哭了鼻子。妈妈一边哄一边对我说："刘老师，给我们再加个座位吧，我们愿意做旁听生。"于是在课桌旁边又加上一个单人桌，那孩子却一点也不觉得自己是旁听生，上课照样和同学们一起积极发言。

一到暑假，辅导班都在加课，我认为这样不好，同学们好不容易放假想休息玩耍，却因为上辅导班不能彻底放松。我没有加课，只在新报名的同学中经过家长同意多增加了一个课时。给同学们留下足够的课余时间，这很受同学们的欢迎，他们对作文的兴趣也更高了。

在作文班里贫困生与残疾生也不允许受到歧视，我们要一视同仁。生长在五星红旗下的孩子都有学习知识的权利，不能因为贫困和残疾成为落后生。学知识不光可以让他们变得聪明，还能够增长自我认知和社会认知能力。所以，在这个小小的班级里，我能给孩子们提供学习的机会是我莫大的荣幸。

还有一次，一位头发花白的老奶奶领着 10 岁的孙女静静（化名）走进作文班。静静是联志村小学三年级的学生，这孩子性格内向，胆子小，怕见陌生人，她一直躲在奶奶身后不敢看我。

"老师，我孙女这次期末考试语文不及格，班主任让来补课……可我家里不宽裕，我一辈子没有工作，她爸下岗，唉！"

听到这些，我立刻说："不收学费，让孩子来上课吧！"

奶奶嘴唇颤抖了一下，叫过孙女说："快谢谢刘老师！"

就这样，作文班又来了个免费生。看着这些因家庭贫困而营养不良、面如菜色的孩子，我时常心里会有一种同情和爱。尤其接触到他们的目光，良知立刻会告诉我任何一个老师都不会因个人得失而拒绝这些求知的目光。

在道北这片棚户区里，很多孩子在需要受教育的时候被放任自流，加上生活环境和风气的影响，坏毛病很多，不容易教化。也有好心招来以恶相向的事情，有的家长在背地里说长道短，把正面的渲染成反面的，把善意的诋毁成恶意的。真是林子大了什么鸟都有。

有一次，一位家长声称交不起学费，问我可不可以免费，我想了想说可以。后来才知道她家经营着几间商铺，并不差钱。为了杜绝这种欺骗和假冒贫困户，我在对外宣传册上加了一条：凡是家庭贫困或父母残疾的子女均享受免费上课。一个班加上免费生一共有12个名额，可还有不断来报名的免费生，人太多影响教学质量，怎么办？于是我在每个班里安排两名免费生，这样四个班就一共安排了8名免费生，至少解决了一些孩子想上课的困难。后面来报名的只能排队，走一个进一个。

这样一来班级的秩序和纪律明显好了。1999年我的事迹被陕西各媒体广泛宣传，孩子们高兴地说他们在的作文班出名了，在电视上看见自己了。这些外来的影响对我也起到冲击的作用。比如占据了我大量的时间，让我有种无处藏身的感觉，时间长了难免有点烦躁。

记者们到处打听我的住处，我已经没有正常的学习和生活空间了，赶上我要参加自学考试，我不得不离开家住到外面。

时光荏苒，有一次记者问我："您帮助了一些贫困生是出于什么原因和想法？"

那一次我讲出心里话："因为世界上每个地方都可能有贫困人群，他们饱受饥寒，儿童上不起学。在作文班我开展小范围助学，对我而言，教与学最大的收获是快乐，而不在报酬的多少或者被他人记住。我一路走来也接受过无数善良人们的帮助：上台阶、过马路、乘车、购物，我的轮椅被无数双手抬上抬下，这些好心人在做出善举的时候并没有想着要接受我一句感谢，帮助完转身就走，不留姓名。他们为什么会这样做？因为善良。我记不清他们的面孔，但他们的行为却深深印在我心底。想起这些，我会很感动！为什么我不能帮助他人呢？"

2000年暑假，我有幸被邀请参加新城区宣传部组织的与陕西贫困大学生面对面做报告活动。当时现场气氛很热烈，主办方负责人先讲话，其中有一句我记住了。他说："国家政策好，扶持贫困地区大学生，人要懂得报父母恩、报国家恩！"是啊，人要懂得报父母恩和国家恩，这和儿童村负责人说的话同出一理，新时代的大学生要对父母和国家感恩。

接着，我对近百名大学生讲述了我自学、立志的过程，最后我对他们说："贫困不是问题，因为贫困的生活靠劳动可以改变，而懒惰就是一个严重的问题，因为懒惰注定要永远贫困！"

下面掌声响起。报告结束后同学们围上来，有的眼里含着激动的泪水，有的提出很多问题，我一一做出回答。我忍不住又说："从走进大学校门的那一刻起，希望你们坚持一条原则，不能与他人比吃穿，不能大手大脚花钱，不能吃穿无度。今天政府扶贫帮助你们上大学，你们心里要记住吃水不忘挖井人，有一天当你们看见有人遇到困难时，一定要伸手相助，把爱回馈给社会！"

那次对我也有很大触动，我对贫困生助学的劲头更大了。

我们班上又来了几个贫困生，其中有一个女生叫潇潇（化名），妈妈是残疾人，母女俩生活很困难。她妈妈找到我的时候，难过地说："我女儿聪明伶俐，但我没有能力培养她，眼看她就上四年级，其他几门功课都能赶上，唯独语文和作文不好，学校老师让补课，可我没有工作，拿什么给她交课时费？"我感动了，收下了潇潇做我的学生。

那些年，作文班具体收过多少免费生，我记不清了，但我坚持一点，以最大的力量去善待、接纳每一个渴望学习的孩子。

我出生成长在道北，经历了从贫困、落后到经济繁荣的变革年代，目睹了因为缺乏知识和技能而失业下岗的人，也看到他们命运的沉浮以及社会的快速发展。贫困可以丧失人的志向，同样贫困也能激发人的志向，让人反思、进取，摆脱命运的束缚。

　　在道北这片棚户区里，还有很多很多需要帮助的孩子，凭我个人的力量远远达不到，因为作文班只是每个同学暂时停留的地方，终有一天我也会停下来，但我会以另外一种方式去与孩子们沟通、对话！

善行教育

那一年暑期,我在秦岭抱龙峪农家乐住了几日,认识了一个小女孩。她6岁,上一年级,梳着两根小辫子,穿一条棉布花裙,裸露在外的胳膊和腿上的皮肤晒得黝黑。

早晨起来小女孩的妈妈忙着给客人做早饭,没有时间管她,她不洗脸,不梳头,蹲在院里和她家的大黄狗玩耍。那狗岁数不小了,目光混浊,走起路来老态龙钟。小女孩给它喂东西吃,它咀嚼吞咽得很慢,吃完就卧在太阳地懒得动弹了。

等妈妈把早饭给客人摆上桌,才有了闲空。她拿个小板凳坐在门前给女儿梳头,女儿蹲在妈妈分开的两腿中间,母女俩说着她们的方言,我能听懂一些,大概是妈妈让女儿赶快写暑假作业,别光贪玩儿之类的话。

"暑假让娃多玩玩,玩够了,她学起来会更轻松!"我用陕西方言和她妈妈说,她看看我没有任何表示。

我又说:"学习不是急事,要慢慢来,我看这娃聪明,不会耽误学习的!"小女孩倒是听懂了我的话,朝她妈妈看一眼,故意耸耸鼻子。

我在小女孩家住了三天,每天吃农家饭,看山看水,让我心情愉悦,有点不想走了。

早上,我吃了一块锅盔夹鸡蛋炒辣子,又喝了一碗油油的包谷珍,感觉食物的滋养让我精力充沛。在门前的空地上我开始眺望远山。我对山有一种说不清的感情,看着看着就不能自拔,眺望四周的绿野,有一种久违的亲切。

河水下游有一个小人儿在晃动，湍急的水流似乎预示着危险。不好，我大叫："来人啊，孩子有危险！"

我的喊声惊动了屋里的主人，小女孩的妈妈闻声出来，手里还攥着一小撮儿韭菜，她立在铁索栏杆处往下游一看就笑了。

"没事，没事，她在玩！"说完她和其他人回屋去了。

哦，我笑自己头一次喊狼来了，结果骗了大家。小女孩一个人在下游玩什么呢？我的好奇心上来了，想看看究竟。于是我启动轮椅顺着旁边的斜坡下去，下游的路越往里越窄，我只能停在路口处看着小女孩跑来跑去。她忙活得不得了，两只小手沾满泥巴，累得气喘吁吁。她把一块长方形的木板立在地上，木板"啪嗒"倒地，她又扶起来，另一只手拿小钉锤对着上面敲打。等她把木板砸进了土里，木板才稳稳地站立好。她拍了拍手上的土，抹一把额头上的汗，脸上露出满意的笑容。

我以为她大功告成了。她又拿起彩色铅笔跪在地上在木头上写字。我似乎看懂了一点什么，等她写完我顿时心头一热。因为有不自觉的住户和客人往河里扔纸屑、果皮、塑料袋……污染河水，也破坏了环保。小女孩竖起一块"请爱护小河！"的牌子，提醒人们不要乱扔垃圾。

"你怎么会想到做这件事？"我问。

"老师说小河是我们人类的朋友，我们应该爱护它！"小女孩扬起被太阳晒红的小脸回答。

多么善良的孩子啊！她用实际行动告诫人们爱护河水，注意环保。她做了一件善事，我们要学习她为大自然着想的精神！

回来后我把这件事讲给同学们听，他们也很受鼓舞。

有的同学说："以后我去山里玩随身带一个垃圾袋，这样就不会乱扔垃圾了。"

有的说："我把吃的果皮垃圾带回来，不给大山增加负担。"

还有的说："我淘气，有一次爸爸妈妈带我去山里玩，我还往河里撒过尿，我再也不了！"同学们都笑了。

"你们说得对！我们平时养成好习惯，坐公交车、去电影院也可以自带垃圾袋吐瓜子皮、扔糖果纸，然后投进垃圾桶里。千万不要养成'天女散花''高空投弹'的坏习惯。"同学们都笑了。

"要知道人的善行要从自己做起，从身边的事情做起，我们要自觉遵守规章制度，好习惯距离我们只有一步远。"

那节课上我还讲了一些环保知识。我说："与世界许多国家相比，中国人的环保意识还弱一些，在法国、德国、瑞士、挪威、哥伦比亚、哥斯达黎加、毛里求斯等国家，人们的环保意识较强，其中德国人特别注意环保，他们的善行成了一种很执着的精神，不管是修建工程还是在做一些特别小的事情，他们总能很认真地完成。在垃圾处理工作上也同样认真，他们做到了世界第一。德国人将垃圾进行很精准的分类，会针对不同垃圾的剩余利用价值进行处理。例如：固体化合物燃烧后进行压缩用来修房子，再生垃圾焚烧的过程中能为整个国家提供电力支持，等等。我们知道自己落后就一定要赶上去，一个国家良好的人文素养体现在善行方面，我们要增强环保意识，这是对人类的未来负责！"

孩子们听了都坚决表示一定要做到，要爱护我们身边的环境，不再乱扔垃圾。

此后，有的孩子利用双休日在家门口附近的路上捡垃圾，旁边的大人看见了受到鼓舞，也和孩子们一起捡。孩子们还帮助大人一起铲除贴在楼门口的小广告。这个工作量真不小，足足铲了几周才完成。

可是善行的内容还很多，帮助人也是善行，那么具体怎么做呢？我给孩子们布置了一项作业：做一件善事。孩子们都很聪明，他们已经能分清楚哪些是善事。有的送小米给独居的老奶奶，有的送旧棉衣给路边的乞讨者，有的把自己积攒的零花钱丢进募捐箱，还有的帮路人推三轮车……

孩子们的善行感动了父母和更多的人，付出善行的人越来越多。要知道善行会"传染",不过它不像流行感冒传染的是病毒,而善行"传染"的是美好的品德、美好的思想、美好的行为,能给人以正能量,告诉人们善良是最可贵的!

善行教育有很多内容。接下来,我又给他们讲了一个童话故事,叫《善良的快乐》:

春天到了,一只松鼠在树枝间跳来跳去,一不小心,它从树上掉了下来,偏巧砸在一只正在树下睡觉的狼身上。狼一下子蹿起来,抓住了松鼠要把它吃掉。小松鼠恳求狼饶命,它说:"行行好吧,求你放了我吧。"

狼说:"好吧,我可以放了你,但你必须告诉我一件事:为什么你们松鼠总是一天到晚快快乐乐,在树上玩啊跳啊,总是那么开心,而我却总觉得烦闷,这究竟是什么原因呢?"

松鼠说:"你先放了我,让我上树,我在树上告诉你,要不然我心里太害怕。"

狼放了松鼠,松鼠飞快地上了树,站在树梢上说道:"你觉得烦闷是由于你秉性凶恶,凶恶折磨着你的心;我们快乐是因为我们善良,我们从来不对任何人做什么坏事。"

听完故事,我对大家说:"善良的人之所以生活得简单、轻松、快乐,因为他们从来不会背负任何私心与贪念的包袱。"

善良像种子在同学们心田里开出了美丽的花!

善行,一定要察其言,观其行。在同学们身上,我一眼就能看出哪个已经具备善行,哪个还不具备。已经有的不需要我再唠叨,只要在适当的时候点拨一下。我要腾出时间来帮助那些还没有善行的孩子,教他们从爱护小花、小草和小猫、小狗开始,然后鼓励他们去帮助身边有困难的人。年龄越小的孩子善心越容易被唤起,这正对应了"人之初,性本善"之说。

我先要教给他们关心、帮助他人。例如:给爷爷奶奶端饭、洗碗、打洗脚水,或者帮助行动不便的残疾人。同学们的注意力立刻转移到我身上,坐在我左侧的同学帮我翻书，她知道我左手十分不灵便。我说："谢谢！"她欢喜地挺起小胸脯，好像一下子长大了。

善行要从爱父母、爱家人开始，孔子说："父在，观其志；父没，观其行；三年无改于父之道，可谓孝矣。"如果能做到这些就相当了不起了。善念是美好的德行，是做人必须具备的品德。

2008年汶川地震，全国人民沉浸在悲痛之中，世界各国赶来援助，全国各地积极展开爱心募捐活动。大家伸出的友善之手，筑成一道道坚实的堡垒，大爱感动着每一个中国人。那些日子里，上课的时候同学们忍不住议论，女生们说着说着会淌下热泪，男生们眼里满是泪水。一个叫冯珂的女生一向乐观开朗，那天说着说着竟放声大哭起来，跟着其他女生也哭了起来。看着同学们失声恸哭，我也止不住悲痛。有同学说学校各班已开展募捐活动，同学们都积极响应了，我说这样很好！也许我们的捐助对于一场巨大的灾难来说是杯水车薪，但是心中有爱，滴水也能汇成一条小河。面对骨肉同胞的伤亡、面对美好家园的丧失，凡有爱心的人都会奉献出自己的力量，这正是国家有难，匹夫有责。

但是有的家长不支持孩子捐款，孩子很难过。在家长会上我对家长们说："国家遇到灾难，孩子愿意奉献自己的爱心应该支持，而不应该拉后腿。因为成长的每一次机会都很重要，包括善行教育！在这段时间里，我不要求孩子们以课业为重，而要求他们去关注灾区的新闻报道，奉献出自己力所能及的爱心。"家长们也很受感动，多数表示赞同，少部分没有明确反对。最后我说："我们平时希望孩子做一个孝顺父母、友爱四方的人，现在机会来了，鼓励孩子从身边的小事做起，这是最生动的一课！"

很快孩子们开始有所行动，在家帮助父母做家务，在学校协助老师管理班级，有的孩子还把自己的零花钱投进路边的募捐箱里……这种种行为都是善行。大家积极踊跃，谁也不愿意落在后面。我对同学们的善行给予表扬和鼓励，每次得到一颗小红星，汇集到月末就送他们一份小礼物。收到礼物的孩子最开心，下课第一时间把礼物举到妈妈面前说："这是我用行动换来的礼物。"妈妈看了也十分高兴，紧紧拥抱了孩子。

教了这么多年中小学生，从小知识到大道理，从严于律己到反求诸己，从循循善诱到诲人不倦，我认识最深刻的一点是：老师首先一定要有善良的品德，然后再有丰富的知识，最后还要有全新的教育理念，具备了这些才能因势利导教好每一个学生。我看不起那些借授业解惑赚昧心钱的人，我敬重那些以教育为本乐于奉献的人。我把教书育人看成头等大事，良好的教育为国家培养栋梁之材。教师要承担起这个责任，以教育为先，以善良为本。

我仍然常常想起那个小女孩，是她的善良启迪了我的愚昧，才使我有了对孩子们的善行教育。我很感谢她，她是我的老师！

一堂戏剧课

对于戏剧我从小就喜欢,并看过很多剧种,大都熟记在心。例如:京剧、越剧、黄梅戏、豫剧、秦腔,还有一些地方剧种,如四川的川剧、陕西的眉户和碗碗腔等都是我们民族的优秀文化。

现在的学生对戏剧大都陌生,不知道台上的人说的是什么,一听唱腔更是云里雾里,倒觉得戏剧远没有流行歌曲好听、好唱。其实,这是对我们戏剧艺术缺乏了解。

一直想着有机会和学生们聊聊戏剧,帮助他们增长一些戏剧知识。这一天终于来到了。2013年3月,轮到初一年级的课程,这班同学刚好是小升初上来的,也都是我教过几年的学生,彼此很默契。在教学上我一直很顺利,每年六月送走一批旧生,迎来一批新生。每到这时班里像换了新鲜的血液立刻活跃起来。我们平时写作的范围多是记叙文和议论文,因为我们要跟语文教材同步进行写作练习,所以写作范围还是窄了些。

接下来这周是语文七年级下册的戏曲大舞台作文训练,我一看有戏,心中暗喜。但很多同学一听就皱起眉头,还小声嘟囔:"真没意思!"是的,不知者不为过。他们从小没有看过戏剧,当然没有兴趣,自然也不喜欢。我怎么能让同学们喜欢这节戏剧课呢?我开始思考,查资料,因为戏剧种类太多,内容又复杂,从古到今有太多的知识,先从哪里讲起呢?我做了课程设计,写了详细的教案,发现还是少点什么。如果只是说着教可能他们不会喜欢,运用多媒体教学效果一定好。于是我找来一些视频,例如:《断桥》《烤红》

《三娘教子》等经典唱腔选段，准备让他们耳濡目染。另外，我再结合戏曲历史讲解分析，相信会引起他们的兴趣。

恰巧，在上课的前两天，《西安晚报》的记者王燕打电话来说报社正在进行"义务家教"活动，从本市贫困家庭子女中选出若干名贫困生与各辅导班结对子，意在给贫困生一个提升学习成绩的机会。她问我愿意接受一名贫困生吗。好事啊，作文班常有家庭贫困子女，我一直义务辅导。于是我一口答应下来："没问题，来吧！"知识只有在付出和得到的过程中才能体现出它的实际价值。其实，对一个学生不能只看分数，而且分数高低有多种原因，有的学生临场发挥好分数可能高一些，有的学生一肚子蝴蝶飞不出分数可能低一些，需要因人而异。最后王燕说，第一次上课报社要求记者随行前往做跟踪报道，问我可以吗。这有什么，可以。

到了周日早上，同学们陆陆续续来了。记者王燕领进来一个瘦高个子的女生，她就是媛媛，随后进来的是媛媛的爸爸。媛媛说："老师好！"我也说："你好，欢迎你！"然后媛媛的爸爸坐下和我聊了几句女儿的事。父亲对女儿的疼爱是不言而喻的，由于着急起了点儿烦恼。媛媛成绩下滑是从四年级开始，那一年她10岁，妈妈因意外遭遇车祸卧床不醒，家里乱成一锅粥。爸爸日夜在医院照顾妈妈，媛媛当起了小大人，既要管理好自己，又要照顾弟弟，再加上学习没有自觉性，功课落下很多。小学毕业后她上了一所普通中学，班主任多次建议让媛媛上课外辅导班，可家里经济拮据只能一拖再拖。现在好了，《西安晚报》的"义务家教"帮助了他们。

现在，我们班已经有十一名同学了，大家来自本市各个中学，在这里是为了同一个目标——学习。上课前我们仍然一起喊"学习快乐，耶！"，然后安静下来。我开始讲中国戏曲的渊源："戏曲的形成，最早可以追溯到秦汉时代。但形成过程相当漫长，到了宋元之际才得以成形。成熟的戏曲要从元杂剧说起，经历明、清不断发展成熟而进入现代，八百多年繁盛不败。如今已经有360多个剧种……"同学们都很惊讶。然后我又着重讲了京剧四大流派：

梅、程、荀、尚，接着导入多媒体，分别展示其表演及唱腔。首先是梅兰芳大师的京剧《贵妃醉酒》，后是程砚秋大师的《锁麟囊》，接着是荀慧生大师的《钗头凤》，最后是尚小云大师的《三娘教子》。同学们耳目一新，一个个聚精会神。女生们还不住地发出"哇！"的尖叫声。男生看着贵妃的扮演者，怎么也不相信是梅兰芳先生。我想这就是我们中国戏剧的魅力！

"这四个流派是中国京剧艺术的主要派别，是令世界瞩目的艺术典范。京剧是我们的国粹，梅兰芳大师是首屈一指的代表人物，无论是唱腔还是做派都是完美和令人叹服的。同学们在聆听的过程中，想一想你们要抓住中国戏剧的哪个特点去写。"

同学们开始咬笔头，低眉思考，凝神构思……

媛媛整个过程都很用心，一会儿歪着头，一会儿锁住眉，一会儿低头想，一会儿扬眉笑，显然她在心里回味，一知半解地正在琢磨，总而言之她正在对作文一点点产生兴趣。其他同学也是前所未有地用心。以往上课说废话的小熊，这节课特别专心，当看到梅兰芳大师的《贵妃醉酒》时他忍不住模仿起动作，惹来一片笑声。子龙说他很崇拜花脸，问今天有没有花脸的唱腔。可惜因时间关系我没有准备，我对他说回家去网上搜搜，先自学，下节课来了再一起交流。昭昭说了对这节戏剧课的心得："原来戏剧这么好看，这么有意思！以前我一点不了解，总以为戏是唱给老奶奶们听的。今天一听老师讲，又看了京剧四大流派的视频，我才知道戏剧这么了不起啊！"

我心里非常喜悦，也有几分骄傲，但这不是自以为是的骄傲，是为同学们喜爱上戏剧而骄傲。从此将一改他们对戏剧的认识，这是一个好的开端！

同学们兴趣盎然，积极发言，课堂上气氛很活跃。媛媛和大家一起热烈地进行交流，她还说这里的作文课别开生面。下课的时候她问我下节课讲什么内容。天哪，连环套啊。不过看到她积极性这么高、大家对戏剧这么热情，我说："只要你们喜欢，下节课我们可以接着讨论。"

下课前，我布置了作业，让同学们回家拓展这节课的内容，上网查阅相关的戏剧知识，可以写成感受、笔记、议论等，鼓励他们大胆发挥。无论怎样表达，发自内心的就是最好的。

记者王燕一直在旁边听，这时她走过来，只问了我几个简单的问题，说让我先休息，回头她电话联系我。我说好。其实无论对今天的课，还是新生媛媛，我都有很多话想说。

之后的一天，我和王燕进行了一次较长的通话。我诚实地说出了我的想法："对于优秀生和落后生我没有另眼相看，分数的高低不是判断一个同学优良的唯一标准。我们的教育应该更看重平衡性，应该将如何做人作为构建人品道德的标准，成绩次之，这样同学之间才会平等友爱。再说平时的学习成绩，成绩不佳，必然会导致心情不好，长时间闷闷不乐，又必然影响正常学习水平的发挥，没有好心态怎么能有学习的好状态呢？这就是目前学生之间的落差导致的教育上的恶性循环。对于媛媛的课程我想坚持下去，不管你们'义务家教'活动是否继续，她的作文一定要继续，请对媛媛的家长转达我的这个想法！"

"我先谢谢您！我说说我的想法。这次'义务家教'活动为期一个月，但是媛媛的作文一定要继续写下去，您这句话说得太好了！这让我想到这个城市里还有更多和媛媛一样的贫困生需要帮助，我们媒体应该多去深入了解这些家庭，利用社会资源和力量共同来帮助这些孩子！"

我真想把手伸到听筒那端与王燕相握。我又补充一句："我热爱教育事业，源于最初我没有受过学校教育，后来渐渐转移到我对教育的认识以及对教育中存在的现象和问题的思考上。如何解决教育中潜在的问题，就像一条蚕吐出的丝不能织出美丽的锦缎，而众多的蚕丝才能织出美丽的锦缎一样。"

后来，这篇采访被刊登在2013年3月7日的《西安日报》上，题目是《女作家重度残疾不忘助他人争当"爱心家教"》。

那些年，我教授初中课程采用的方法很多，目的在于影响、熏陶、发散思维和艺术审美的统一。以优美的艺术形式进行熏陶和滋养，让中学生从中获得审美情操和文学修养。我告诉他们："写作并不枯燥，写作是一种艺术的再创造。写作素材也不是无处可寻，而是处处皆有。例如：我们看到、听到、摸到、闻到、尝到的都可以拿来写，但要学会提炼和取舍，还要言之有物才行。"

　　一堂戏剧课结束了，但是余音绕梁的唱腔依然回荡在我们耳畔，也许下一个阶段在他们忙碌的学习和升学考试中会暂时淡忘，但也无妨，相信那浓墨重彩的脸谱和回肠荡气的唱腔在孩子们心中会形成美好的记忆……

童心之美

抱鸡小儿

1

那个抱鸡小儿，9岁年龄，细瘦的个子，大脑袋像豆芽上的豆瓣，眉似弯弓，发如密林，模样不怎么好看，但却讨人喜欢。自从他来了，作文班开始让我喜亦让我忧。

他小名叫冰冰。那时候我会被冰冰搞得很被动。例如我说："冰冰上课比之前遵守纪律……"话音没落，就有同学告状说冰冰乱喊乱叫不遵守纪律。我刚说："冰冰作文比以前进步了……"可一眼就看见他作业乱七八糟满是错别字。冰冰很折磨人，教他是很辛苦的事。但有时候我和同学们也被冰冰的滑稽幽默搞笑。冰冰是个性格、行为比较特殊的男生，他活蹦乱跳不是一点，调皮惹事不是一点，淘气贪玩不是一点，上课捣乱更不是一点，这些加起来就不少了。但还有一点：他聪明可爱也不是一点。这一点又让大家喜欢他！这小子是我最初教过的学生中最有个性的一个，也是我最难忘的一个学生。

1997年7月，爸爸牵着冰冰的手走进作文班。我第一眼看见他，就感觉这小子与众不同，眼睛机灵，头脑聪明，神态活跃，目光好奇。

"问刘老师好。"爸爸严肃地对冰冰说。

"老——师——好！"冰冰故意把音拉长，然后就开始观察我，好像在问刘老师为什么坐在轮椅上，为什么看着我微笑？

"冰冰，对老师要有礼貌，站直！"爸爸又一次警示儿子。

冰冰已经不耐烦了，他的行为在告诉爸爸，他就是好动，不想安静。看见门外有一群孩子在追跑玩耍，他忍不住跑去融入他们。

"这孩子……唉！"爸爸叹口气，对儿子的行为很无奈。

"男孩好动证明精力充沛。"我看着冰冰的身影，"我想了解一些冰冰在学校的事情，便于更好地进行辅导。"

"冰冰的班主任天天喊我去谈话，我见老师都低着头……这混小子一点不长记性，每次对他说专心听讲，不要捣乱，他还是管不住自己……这学期刚开始，有一次，课间他带同学上房揭瓦，这不是笑谈，确实发生在我儿子身上！这些行为违反了校规，全校师生都知道了，班主任受到校长的批评，跟我说冰冰必须换班，可别的班老师都不要……我回家教训了他一顿，可没两天还是惹是生非！"冰冰的爸爸已经一筹莫展，儿子让他陷入极度的苦闷中，这是教育的结症。"现在，冰冰的成绩在班上一落千丈，班主任让家长找辅导班给孩子补课。我去了好几个辅导班，人家老师都不收，我听说您这里好就慕名而来了！"

我明白了，冰冰是个性格特殊的孩子，如果单从学作文入手估计他不会接受，那什么方法适合他呢？我决定留下这个学生，这孩子才上小学三年级，以后求学的路还很长，不能让他对学习失去信心。

2

冰冰来了，作文班变得鸡犬不宁，同学们都提意见。冰冰才不管这些，他视而不见。上课的时候他喉咙里发出怪异的叫声，吵得同学们不能安心听课，还让屁股下面的凳子在地板上发出刺耳的摩擦声。男生们有样儿学样儿，一时间板凳都发出摩擦声，课堂乱成一锅粥。我嗓子都喊哑了。同桌要求换座位，不和冰冰坐一起。我一边安慰提意见的同学，一边充当法官给另一边断案，可是按下葫芦浮起瓢，我这一头汗！最后，同学们群起而攻之，把冰冰逼到墙角，那小子才抱头软下来。

一节课下来我累得够呛。冰冰居然还天真地问："老师，同学们为什么不和我玩，我表现不好吗？是不是应该给我奖励呢？"天哪，还自以为是地要奖励！我决定找冰冰谈话，可谈话的结果让我更加失望，我的话他几乎不入耳，看来我当初收下他太草率了。

那天，冰冰一进教室一副笑呵呵的模样，他和同学们主动打招呼，然后过来抢走我手里的胶带替我把书角粘好。太阳从西边出来了？我心说。我问他："今天能遵守纪律吗？"他连忙点点头。

上课了，我开始点评作文，忽然传来女生的一声尖叫，我寻声望去，冰冰的座位上已经空无一人。女生离开座位，面露惊恐，我往下一看，冰冰猫腰、瞪眼、吐舌头，在搞恶作剧。几个女生一窝蜂冲上去对冰冰兴师问罪，冰冰又一次被逼到墙角。看来，我必须给这小子一点震慑力！

"冰冰！这节课你旁边站着！"

冰冰见我沉着脸害怕了，只好乖乖地站到一边，教室里安静下来了。

下课后，我留下冰冰。

"冰冰，老师不想当同学面批评你，可是今天你太过分了，上课搞恶作剧吓唬同学，这样的行为有多么恶劣，你知道吗？"

"我、我、我错了！"

这次必须让冰冰知道课堂上应该遵守纪律，不能对同学搞恶作剧！

"如果你再扰乱课堂秩序，就不用来上课了，我没有你这样的学生！"说完我转过轮椅走了。

冰冰想了两秒钟，然后收拾好书具，轻轻把门合上出去了。

从那以后，冰冰有一点小小的改变，可是上课仍不守纪律，影响同学正常听课。有家长知道了要退课。看着家长把孩子一个个带走，我能理解，谁希望钱花了没有收获，但我心里很不是滋味！

这件事我始终没有告诉冰冰爸爸，因为我想把对冰冰的教育进行到底。如果问教作文是为讨生活还是为教育，可以说我为了生活，但是在不影响生活的情况下，我更看重育德树人。如果每个老师都只愿意教聪明伶俐、懂事乖巧的学生，那教育就失去本来的意义。

别看冰冰淘气顽皮，但在作文方面十分有潜质，在他的文字里总能透出天真和灵气。这样的天赋，尤其在这个年龄是非常可贵的！对冰冰的教育，我更多的是启发和培养他对写作的兴趣，同时激励他多读书开阔视野，增长知识。渐渐地冰冰有了明显的进步，我们也成了朋友，有时候他愿意把烦恼说给我听。当然孩子对烦恼的叙述常常是语无伦次的，讲出的事情常常惹得人捧腹大笑。

有一次，冰冰歪着脑袋对我说："我有一块好看的橡皮……后来发现拖把丢了……回家爸爸打我屁股……老师，我的棒棒糖真好吃！"

天哪，我听得云里雾里，他究竟想表达哪一件事啊？但是我理解后很快把他的话理顺，并对他说："你给我讲了一块橡皮，但这件事没说完，就又说了班上拖把丢了的事情，之后又说你老爸打你屁股的事，还没有完，又开始说棒棒糖好吃，你每一句话只说了一半，没有交代清楚来龙去脉和前因后果，让人怎么能听懂呢？现在你重新完整地说一遍！"

经我一引导，冰冰立刻明白了，想了想说："上周我作文写得好，老师奖励我一块好看的橡皮，我高兴坏了。周二大扫除我发现班上的拖把不见了，我报告给老师，老师让我带几个同学去找找，最后我们在楼道里找到了。嗯，老爸打我屁股是因为我把他的电动剃胡刀拆了……嘻嘻。我爱吃棒棒糖，今天我买了两个。老师，我想送给您一个！"

"冰冰，你太棒了！"我惊喜地说。冰冰也笑了，然后从口袋里掏出两个棒棒糖送到我面前一个。我不客气地接过来剥开纸含进嘴里，冰冰也含一个在嘴里，我们师生俩边吃边聊。

3

一个月后,冰冰的一篇名为《鹦鹉》的作文发表在少儿读物《学做人》杂志上!《学做人》杂志样刊寄到学校被同学们交给班主任,大家都替冰冰捏把汗,心想他会不会又做出格的事了。班主任拆开信封看完当堂把冰冰的作文《鹦鹉》读给大家听,同学们立刻发出一片赞叹声,老师也表扬了冰冰。消息很快就传开了,在全年级轰动了,大家都对这个淘气的高个子男生刮目相看。

我知道这个消息已经是几天后了,冰冰把《学做人》杂志给我,我高兴坏了。这说明我的教育方法是正确的,对冰冰不能多批评,而应该多鼓励,因为他个性太乖张,批评多了会一蹶不振,事情会更糟糕。冰冰的一个眼神、一句话、一个表情、一个动作,我们都细心观察,知己知彼,才能把握教育的规律。

冰冰从小调皮捣蛋,招来不少责怨声,所以他不高兴、灰心、专拣"坏"事做。现在好了,他学习成绩上去了,作文的发表让他在班上扬眉吐气,受到老师的表扬和同学们的羡慕。冰冰高兴坏了,来上课的路上,我隔着窗户望见他抬头挺胸大步流星地走在老爸前头,那劲头儿嗨极了。

有一次,我让大家描述一位自己最熟悉的人。同学们对这个命题兴趣很浓厚,有的写爸爸,有的写妈妈,有的写同学,而冰冰写的是我。他是这么写的:"刘老师有一张鸭蛋脸,头发长长地垂在肩上,有点像鸡毛掸子……"我读到这里忍不住笑了,全班都笑了,冰冰还不好意思地挠挠头皮红了脸。

冰冰学习进步了,淘气也在进步,不过接下来的一件事让我很头疼,他给我惹了不小的麻烦。

一次课间休息,和以往一样孩子们张开小鸟般的翅膀飞出教室,去广阔的地方玩耍,我开始在灯下批改他们的作文。突然一个女生跑进来说:"老师、老师,不好了!冰冰、冰冰闯祸了……"

"啊？"我的嘴张成了"o"形。话音没落，闯进来一个高个子女人。她高大的身材似乎与我们教室里的小桌子、小椅子很不协调，她的嗓门更与我们的声调不和谐，我感觉到事情不妙。那女人气得呼哧呼哧直喘气，嘴巴里吐出的气把额头上的卷发吹得一起一落。她一开口便势不可挡："那个野小子人呢？叫他出来，别想着藏起来这事就完了。告诉你完不了！看看你们学生干的好事！"说完，她把一样黏糊糊的东西往我面前的作业本上"啪"地一放，我定睛一看，是两个软蛋。我从来没有处理过"蛋"命案，意识到了事情的严重性。

"如果是我的学生干的，我一定让他向您道歉！"我诚恳地说。

"道歉就完了？你看清这是两个鸡蛋！"她痛心疾首，好像是两个金蛋。"你教书育人，教出这等学生，唵？！"

我无话可说了，事情出了，只好任人说。学生们围了一圈，我暗中扫了一眼，冰冰不在里面，我才稍稍放心，定定神说道："我赔您两个鸡蛋……"

"赔？这是两个鸡蛋那么简单吗？你把那个小兔崽子叫出来，他在哪儿？藏哪儿了？"女人用眼睛没找着冰冰，又生气地说，"浪费我两个蛋，就这么算了？没门！"

"等他回来我问清楚再说赔偿的事。您看好吗？"我这样说。

"也行，反正他跑不了。哼！"女人盛气凌人地用手拨开围观的同学们，横冲直撞地走了。

这时候门帘被一只小手轻轻地掀开，外面光线已经暗下来，但我依然能看清是冰冰。

下课了，同学们都回家了，冰冰才敢进来，他怕我批评，胆战心惊的样子。

我没有发火，相反，冰冰惹出的这桩事，我一点也不生气。我先让他给我讲了事情的来龙去脉……

原来事情是这样的：孩子们在户外活动，一只花母鸡跑过来，孩子们对花母鸡产生了兴趣都围上去看，有的用温暖的小手摸摸鸡冠，有的摸摸肥嘟嘟的身体，喜欢极了。冰冰也想摸摸花母鸡，可他插不上手。这时一只小鸡走过来，同学们觉得小鸡更可爱，便又跑去逗小鸡。小鸡怕生追在鸡妈妈屁股后面请求保护。冰冰见势抱起花母鸡就跑，母鸡也纳闷，为什么要跑？于是使劲鼓翅膀试图挣脱，可冰冰越发抱得紧，生怕母鸡飞走。冰冰一用力把母鸡肚里的两个蛋挤出来了，这下糟了。鸡主人一见操起扫帚就喊："打断你的腿！"同学们吓得掉头跑散，冰冰也"跐溜"跑了。他一直躲在外面，看见了女人进来找事，同学们下课都走了才敢进来。

"抱鸡"事件明了了。这件事冰冰没有错，他是出于对花母鸡的喜欢和友好，只是小孩子做事没有轻重，又碰上一个难说话的人，惹出了麻烦。借此机会，我要对冰冰和同学们说几句："同学们喜欢小动物，但要有合理的方式，动物和人一样也有个性脾气，你惹它不高兴，它就不顺你。你若爱护它们，顺顺它们的毛，和它们说说话，它们就会和你亲近，说不定还想偎着你。老师希望你们爱动物，也学会保护动物，好吗？"大家点点头明白了。

4

后来，我买了一斤鸡蛋送去赔礼，女人接过去笑着说："其实两个鸡蛋也不值什么钱，但是你一定听过鸡孵蛋和蛋孵鸡的故事吧，这样算下去，这一斤鸡蛋也不多……"

我的天哪！这让我哭笑不得……赶快跑吧！

抱鸡风波在冰冰的成长记录里算是一个小插曲，后来冰冰又经历了什么趣事，我不知道了，因为冰冰离开了作文班。那一年，冰冰上五年级，作文有了很大进步。

后来，我常常想起这个抱鸡小儿，细瘦的个子，像举着一个大豆瓣的豆芽菜；眉似弯弓，发如密林，模样不怎么好看，但却讨人喜欢。冰冰的逆反完全是大人批评和责备的结果，他不接受，他有自己的道理：凭什么我淘气你们指责我？我不干！于是他脖子一抻上房揭瓦了。而我不批评他，对他友好，态度温和，还经常看到他的长处，赞扬他、鼓励他，渐渐地他有了自信。冰冰是个可爱的孩子，他可以制造出层出不穷的故事，让童年变得不单调、不寂寞。这相对于安静、孤僻的童年是不是多了阳光和色彩呢？这样的童年勇敢地挣脱了束缚、桎梏，获得了创造的意义。

  冰冰也是个内心孤独的孩子，和我曾经见过的那个和瓢虫交流的孩子一样，没有伙伴。在他们的思维里潜藏着与其他孩子不一样的兴趣爱好，在小伙伴中难以找到相同的兴趣点。父母也未必能察觉孩子的孤独，而老师也没有洞察他们心理的耐心，因此他们的成长教育期一次次被忽视，进而被推向了更深层次的孤独。冰冰对我的信任和友好完全出于我换了一种教育方法，比如：我和他对话的时候会看着他的眼睛，认真听他说；我对他严厉批评的时候，没有让他觉得是以强欺弱，而是让他明白自己做错了，老师给他指出来。小孩子是讲理的，如果你高声指责他，他看似低头，其实他心里隐含着对你的极度不满和倔强。

  与冰冰相处，只要点亮他的心灯，他就会如太阳一样温暖明亮！

静阳的故事

1998年暑假，在很多来报名的小学生中，有个一头短发，模样十分清秀的女生，她叫孙静阳。静阳来自山西运城农村小学，上五年级。这个小女生身材瘦瘦的，我以为她体质弱，没想到她居然能顶一个大人用。小小年纪就分担起家务劳动，帮妈妈管教弟弟，双休日帮爸爸照顾店铺的生意，算一些简单的账目。这很了不起，我教过的学生里像静阳这样吃苦能干的女孩不多见。

上课的时候，静阳认真听讲，一点不走神，我完全不用管她的纪律。在作业上，静阳也绝对是字迹工整，按时完成，不像有的同学写字不认真，见缝插针磨洋工。时间久了，我还发现这个小姑娘有股子韧劲，做起事来十分有耐力、有恒心。别的同学读课文三遍就没有底气了，静阳可以坚持到四遍或更长的时间。她对弟弟的管教也能看出她持之以恒的耐心。我对这个女生开始另眼相看，其中还有一个理由：我祖籍在山西吉县，静阳家在山西运城，我们是老乡。有句话说：老乡见老乡两眼泪汪汪嘛。

一开始，静阳把我哄了，她外表文文静静，我以为小女孩多数柔柔弱弱，慢声细语也不为过。哪知道静阳不是，她外柔内刚，做事果断大胆。

有一次上课，静阳屁股后面跟进一个小男孩，一看模样就知道是她弟弟。静阳说过弟弟比她小五岁，十分好动。我一看小家伙的眼神就知道这小子机灵鬼加淘气包。静阳问我能不能她上课让弟弟在一边玩。我知道她家里没人看这小家伙，所以"小尾巴"必须跟着小姐姐。我答应了。开始上课的时候，小家伙安静了一会儿就管不住自己了，跑来跑去不停地发出响动。忽然，一个男同学说："滚开！"一把将小家伙推倒在地。静阳冲上去对那个男同学大声说："不准你以大欺小！"她当时那股劲头一下震慑住男同学和全班同学，对方看了她一眼不敢再还嘴，静阳拉起弟弟的手走了。静阳的冲动表现出她的抱打不平，也表现出她爱护幼小的品德！

静阳不与同学争先后，别人争着抢着交作业，她总是不急不慢排在最后。因为每节课我都要挨个给同学讲修改作文的方法，有的时候一篇作文要讲十几分钟，后面的同学都等急了。大家改完回到座位上，这才轮到静阳。她走到我跟前仍然不急不躁，也不主动问我问题，也许她听我嗓子讲话多哑了，只竖着耳朵认真听，并用目光告诉我她记住了。

作文班的同学们都像静阳这么懂事该多好，可是世上从来没有完美的事情，对待同学老师要一视同仁。

静阳家在我们小区，是租的房子，住在五楼，所以把自行车放在楼下，但又经常有小偷。静阳妈妈来问能不能把自行车放我家窗户下面，我父亲说可以。于是，每天清晨，姐弟俩穿过冬青树到窗下拿钥匙开锁，然后两个人你一句我一句。我常常被他们的声音吵醒，听见姐姐说："提好你的鞋子！把书包背好，有点儿样儿行不行！"我忍不住噗嗤一笑，能想象到窗外的那小家伙扭扭捏捏不听姐姐话的样子，然后小姐姐又一遍管教。快迟到了，自行车的链子声渐渐远去了。

后来，我对静阳说："对小孩子发脾气没有用的，显得你没有姐姐样儿，你试试和他和颜悦色地说话，他对你有好感才会听你的！"静阳眨动儿下眼睛，点点头跑回家去了。过了几天，她悄悄对我说："刘老师，管用哩！"我才想起那天给她支的招，哈哈笑了。

静阳跟我学到小学六年级毕业就回老家读初中去了。一次，我问她中学打算在西安上吗？她摇摇头说不，因为西安的借读费太贵……我明白了。又问她回老家上吗？她两肘撑在双腿上，手托起脸点点头。我心里有点不舍，相处的日子虽然不算太久,但是我对这孩子有了感情,她走了我会牵挂的。静阳回老家县城上中学有点可惜,她在这里的成绩虽然显得一般了些,但是大城市学校的教学质量会比较好。可转念一想,一家人在大城市讨生活也十分不容易,就没再说什么。

"刘老师,我走后可以给你写信吗?"

"当然可以。我怎么忘记这个便利条件了。"我高兴地说。

我写下地址给她,她把小纸片叠得四四方方揣进口袋里走了。

赶上春节前放寒假,弟弟被送回老家,静阳有了更多的空闲来找我玩。我们结伴去街上看热闹,去批发市场买年货。春节前购买年货的人很多,市场里人很拥挤,幸亏静阳在前面给我带路,才使轮椅通行无阻碍。到了挑选糖果的地方,她比我有经验,挑选、看秤、付钱,我问她怎么会这么多。她一努嘴,我看见她妈妈在那边的柜台里正和顾客说话,我明白了。

年后,作文班还没有开课,我有的是时间。刚立春气候就有转暖的迹象,我打算去青年路看望朋友白鸟。白鸟是脑瘫患者,不能讲话,也不能行走,每隔一段时间我会去探望他一次。有这点爱心源于父母从小经常带我去看望同病相怜的小伙伴,让我懂得爱人如爱己。感恩父母的养育教诲!这次我想带静阳一起去,我先问她作业写完了吗?她说写完了。我说你愿意和我一起去青年路看望一个朋友吗?她说愿意。我们俩都笑了。

到了白鸟家,我给白鸟介绍这是我的学生静阳。白鸟打出七个字:你好静阳,欢迎你。静阳怔怔的表情十分惊讶,她没有见过这种交流方式,一时不知说什么好。白鸟借助键盘打字与我交流,我们看着屏幕上写字板的对话框。白鸟打字的时候吃力地用牙齿咬住"笔",发出咯吱吱的响声,我已经习惯我的朋友发出这种声音,这不妨碍我们正常交流。那天,静阳几乎一直在听我们说话,她的目光告诉我她在想……

回家的路上天已经黑了,初春的傍晚凉风习习,由于春节还没有过完,道路两边有很多摆摊卖东西的,很是热闹。一路上我们都没有开口说话,静阳好像若有所思，我不想打断她，让她思考一会儿吧。孩子们遇到问题动脑筋不是坏事。

等快走到家的时候，静阳忽然问我："老师，那个白鸟叔叔痛苦吗？"

我知道她说的痛苦是什么，我本想告诉她世上没有不痛苦的生命，但一想这个话题太大，短时间根本无法说清楚。于是我说："当一个人身体的痛苦无法改变的时候，可以让心里快乐起来，比方说可以学习、可以交朋友、可以培养兴趣爱好，等等，这样可以把身体的痛苦渐渐化解掉！"

静阳"哦"了一声，便又不说话了。

我认为在一个孩子成长的过程中要敢于让他们接触不同的人群，这样可以帮助他们更多地了解生活，更好地学会思考。我敢说静阳一路上都在想问题，要不她不会问以上的话。人只有思维在运动才会提出疑问。可是，在很多时候我们的家长忽略了这个细节，错过了对孩子的及时引导，使孩子养成了一遇到问题就问大人的习惯。

6月，静阳小学毕业了，没过多久她便回山西运城老家读书去了。当我收到静阳从运城市临猗县牛杜镇中学寄来的第一封信时，已经是初冬季节，为什么这么久才来信？我打开信一看才知道开学以后功课太多，她顾不上写信。

一般学生刚进入初中还不习惯有晚自习，又加上增加了不少学科，觉得一时不能适应也是常有的事。我鼓励她要学会适应，对新学科要带着兴趣去学，带着问题去思考，这样才能越学越有兴趣。我顺便问她在新学校住宿是否习惯，伙食怎么样？她回信说："这里的早饭每天是咸菜就馒头，我觉得挺好，山西人爱吃馒头嘛！"这让我想起城市孩子的早餐顿顿有鸡蛋和牛奶，而享惯福的孩子却已经不以为然，有的把刚吃了一半的食物就扔掉了。静阳从小有吃苦精神，住校的苦我能想象到，大人不在身边，衣食住行全凭自己，也好，锻炼了她独立的生活能力。

后来有一段时间，静阳的信中断了，我想一定是她功课多顾不上写信吧。

到了学期末,静阳突然来信说她不想上学,要退学。我吓了一跳,好端端的出了什么事?中学生有厌学心理也属正常,但不至于草率退学吧。我立刻写信对她说:"退学不是儿戏,学校的艰苦环境都适应了,遇到什么不开心的事可以告诉我,但不能随随便便退学!"信发出去之后,很长一段时间静阳没有再来信。我有点着急,惦记着她,不知道她好不好。

一天晚上,电话铃响了,我拿起听筒没顾上"喂"对方就说:"刘老师!我是静阳……"那一瞬间我眼眶湿润了,把想说的话一时间全忘了。听静阳在那边说她依然住校,学习很忙……我只顾"哦!哦!"才放下心。

时光荏苒,静阳中学毕业上了三年师范学校,原本师范毕业可以在当地小学当老师,但她没有选择留下,而是怀着梦想去了南方城市。有一次我接到她从深圳打来的电话,第一句话便是:"这里的蟑螂多死了,早晨起来准备做饭,揭开锅盖发现一只蟑螂正用眼睛看我……笑死我了。"说着哈哈笑起来。她真不知道蟑螂的危害性有多大,还笑得出来?后来想她一个女孩家在异乡单打独拼的,社会竞争这么激烈,深圳又是经济发达的沿海城市,比蟑螂令她紧张的事多了去了,她岂能害怕一只小小的蟑螂。从静阳每一次电话的描述里,我知道她在外面吃了不少苦,这也是静阳的性格:勇敢、坚持、不改初衷。

2018年8月,我们久别重逢,静阳回西安来看我,她做了妈妈,女儿已经六岁了。静阳依然是那么淳朴、美丽、阳光,脑后扎一个马尾辫,一件白T恤和一条牛仔裤,一点也没有因为大城市的繁华和诱惑改变自己的本真。我欣赏淳朴自然的静阳,这样会保持年轻的朝气。同时我也佩服他们这一代年轻人离家在外面打拼、奋斗、吃苦耐劳的创业精神。

行走在阳光下……

我与很多孩子有来往,但迷恋网络游戏的少年遇见得不多,只有一个给我留下深刻的记忆。

一次,一位妈妈来找我,落座后开始给我讲述她儿子的事情。

她儿子小名叫扬扬,上六年级,从三年级开始走进网吧,迷恋上网络游戏。爸爸妈妈屡次说教不听,打骂无济于事,夫妇俩实在无计可施多次把扬扬锁在家里,可扬扬每次想方设法逃去网吧打游戏,玩得不知道回家。功课一落千丈,眼看小学毕业升初中,妈妈急得团团转。

"我和他爸爸忙生意,忽略了对孩子的管教,现在想想真后悔!"

看着扬扬妈妈落泪的神情,我在想:教育是有时效性的,在成长的每一个阶段要引入不同教育内容。少年时候除了学习,需要帮助孩子树立对事物正确的认知,避免他们在不良的诱惑面前迷失自我。

"我先见见扬扬,了解一下情况!"我对扬扬妈妈说。不见孩子本人很难做出客观的判断。网络少年我遇到得不多,我想先了解一下这些孩子的心理,然后找找突破口,看能否帮助到他。

星期天上午,妈妈领扬扬来到作文班。

扬扬怯生生地站在门外不肯进来,他眼皮低垂,不说一句话。我笑着对扬扬说:"如果你不进来,你就会失去一次感受快乐的机会。难道你不想让自己快乐吗?"

扬扬怯怯地挪着脚步,这使我看清他的身高和体型。他非常瘦弱,比同龄孩子矮一头，一看就是营养不良。

"同学们，扬扬酷爱电脑，以后咱们班电脑有什么问题就请扬扬来维护。大家说好吗？"

"好！"同学们异口同声。

当扬扬走过大家身边找到一个空座位坐下后，同学们忍不住问："喂，怎么存盘？我的文件不翼而飞了！"

"QQ怎么升级，教教我吧！"

"我想玩游戏，你会吗？"

嚯！这些问题正问到扬扬的心坎上，不过他不敢说话，他知道这里是课堂，老师不会允许同学们在上课时谈论上网，更不会允许涉及网络游戏的内容。他看我一眼，发现我不但没有反对，反而微笑着等待他发言。他来劲儿了，三言两语就把同学们的问题回答清楚了。这可了不得了，同学们都开始佩服扬扬，尤其是男同学趴在他肩膀上明显是拉拢关系嘛！

"同学们，上课！"

"学习快乐，耶！"

我们一起大声喊。

在我们这个小小的班级里，多数是来自各小学的落后生。他们由于落后而得不到喜爱和赞扬，所以快乐口号对他们尤为重要，一声"学习快乐"激发孩子们的活力，让他们勇敢、自信地抬起头！

那节课上扬扬一言不发，他依然有抵触心理，我相信要不了一节课他就会发生转变。一位同学站起来朗读课文《传递快乐的人》。这篇课文是说日本的一位邮递员青水龟之助在每天传递信件和邮包的同时也把快乐传递给大家，因此他获得了日本终身成就奖。全班只有扬扬的朗读声很低、很小。后来我从扬扬妈妈那里了解到，三年级时有一次在课堂上扬扬大声朗读课文，突然被班主任喝住，说他故意制造噪声，从那以后扬扬再不大声读书了。从扬扬的眼神里我看出他内心的自卑，这源于大人过多的指责和批评。扬扬的字写得歪歪斜斜，我耐心地教他一笔一画地写。当他把一个字写端正时，我立刻冲他竖起大拇指，说："你太棒了！"他笑了笑低头继续写。

"你喜欢上作文课吗？"下课后我主动和他聊天。

"喜欢。"他不假思索，"老师，您不凶。"

"哈哈！"我笑了，"下节课你能自己走进教室吗？"

"能！"他回答得十分坚定。

扬扬在课堂的表现一次比一次好，他对写作文也产生了兴趣，作业每次都能按时完成。但是网络依然牵着他的心，只要一放学就跑到网吧里去玩游戏。当妈妈在电话里告诉我扬扬爸爸气得揍了扬扬一顿时，我说不要打骂孩子，否则会加重扬扬的逆反心理，弄不好会惹出乱子。我决定找扬扬谈一次话。

一天下课后，我和扬扬坐在阳台上，阳光下风把花儿吹得有些晃眼。扬扬的目光被一只蝴蝶吸引，他用手去捉，蝴蝶飞走了。

"老师，你知道我的爱好吗？"

我摇摇头，听他说下去。

"我爱踢足球，世界足球明星罗西是我的偶像呢！"

"是吗？没看出来，你除了网游还爱足球？"我表现出惊讶。

"关于罗西的事我在网上查到好些，可惜被我老爸给删了。他一见我上网就大声吼，所以我不用家里的电脑，我去网吧，但又……"

"你管不住自己想玩游戏，对吧？"我一语点中他的要害，他点点头。

"可是过多玩游戏会害了你，你想过吗？"我面对他，完全把他看成一个大人，希望引起他对网络游戏的思考。

"我知道。"扬扬低下头，自信又降到了零。

"其实上网还有更多好玩的，比如天文地理、你喜欢的足球明星，等等。"

扬扬眼里闪烁着喜悦的光芒。我见时机成熟，便说："今天你就在老师家上网，我们一起看一些有趣的内容，好吗？"

扬扬一听高兴极了，立刻坐到电脑前移动鼠标开始在百度里搜索，他高兴地说："老师，这是罗西，你看！"

"罗西好帅啊！"我看一眼说，"其实互联网最大的用处是能提供给我们丰富的资源，如果善于利用网络，会学到很多有趣的知识。"

我介绍扬扬看少儿网站，里面有数学游戏、趣味语文，还有他感兴趣的少儿小说和故事等。我还给扬扬留了一项网上作业，让他每天搜集天文图片，然后我帮助他制作成幻灯片，配上文字在课堂上用电脑演示给大家看。这不仅把他从网络游戏上拉回来，帮助他正确认识网络，同时也受到全班同学的欢迎。扬扬更有信心了，有好长一段时间他不再去网吧了。

这中间我和扬扬爸爸沟通过一次，让他解除家庭电脑开机密码。我说："要鼓励扬扬正确地上网，帮助他获得丰富的知识。扬扬的求知欲很强，正是因为在家里得不到理解和帮助才迷恋上网。如果正确引导他使用网络，相信对他的学习也会有帮助。"扬扬爸爸当即同意。

我的方法果然奏效了，几周后扬扬的妈妈来说，扬扬每晚上网40分钟，只浏览新闻和查阅资料，一周没有去网吧了。我欣喜地感到暂时可以松口气了。但是没过两天，扬扬又偷偷溜去网吧了。他为什么不在家上网？

有一次，课间休息，同学们都出去活动了。扬扬走到阳台上，一盆花引起他的注意。他的手刚一碰，叶子立刻垂下去，他惊讶地问："这草叫什么？"

我说叫含羞草。

他问："为什么叫含羞草？"

我说："这样吧，你上网查一查，一会儿上课给同学们讲一讲。"

扬扬在网上很快找到答案。上课的时候扬扬给同学们讲了他的发现："含羞草的叶柄下有一个鼓囊囊的包，叫'叶枕'，里面含有充足的水分。它有敏锐的感觉。当你用手触摸叶子时，叶枕中的水马上流向两边，叶枕瘪了，叶子就垂了下来。含羞草遇到雨天或强风，叶子也会垂下。其实含羞草并不是真的会'害羞'，那只是一种善于自我保护的现象。"

同学们明白了，喊着要看那盆含羞草，于是观察植物的一课又开始了。

这样教学不仅转移了扬扬的网络游戏心思，更能激发他对周围事物的兴趣。妈妈说扬扬对这种课程很用心。有一次，妈妈从他身边走过故意问他是不是又上网打游戏了？扬扬说："别小看人！这是刘老师给我布置的作业，我必须完成！"妈妈暗自高兴。

　　经过三个多月的学习，扬扬不去网吧了。虽然长时间的学习后也偶尔会玩一下游戏，但他已经不像从前那么痴迷和贪婪了。有时他还充当老爸老妈的网络小老师，帮老妈查找美容方面的知识，帮老爸查找装修的材料。扬扬妈妈告诉我："扬扬小学毕业考试通过了！"她眼里满溢着喜悦的泪花……

　　一个阳光明媚的下午，扬扬走到我面前，脸上有点不好意思的表情。

　　"老师，"他扭捏了一下，挺了挺胸脯说，"我知道去网吧是不对的，以后我不去网吧了。"

　　望着这位少年稚气的目光和天真的面庞，我笑了，对他说："如果你爸爸妈妈听见你说这句话，一定比老师还高兴。你有勇气当面对他们说吗？"

　　"有！但、但我怕他们不相信。"他看着我说。

　　"世上没有父母不愿意相信自己的孩子，除非他们听了太多次的谎言。勇敢地去对他们说你的心里话吧，我想他们已经期待很久很久了……"

　　那一刻我被扬扬感动，我更希望扬扬的改变能感动他的父母……

石楠深叶里

在上课的间隙，我也忙里偷闲读读书。那天傍晚，我忽然想读一读唐诗。因为一直非常喜爱唐诗，它不光意境开阔，还饱含深情。于是拿起唐诗翻开，一眼看到白居易的《早蝉》，其中一句"石楠深叶里，薄暮两三声"忽然浸润了我的心。在这个落霞满天、大雁北归的傍晚，我忽然间想起一个孩子来，我们已经很久不见了！

楠是我的学生。初识楠那一年，她9岁，还是少年不知愁滋味的年纪。楠长得十分秀气，白皙的皮肤，小巧的鼻子配上小嘴巴，让人看了心生喜欢。楠有着修长的四肢，我从来没见过女孩子的四肢那么健美、那么协调，尤其是双腿简直是跳芭蕾的苗子嘛。楠的一举一动都很美，在孩子们中间也是少见的，如鹤立鸡群一般！有一次，楠伸手够书架上的书，修长的手臂，纤细的手指像白鹤亮翅一样，我看呆了！还有一次，她和女生们一起跳皮筋，体形如鹤，身轻如燕，在皮筋上来回跃动，看得人眼花缭乱！

楠成为我的学生，我们有缘在一起相处了四年，其间有很多美好的故事。我常常想，老天让我有幸陪伴一个孩子成长四年，同时让我把爱给予她，帮助她，这是我的福报！

楠是个善解人意又有悟性的女孩，与她相处不纯粹是老师教学生，她也成就了我，我们互为人师。

楠说："我喜欢这样写作文！"本来嘛，楠不适合说教的方式，她对作文有天生的悟性，一点即通，所以我基本在与她聊天玩耍中就教会她写作文了。

有时我刚讲一句，她立刻就说："哦！我知道了！"然后埋头就写起来。这样快的反应在班上不多见。另外，她对知识的渴望就像我当年一样，见到一扇窗开着便大口呼吸。我们除了说写作还聊生活中的各种事情，我从不当她是孩子，也不避讳说成人的想法，在我看来楠就像我的朋友一样，对朋友还做假吗？我越来越喜欢楠，每次下课我们都要聊上一会儿，然后她才背书包回家。楠也是我的小助教，我做不了的事情交给她，她一定能出色地完成。例如：给同学们发书、发本子，给大家照相，留心课间在外面活动时同学们的吵嘴打架，她每次都很认真和细心。

课余时间我们一起聊天、读书。古人曰"酒逢知己千杯少"，我是学逢小友每日新。那天傍晚下课后，楠趴在窗口向外张望，她分明是听见蝉鸣声想寻找蝉的藏身处。

"蝉在树叶里藏着，你怎么能看见！"我说。

她眨眨眼睛，似乎不明白为什么蝉藏在树叶里，怎么会看不见呢？又把头往窗外伸。

我不禁想到白居易的《早蝉》那句"石楠深叶里，薄暮两三声"。

"现在正是阴历六月间，天气最热的时候是蝉生命期最旺盛的时候。上课的路上你留心观察一下行道树，那上面有蝉，但蝉不会轻易让你看见它，它们都藏在叶子下！"我说。

楠背上书包走了。第二天我忘记了蝉的事情，楠主动说她昨天在路上还是没看见蝉。

"不要心急，会看见的！"我说。

转眼间，楠跟我学作文三年了，我们已经是忘年交，我给熟人介绍她时总说："这是我的小友楠！"

夏天，傍晚下课，我早早吃了晚饭和楠一起去大明宫遗址公园逛，她陪我，我陪她，一路笑语不断，不亦乐乎！

有一次，我们和往常一样相互陪伴着走到大明宫丹凤楼广场，忽然起风了，周围包裹着的炎热一下子消散开。我们身上的T恤被风吹得前后鼓起包来，楠借风势展开双臂做出一个欲飞状，双腿如白鹤直立，脖子仰起朝向蓝天，只可惜我不是画家，不然一定画下她！

那一年，楠11岁。

"老师，我长大了想学历史，我一看那些历史书就会怦然心动。唐朝出现了那么多杰出的诗人，到了宋朝虽然国家渐渐衰败了，老百姓吃了那么多苦，但是好在我们的民族没有倒下，依然屹立在世界之林！"看得出这一段旁白的后一句与前一句虎头蛇尾，她见我识破便笑了起来。

对历史明晰的人，一般思维比较清晰而有条理，楠就是这样。她对历史的年代记得很准确，这一点我年长却不如她。

我忽然问楠："你想过学舞蹈吗？"这个问题是对她修长身材的赞美。

"舞蹈？"楠睁大眼睛，"我没有想过。"她的大脑里似乎对舞蹈一片空白。这不能怨楠，一个孩子来到世上通常无法选择自己成长的环境。

不过，我还是觉得楠有学舞蹈的先天条件，不学真的可惜！为这件事，我和先生还发生过小小的争执。

那同样是一个夏日的傍晚，我、先生、楠三个人一起散步到大明宫广场，然后楠丢下我俩跑去找一群孩子玩。他们玩的是什么游戏离得远看不清，只看到他们快乐的身影跑来跑去，衣裙被风带着到处飞舞。

"楠不见了。"过了一会儿我看不见楠的身影，有点紧张地说。

"楠怎么会不见呢！"先生的意思是楠那么聪明怎么会丢呢。

是的，聪明的孩子是不会轻易迷路的，何况楠。

暑假里，广场上成群的孩子在撒欢儿。对小孩子大人应该放开手脚让他们自由奔跑，这样会有益于孩子的身心成长。

瞬间，楠的身影又在孩子们中间出现了，她朝我们跑来，脚步很快，修长的臂膀张开如白鹤欲飞状，我想起列子欲风而行的故事来。

"这孩子是个学舞蹈的料！"我又禁不住带着赞叹的语气说。

"我看倒适合做运动员！"

我白他一眼，总和我唱反调嘛！

"运动员要的是力度，而舞蹈要的是美感和质感，一样吗？"我说。

"很多运动员，例如：游泳、体操、滑冰、击剑，也要求柔美和质感啊！"

"击剑需要柔美吗？"我与先生争辩。

"当然需要……"

"老师啊，你们猜我刚才看见什么了？"楠愉快地跑到我们跟前，打断我和先生的话，"我在那边的健身房看见练击剑的了，好刺激啊！我也想练习击剑，想当一名击剑运动员！"楠一脸的稚气。

"太好了，我刚才就说你可以嘛，叔叔双手赞成！"先生举手过头顶，孩子一般地开口笑了。

"叔叔，现在看来咱们得好好聊聊！"楠快活地跳到先生一边坐下，他们两个人饶有兴趣地谈论起击剑来。

虽然把我晾在一边，但我一点也不生气，因为楠和叔叔聊天一样能增长很多知识，只要对楠有益，我会很快乐。看着他们聊在兴头上，我不能像一头呆鹅干坐着，我抬起头仰望天空，灰蓝色的天空那端是一片瑰丽的晚霞。我深情地看着天空，立刻感到心无旁骛了。

过了一会儿，我一回头发现他俩也在仰望天空，只是晚霞已经渐渐消散开，失去了绚烂的光彩，我们仨都一语不发，一直看着天色渐渐暗下来，夜晚的天幕被孩子们放飞的风筝装点。

整个暑假，我们都在快乐中度过。

新学期来到后，楠依然在这里学作文，她的成绩越来越好，楠不光聪明还十分有灵气。我俩的默契也恰恰来自她的心领神会，所以我们才心有灵犀一点通。有一天下午上课前，楠趴在桌上打盹。我从笔盒里取笔改作业，不小心笔掉在地上，我转过轮椅去找，却听楠说："笔在你的轮椅后面。"我惊讶，她一动不动怎么知道笔在我轮椅后面？

"我从小就知道这些,闭着眼睛能感觉到周围人在干什么,你说奇怪不奇怪!"楠捡起笔递给我。

我刚想说"天哪",可一激动把笔当作棒棒糖塞进嘴里了,楠笑得前仰后合,我也笑了。

下课后,楠愿意留下和我们一起吃晚饭。我知道她喜欢在我家看电视或和我们俩聊天,即便呆鹅一样傻坐着她也乐意。在我这个简陋的家里她感到自在、放松、快乐。时间久了,楠的妈妈过意不去,有时候捎带一些水果或蔬菜来,我说不用客气,孩子吃不了多少。但楠妈妈还是说:"刘老师,孩子在这里麻烦你,好歹是我的心意,请收下!"

"是啊,收下吧,老师!"楠也帮着说。

我只好收下。

楠妈妈教育不了孩子,怕耽误楠的前程,希望我多帮助教楠。这是理所当然的,我是楠的老师,理应尽心。我想说可我替代不了母爱,见这位母亲眼含泪光,我把话又咽回去了。

楠是一个生活独立性很强的女生,同时她也很孤独,孤独到喜欢避开人群,喜欢逃离繁华,喜欢独处,喜欢如我一样仰望天空。这些都源于她没有可以依靠的力量,妈妈的力量太单薄,爸爸不在身边。于是楠小小年纪开始上学放学独来独往,常常在孤独的空间里遐想、憧憬未来……这种孤独的体验过早进入楠心里,也形成难以弥补的忧伤。每次看见楠在广场上奔跑跳跃,我心里都会升起对她深深的爱怜。

有一次下课后,同学们都走光了,我喝水的时候发现楠还站着,就问她:"今天你不用赶去上击剑课吗?"最终她还是选择了击剑。

她说:"今天教练有事不上课。"

我们一起到阳台上观赏花草,春天里看看这些草本植物会给人以生命的动力。楠却低头不语,好像有心事。

"老师,我爸爸生病住院了……昨天他出院了,买了很多好吃的东西来看我……我却没有对他说一句关心的话。"楠愧疚地有几分后悔。其实，不是楠对爸爸没有话说，而是陌生久了，找不到相应的话题，她毕竟是个孩子，还没有应对各种事情的能力。楠背过脸去用下巴抵住椅背哭出声来，平时她一向很坚强，而这件事让楠十分难过。11岁的楠对爸爸妈妈的感情还似懂非懂，但这不等于她没有感觉或者无动于衷，我能感觉楠心里埋藏着极为压抑的情绪。

"楠，你没有力量改变这一切，你只有管理好自己，让你的心坚强起来！"我对楠说，心里也有酸楚。"人生都很苦，苦的时候也要坚强！"

我从不会在她哭泣的时候温柔地给予安慰，她从这扇门走出去依然要自己面对，那时不会有人借她肩膀。"楠，你不要哭鼻子，你是一个击剑手，你具备克服困难的能力，因为你最终还要实现你的击剑梦想！"

楠慢慢不哭了，情绪也平静了些，她扬起泪汪汪的双眸看着我："老师，以前我从不觉得心里难过……"

楠脸上露出笑容，还握紧拳头，示意她会坚强。

我知道楠会从伤心的情绪中走出来，还会和以前一样乐观、自信、坚强、勇敢！我暗自敬佩楠，一个不满12岁的女孩能很快转悲为喜，这是需要智慧的，而楠具备这样的智慧。

此后，每回楠有心事就会来找我说，我乐意倾听并愿意帮助和开导她。楠小学毕业离开了作文班。楠需要在初中阶段去提升各科的成绩，寻求更丰富的知识资源，只有在知识的海洋里她才能卓尔不群。我依然每周给同学们上课，旧生去了，新生来了，但再也没有遇到一个像楠一样与我心有默契的学生。我常常想起楠，也想起那句"石楠深叶里，薄暮两三声"。"石楠"暗含楠的名字！

一晃五年过去了，我不再给孩子们上课了，我心里忽然像少了什么，不知怎样打发闲暇的时间。我想念孩子们，也想念楠，不知她好不好。

有一天在路上，忽然有人喊："老师！老师！"

是楠！楠长成大人模样了，个子高得我得抬头端详。

楠抱住我激动地说："老师，我好想您，好想您啊！"

谁说不是呢？分别这么久了。

楠上高二了，平时住校，周末才回家。她说一直不敢来见我，因为这期间发生了很多事，她不知道从哪里说起……我了解楠的性格，她内向，不喜欢主动与人搭讪，喜欢把什么事藏在心里。

"我赶时间上课，等有时间我一定去看您！"

楠一路小跑着远去……我仿佛又看见她修长的臂膀张开如白鹤欲飞状，心里一阵欢喜……

草色入帘青

最近，我对唐诗一往情深起来，白天吟，夜晚诵，躺下的时候想着"人闲桂花落，夜静春山空"合上双眼，不一会儿就睡着了。不用说梦里也是"夜来风雨声，花落知多少"。

清晨醒来，窗外花影婆娑，已是春光无限好。这天与以往的周末一样，一群百灵鸟叽叽喳喳飞进来，最前面的是大大咧咧的蒋欣，只听她大着嗓门说："早上起床被我妈揪了耳朵，多睡两分钟都不行！"

"我每天自觉起床，从不让大人叫。"米小乐得意地看着他的同学，"一会儿下课，我妈说带我到公园玩！"说完，他把一个棒棒糖塞进嘴里吮吸开。

"羡慕！我下午还有一大堆作业呢……"蒋欣一副极不情愿的样子瘫坐在椅子上，把沉重的大书包往身上一压。

"我宁愿在家写作业，也不愿意和大人一起去玩，没劲！"旁边的程刚掏出作业本坐下来写。

他们你一句我一句，我默不作声当听众，同时在心里描绘出他们的心理动态。天天学习，身心疲倦，不想和爸妈一起出去，可同学们都要写作业，唉，真难为他们！孩子们，童年是多么美好啊，你们就像小鸟一样被关在笼子里！

阳光透过密密匝匝的树间隙洒落一地，花坛里的无花果树摇晃着大叶片，对春天也充满了跃跃欲试状！

窗外墙下种的花椒树是不是添新叶了，还有牡丹是不是快开花了？"读书不觉已春深,一寸光阴一寸金"啊,书留待明年还可以读,可今年春天过去了,明年去哪找。我会不会是罪魁祸首,以作文课的方式绑架了孩子们渴望春天的心?

想起杜牧的《怅诗》中的"自是寻春去校迟,不须惆怅怨芳时"。

蒋欣发现我走神,过来趴在我耳边悄悄说:"老师,我们是不是可以换个主题,比如写写春天?"

的确,这么好的季节不做做文章可惜了,不如即兴写"春天"吧。

"对对对,写春天!还是老师英明!"蒋欣这丫头嘴巴甜,又是机灵鬼。接下来蒋欣又说:"可是写春天不观察怎么行,对吧,米小乐?"

"对对对。"米小乐附和着,还朝蒋欣挤眼,"那些大作家个个都是观察体验得来的素材,所以必须观察,对吧,同学们?"米小乐以同样的方式煽动同学。

"老师带我们去春游吧,我们好好观察,一定能写出春天,大家说对不对?"蒋欣说。

"对!我们好好观察,一定能写出春天的样子!"一个个小机灵鬼开始不安分了。

大家都嚷嚷开了,同学们把我包围在中间,我这才知道什么叫一窝蜂。

"老师,我们听话,不捣乱了!"

"老师,我们保证比兔子还乖!"

我感动了,孩子们知道我行动不方便,他们跑了我追不上,所以才这么说。

我想了想,平时他们对季节的描写常常概念不清,要么写成"春天很炎热,我们穿着短袖和裙子",要么是"在寒冷的空气里,我一边吃冰激凌,一边吹空调",晕!

如果能组织孩子们春游一次,应该是件很不错的事!我们一起到户外看春天,触摸春天,感受春天,多好啊!可是怎么去呢?这群孩子一出门个个像猴子一样上蹿下跳,磕着摔着怎么办?带他们春游可是一个新的挑战!

"我们是去春游，不是去疯！"蒋欣懂事地对同学们强调，"都坐回座位上去！"她发号施令，同学们居然都听她的话坐了回去。

"我答应，可是……"

我话音没落，又是一窝蜂涌上来，我只好投降。

我查地图确定好出游的地点，再联系面包车，本来11个人，这中间蒋欣又介绍来一位同学，一共是12个人。

那天，蒋欣领着一个男生进来说："老师，这是小梁子，和我一样上六年级。"

小梁子比蒋欣矮半头，圆圆的脸，笑眯眯的眼睛，鼻梁周围长满小雀斑，但这似乎一点不影响他的可爱和帅气。小梁子彬彬有礼地说："刘老师好！"声音充满稚气，我耳朵里灌满他的童声，也用纯真的声音对他说："小梁子，欢迎你！"

"刘老师，小梁子可是我们班最聪明、学习最好的男生！"蒋欣故意把"最"咬得很重，她对修辞中的夸张一向运用得恰到好处。

"哎呀，老师您别听蒋欣说，哪有的事！"小梁子脸红了。

我一下子就喜欢上小梁子了，他谦虚的外表下藏着腼腆的笑，这孩子有内秀。果然，后来小梁子虚心好学的品性成了同学们学习的榜样。

自从说起春游这件事，孩子们天天问，我耳朵快磨出茧子了，再不履行诺言我又要被包围，有可能群起而攻之。

我们去西安春晓园，听说那里花都开了，我想一定是万物争春，百花争艳。路上谁来照顾孩子们的安全呢？我想起一个人来，西安晚报社的徐丽莎，之前她采访过我，我们是朋友。我立即拨通她的电话说明想法。"没问题，我去！"她爽快地答应了，"你等等……"电话里传来吐漱口水的声音，看来大记者又熬夜了。"……之前我采访你的内容一直没写完，因为总觉得少写了点什么，只写你身残志坚会与其他媒体的报道雷同，所以我一直没找到一个突破口，这次我一定好好了解了解你！"

"好,随你,我的大记者!"说完,我挂了电话。

春游的这一天早晨,阳光特别灿烂,我们一共12个人分别坐两辆面包车。一路上孩子们兴奋得把我和司机的耳朵快吵聋了,真后悔没带上耳塞。但是我们都很开心,笑闹声让司机大叔也乐呵地吹起口哨。另一辆车里的情形我就不晓得了,但我似乎能听到一阵阵歌声随风飘进我们的车窗。

春晓园在西安市大雁塔附近,那里是汉唐时期长安著名的园林遗址,后经改造被称为大雁塔曲江风景区。1998年的时候周边还很陈旧,一条窄窄的水泥路,通向春晓园,门楣不大,显得很古朴。下车近看,门前基座上竖着一块大石头,上面镌刻着"春晓园"三个红色的大字。

下车后,孩子们高兴地跑进园子,我和徐丽莎跟在后面,迎面一股股花香扑面而来,春色十分怡人。

"前面是郁金香!"蒋欣指着前面,我们往前走,看见大片大片的郁金香花丛,旁边还有一树树鲜艳的桃花和含羞的丁香花。

"满园春色关不住。"我有些情不自禁。

"应怜屐齿印苍苔,小扣柴扉久不开。春色满园关不住,一枝红杏出墙来。"孩子们齐声读出叶绍翁的诗《游园不值》,我和丽莎相视而笑。愉悦的心情是怎么也关不住的,事先他们答应我要乖乖听话,到了这里就全丢脑后了。罢了,春游就是来撒欢儿的,让他们尽情释放吧。

丽莎第一次带这么多孩子出游,完全不能应对他们的突发事件,她在后面追着告诉他们不要乱跑,小心摔倒!可小家伙们哪里听,她立刻没了主张赶紧追上去,那架势不但没有呵斥住他们,反而助长了他们奔跑的动力,小家伙们脚下生风在园子里穿梭跳跃,笑声、闹声、喘气声不绝于耳。忽然,丽莎停下来,好像想起来什么似的,只见她取出包里的相机,调好焦距"咔嚓咔嚓"一通按快门。当我看到洗出的照片时,不禁笑了,同时也对她专业的摄影技术由衷地赞叹!

"刘老师,你不去玩吗?"小梁子到我跟前侧着头问,然后他说,"哦,我忘记了，老师不能走路，对不起！"我笑了："没关系。"

随后小梁子说："我替您玩！"他顽皮地跑开了。

"替我痛痛快快地玩！"

"知——道——啦——"小梁子答应着跑进同学中间疯去了。

我独自坐在丁香树下观赏周边的景色，捎带替孩子看着地上的书包和衣物，我笑自己像沙和尚一样。我看见远处孩子们嬉戏的身影，还有我们的大记者端着相机一会儿跪拍、一会儿俯拍、一会儿远拍、一会儿近拍，把她忙坏了。我想对于一个热爱生活的人来说，不论在哪种环境下都会找到自己的乐趣，丽莎和我都是这样的人。

我们是来玩耍和长见识的，和春天一起热热闹闹，长自然万物的知识，看似无心，实则有意。因为你把看到、听到的记在心里，之后会冒出甘泉，还会长出植物，都有可能。

"哎呀，我也来歇会儿！"丽莎一屁股坐在我身边的草地上，累得喘气，"刚才一脚踩进烂泥塘里了，你瞧！"

丽莎的两只高跟鞋沾满泥浆，哪还有干净亮丽的白色！

"抱歉！抱歉！让你受累辛苦了！"我忙递给她餐巾纸。

"我现在才体会到你平时教他们多辛苦，还要带他们出来观察，太不容易！"

"有你这位大记者鞍前马后照顾我们，我不辛苦！"我笑了，"我带他们出来也是冒险，现在都是独生子女，磕着碰着，就算家长不说什么，我也会自责没尽到责任。可我拧不过他们，说实话，出来观察要比关在教室里闭门造车好，我们都知道写作离不开体验生活，孩子们也一样，这是大同小异的道理。对吧？今天的作文估计不难！"

"你是说作文稳操胜券？厉害！"丽莎对我和我的这帮小闹闹们做出惊讶的表情，"你让我见识了作文辅导课的真正内涵：不是灌输，不是勉强，而是自觉自愿，凭兴趣写作，对吧？！"丽莎看着我，我没说话，但在心里默认。她拿起一瓶矿泉水打开，把一根吸管插进去喂到我嘴边，我吸了几口咽下去，咽喉不再灼热发干，然后感激地对她笑笑。

"你看就这样一个喝水的动作，我都无能为力，所以我只能规规矩矩坐着讲课。"

我想幽默一下，但似乎我不具备幽默的天赋，丽莎没有笑，反而凝神起来。她忽然问我："你有没有对自己的毅力感到惊讶，你一个手无缚鸡之力的人和一群生龙活虎的孩子折腾，而最终他们得乖乖听你的命令，这是不是很有意思？！"

"这么说我挺厉害哈？"我笑着反问。我喜欢和孩子们在一起，他们身上的灵气以及可爱的表情，总能给我阳光和力量，所以一切义无反顾！

"对你来说爱就是动力！有爱，所以你不怕困难，所以困难就不存在，我明白了！但是还有一点，付出需要回报，这是潜在的行业规则，除了课时费以外，还有其他的吗？"

"当下就是其他的！"

我刚说完，蒋欣笑着跑过来，后面的米小乐带人追上来，蒋欣拼命喊："救命！"

"我说你们几个制订的游戏规则不正确，你们几个对付蒋欣一个人，这不公平！"小梁子站在蒋欣一边帮她说话。

蒋欣有了救兵腰杆挺直了，双手叉腰对米小乐几个说："没错，这次不算，再来一次！"

于是，一群孩子又簇拥着跑没影了。

我和丽莎还没明白过来这是一场什么游戏，孩子们又相携着回来了，一个个像卸甲归田的士兵坐下喝水休息。当他们听到我和丽莎的聊天内容时又把耳朵凑过来了。

"有一篇童话，名字叫《巨人的花园》，讲述了一个巨人拥有一座非常美丽的花园，但自私的巨人却不准任何人进入，即使是天真无邪的小孩子也一样。失去了孩童稚真笑语的花园变得不再美丽，鸟儿不再歌唱，花儿不再绽放，春天不再光临，冰雪封冻了整座花园。有一天，由于孩童的再度到来，春天的美景又重现花园，触动了巨人的心，让巨人不再自私。我虽然不是巨人，但我有一座花园，我的花园欢迎任何一个孩子进来，因为稚真的话语能融化冰雪，所以我的花园不光有鸟儿歌唱，花儿绽放，还有美丽的春天！"

"说得太好了！"丽莎端起相机对准我和孩子们"咔嚓咔嚓"，给我们合影留念。

"刘老师，您是巨人，我们是花园里的孩子！"

"太好了，我得再来一张！"丽莎换一个姿势，取了最佳的镜头。

该讲作文了，我看着大家说："春天已经印在你们心里了，同学们，信手拈来吧！你们要写出对春天万物的感情，这感情我相信也在你们心里，那么好，你们想写记叙文，还是想写童话？"

多半孩子选择写童话，少半孩子选择写记叙文，大家坐着、趴着、站着，随心所欲，在自然环境中我不约束他们的行为，他们保持最佳状态才能写出最美好的作文。

丽莎一刻不停地拍照，我估计她的胶卷快用完了，后来她送给我厚厚一摞照片。同年，《西安晚报》刊登了丽莎采写的报道《女孩，刘俊的故事》，还同文刊登了我与孩子们的照片，那是留给我们的一份珍贵的纪念。那些年大众媒体给予我的报道太多了，街头巷尾都熟知我，知道我的辅导班，知道这里的孩子作文写得好，所以登门咨询报名的家长络绎不绝。我做的事情能有益于他人，我感到了活着的价值和意义。

春游结束，我们筋疲力尽，回家的路上孩子们不再吵闹，一个个东倒西歪相互靠着睡着了。这下好，很久以来的学习压力全部释放掉了，让他们小睡一会儿吧。我想丽莎一定也累了，下午四点多钟我看见她冲咖啡来着，此行她照顾孩子们，操心不少！

当车到了与家长约定的地点，我不方便下去，丽莎便带孩子们下车，并亲手将孩子们交给家长。看见孩子们红扑扑的笑脸、一身的尘土味，爸爸妈妈知道他们今天的春游很尽兴，最重要的是身体得到了锻炼。家长和丽莎握手致谢，又朝我招手作别，丽莎坐上车，我们的车子开走了。

到了家门口，司机师傅把我和轮椅"卸"下车，丽莎说她先回去了，嘱咐我好好休息！我说了感谢她的话，目送她上车，车子驶出了小区大门。

那天晚上我睡得很安详，一夜无梦。一觉醒来，已是上午10点多钟，外面是晴天，阳光透过竹帘间隙洒落在屋门脚地上，竹帘外郁郁葱葱，竹帘内影影绰绰，此时我想起刘禹锡的《陋室铭》，其中那句"苔痕上阶绿，草色入帘青"不正是此情此景吗？

天籁之声

我爱自然,也爱孩子,这些都是我今生不能拥有的,却又是无法割舍的。认识这么多孩子,与他们一起度过了二十多年美好的时光,这是我的幸运。孩子们把天真烂漫的笑声洒进我心田,使我的生命之花开放这么久。他们喜欢用两只小手挡在嘴巴前对着我耳朵悄悄说话,好像总有说不完的秘密似的。他们吹出的温热气息痒得我禁不住笑,他们还不住嘴,一直说到连他们自己也笑弯了腰。

20年过去了,我依然记得他们的声音……它们已经在我脑海里定格。每回电话铃一响,那端传来"老师好!"我就能立刻叫出他们的名字。其中最熟悉的声音是孙静阳、马乐乐、吉庆林、马瑞迪、蔡小玉、赵君楠、毛宁……他们的声音我耳熟能详,稚气、清脆、悦耳,如天籁之声……

小马儿

我与孩子们在一起厮混、谈笑,长幼不分是常有的事。

来上课的孩子,不一定都是因为作文差,更多的是因为心理因素,还有的是好动爱说、有思想却无人懂,小马儿属于后者。

2003年暑假,小马儿来到作文班。小马儿不爱写字,她说写字特费事,而且花时间,遇上生字还要查字典太麻烦!

那天我对她说:"不要假装你不会写,我能看出你在想什么,你就是想偷懒，别以为我不知道。"

她眼睛睁大，故意抿起嘴，很快就以做鬼脸的方式替自己解了围，这个小马儿鬼机灵！

小马儿一头齐耳短发，秀气的脸上五官很迷你，你绝对不会把她与"淘气"二字联系在一起，但是小马儿的确是全班同学中最淘气的一个。有一次，小马儿指指身边的座位，她的意思是想换座位，我让陈光泽和她换。陈光泽有点不情愿，可男子汉不想和一个女生争，就把文具挪过去，人也跟着坐过去。刚坐下就"哎呀"一声，一屁股坐到地上，这下小马儿笑得前仰后合，声音都能传到过道上，简直是名副其实的疯丫头。陈光泽站起来瞪她一眼，把凳子从她手里夺走了，从此我发现，观察孩子一定要透过现象看本质。

类似的事情还发生过很多，因为小马儿的淘气，同学们都给小马儿提意见，可小马儿一点也不在乎，她才不怕呢！更胆大的事情她小马儿也敢做，比如带男生爬树、怂恿女生打架。有一次把一个男生锁在卫生间里，她却若无其事地跑到外面去玩耍，任凭那个男生喊破嗓子叫开门。

小马儿有男孩的一面，也有女孩的一面。做起女孩来，她也柔声细语，身子绵绵软软靠着你，叫"刘——老——师——"每一个字的音拉得很长，牙齿合得很紧，整整齐齐的，你的心立刻会跟着她的声音变得软软的、飘飘的，你就被软化了。

小马儿的一举一动、一颦一笑，我都能懂。

"我们家小马儿在家没人管得住，有时候惹事我就揍她！"初次见面，妈妈毫不遮掩地向我介绍小马儿的情况。"刘老师，我真的不知道该怎么管教这孩子，很头疼！您有办法帮帮我吗？"

我心一软就答应了。就这样，小马儿成了我的学生。

凭我的经验，小孩子淘气分为两种情况，一种是大人不懂他们想什么，另一种是他们故意淘气想引起大人的注意。人有千面，面对每一个孩子，我也是摸着石头过河，因为教育不可能千篇一律，必须因材施教。

我对小马儿需要进一步了解。暑假，我找了个空儿，让妈妈把小马儿送来与我单独相处一天。

小马儿来到我家充满好奇，东走走西瞧瞧，摸摸柜子，动动桌子，一刻不闲。我没有制止她，让她自由自在地玩。

到中午的时候，她玩累了坐在沙发上。

我问她："听说你在家捣乱，谁说也不听，有这事吗？"和她绕弯子估计天黑也了解不到什么，于是我看着她的目光直截了当地问。

小马儿不说话，只眨巴眼睛，她的目光告诉我她在思考我的问话，同时在找回答的语言。

"有一点点。"她回答的时候已经把目光转移开，用小手指抠沙发布。我不放松她，依然看着她，也不愠怒，看她接下来的表现。

"我要撒尿！"说完她把自己关进卫生间。

从卫生间出来已经到了午饭时间。小马儿往嘴里扒拉得很快，她说这饭比姥姥家的好吃，三两下吃完了，挺挺小肚子说："我吃饱了，要打嗝去！"

这孩子，打嗝也要报告一声。她放下碗跑了。

阳台上种着很多花草，阳光铺洒一地，花影在地上晃动，那个小精灵在花草间跳跃着，隔着纱窗身影一会儿高、一会儿低，快乐得不得了。

"刘老师，你快来看啊，看那儿有一只蝴蝶！"

等我来到阳台上想看看蝴蝶在哪儿，顺她手指的方向看去，没等目光捕捉到蝴蝶的影子，小马儿哈哈大笑朝我做个鬼脸，上当了！

看来，我钻了这个小鬼的空子，我没作声，倒要看看这个小人儿到底有多少个心眼。

中午，我和小马儿睡在一张大床上，小马儿一点睡意也没有，找话和我东拉西扯。

"哎呀，睡觉多没意思，我在姥姥家中午从来不睡觉，我自己玩搭房子，不是大房子，而是搭房子。我把一个四个腿的凳子倒过来，用浴巾搭在上面，和小房子一模一样,我在里面玩。姥姥睡醒了找不到我,她喊小马儿!小马儿!跑哪去了?嘿嘿!"

小马儿说起这件事流露着孩子的天真,咯咯咯笑个不停。

"我不喜欢当孩子!老师,你知道为什么吗?因为老被大人管教,妈妈常常说:'小马儿,洗澡去,身上都臭了!''小马儿,作业不写完不能玩。''小马儿,天黑了,快睡觉!'我不喜欢妈妈老催我干这个干那个,烦死了!我喜欢自己在沙子堆里玩沙子,喜欢想玩就玩,想写作业就写作业,喜欢天黑了不睡觉,钻在被窝里看漫画书,喜欢去公园的草丛里看那些昆虫,还喜欢吃沙拉和螃蟹,喜欢和爸爸一起在沙滩上疯跑,喜欢坐在火车上吹牛,喜欢和沙皮狗玩,喜欢穿上妈妈的高跟鞋咯噔咯噔满屋子跑,哈哈哈!"小马儿说着天真地笑起来。

"如果红灯亮了我们不遵守交通规则会出现什么情况?如果三天不吃饭会出现什么情况?如果一棵树不修剪枝叶会长成什么样子?"我严肃地对她说,尽量把每一个字都吐得很清楚,让小马儿听了记在心里。

小马儿看着我咬住食指不语,我知道她在转动脑筋,并且在分辨我说的对与错,她在和自己做斗争。过了一会儿她说:"不遵守交通规则会出现交通事故,不吃饭肚子会饿瘪,不剪枝叶不能长成参天大树。"

我心里为她点赞,但并没有对她流露出丝毫表扬的意思,如果这时候表扬,她会骄傲!

"老师,你能对妈妈说别让她加班了吗?我们班同学的妈妈从来不加班,每天放学都去学校门口接她回家,而不是每天姥姥拄着拐棍来接!"

我疼爱地摸摸小马儿的脸蛋,又揉揉她的头发,瞬间我能感到小马儿内心的柔软。她依偎在我身边,此时她一定当我是妈妈了。我对她说:"我可以对你妈妈说!但是你也要知道妈妈加班是她的工作,她上班要听领导的话,就像你上学要听老师的话一样。我们不能因为自己的快乐而不为他人着想,你说对吗?"

小马儿是个懂事明理的孩子，她低下眼睫毛不语，其实是默认了。孩子对妈妈的爱和依赖是很强烈的，虽然妈妈天天唠叨她不洗澡不换衣服，但是她心里半会儿也不愿意离开妈妈。小马儿不愿意总和姥姥在一起，并不是嫌弃姥姥，而是她和姥姥不容易沟通，或者说她的种种想法姥姥不会明白，有时候还会耳背打岔。孩子的心需要大人洞察和体恤，当你懂得了他们的想法，说中了他们的想法，一切问题就迎刃而解了。

通过这一次相处，我在这母女俩之间搭了个桥，消除了她们彼此心里的障碍。

很快，小马儿和妈妈友好相处了。每次下课，看着女儿拉着妈妈的手，妈妈搂着女儿的肩，她们开心地笑着走出作文班，我想有什么比给一个孩子带来快乐更令我欣慰的呢！

许多年过去了，我不记得小马儿的大名了，但小马儿的故事一直留在我记忆里，还有她说的："老师，我想你啦！""老师，我还会来看你！"

这一生我都忘不了！

蜗牛爸爸

"上课！上课！"我说。

他们不停止，像一群小鸟叽叽喳喳，真拿他们没办法。

"上课！上课！"我再一次大声说。

这群小鸟还是充耳不闻，看什么呢？我把轮椅移到他们跟前，只见地上放着一个矿泉水瓶子，这有什么好看的？我仔细一看，原来瓶子里有一只蜗牛！谁干的？好吧，说起来这些不算稀奇，捉蚂蚁、捉蟋蟀、捉蝴蝶、捉母鸡，他们什么没玩过。这些让他们学会了观察，学会了写作文。"好，孩子们就这样观察下去，一会儿别告诉我你们没有素材写！"我默不作声退至一旁。

过了一会儿，张皓哲跑过来表情嗫嚅似有话想说。他是南方人，声音弱弱的，从不先声夺人。只见他鼓足勇气抬起浓密的睫毛认真地看着我，那表情一猜就是有重大的事要报告："老师（思），我能不能做蜗牛爸爸？"啊！我惊讶，做蜗牛爸爸？听到这个名词差点让我笑出来！同学们笑了，有的起哄说："张皓哲要做蜗牛爸爸喽！张皓哲要做蜗牛爸爸喽！"张皓哲的脸一下红到脖底。我对同学们说："安静！安静！"他们才回到自己座位上，张皓哲也坐下了，但他不甘心，小声对我说："老师（思），您说过谁愿意养小动物，例如：小鸡、小鸟、小金鱼、小乌龟都行，我们要像爸爸妈妈保护我们一样保护我们的宝宝！"我被他提醒忽然想起上周我说过的话，确有其事，我是想唤起孩子们的责任心，让他们体会一下爸爸妈妈日常照顾他们的辛苦。没想到张皓哲记住了，现在他冒出想当蜗牛爸爸的念头！我心想，这有什么难！"你可以当蜗牛爸爸"的话一出口，了不得了，男生们全冲到我面前把手高高地举起，争先恐后地说："我要当蜗牛爸爸！""我也当蜗牛爸爸！""我也要当！""凭什么张皓哲先当蜗牛爸爸？""这不公平！"天哪，一只蜗牛有这么多人应征当爸爸，这蜗牛也太幸福了！我一时没了主意，被围在中间，周围全是"我要当蜗牛爸爸"的声音，耳朵都吵疼了。

　　孩子们的声音如潮涌一般，唯独张皓哲没有加在中间大喊，他显得淡定自若，胸有成竹，好像蜗牛爸爸非他莫属了。

　　"老师（思）！我们轮流吧，每个人当一周蜗牛爸爸，你说好不好？"张皓哲见大家争执不休，给出了一个合理的方案。

　　同学们都说："好！"

　　我当即拍案："就这么定了！"

　　"那我先当蜗牛爸爸吧，因为这个主意是我出的，如果这周我当得不好，下周他们还能改变方法，所以从我这里开始，对吧，老师（思）？"

　　哎呀，你说张皓哲的小脑瓜儿多聪明啊，他既为他人着想又为自己占据主动权，率先成为蜗牛爸爸，一举两得。这小家伙厉害！

　　果然，这个蜗牛爸爸在一周的时间里谨小慎微、精心呵护，生怕蜗牛宝宝受凉感冒，晚上睡觉都睁着半只眼睛，真成了名副其实的蜗牛爸爸！小蜗牛很争气，不哭不闹，始终在"爸爸"的照顾下幸福快乐地成长。

一周过去了，张皓哲把蜗牛宝宝送回班里的时候，嘱咐接班的同学记得晚上给蜗牛喂黄瓜吃，蜗牛最喜欢吃黄瓜，然后他看着那个同学把蜗牛宝宝接过去，很是恋恋不舍。

就这样，大家轮流当一周蜗牛爸爸，过了爸爸瘾，作文也写得很棒！

张皓哲一口南方口音，第一次喊我老师（思）！我就笑了。他舌尖音z、c、s不分，更可笑的是第一次上课，他自我介绍："我叫张（脏）皓哲（泽），不似（是）脏（张），我不叫脏（张）皓泽（哲），我叫张（脏）皓哲（泽）！"同学们笑声一片，张皓哲还是声嘶力竭地扯着嗓子大声说："我不叫脏（张）皓泽（哲），我叫张（脏）皓哲（泽）！"

张皓哲终于累倒在课桌上，同学们笑得东倒西歪，个个像醉汉趴在课桌上。

后来每次上课我都纠正张皓哲的发音，慢慢地他改正了一些。

张皓哲九岁，上小学二年级，是个聪明内敛的小男孩，身材瘦瘦的、小小的，酷似爸爸的身材，五官眉目清秀又酷似妈妈的样貌。他们全家一开口都是："我们张（脏）皓哲（泽）很乖的，从来不淘气！"是很般配的一家人。

我喜欢听张皓哲夹杂着南方味儿的普通话，一点不影响我的理解，因为我对方言很了解，能听懂，所以我们交流很顺畅。上课的时候张皓哲遵守纪律，我总是把他安排在两个爱说话的同学中间，这样说废话的同学就说不起来了。有时候张皓哲也喜欢坐在我身边，这样他会有机会问我一些看似多余其实十分有意思的问题。比如："为什么说（梭）村边那（拉）口井里冒出的水（绥）是妈妈的乳汁（资）？"这是我们学过的一篇课文，因为村里常年缺水，所以村民们珍惜来之不易的水，把水比喻成妈妈的乳汁。我对他解释着以上的话，他点点头表示理解。有一次，他小声正色地问我："我长大结婚做了爸爸能把我儿（二）子送来上作文课吗？"啊！我惊愕之后就笑了，而他仍然一脸认真的表情,那一瞬间,我心里涌起一股暖流。想必那时候我已经七老八十,耳聋眼花,如果孩子们依然喜欢我,愿意亲近我,我一定做他们的老师。"我会当爸爸的,我会有儿(二)子,您笑什么?"我立刻收起笑容,说:"我相信!"张皓哲心满意足地点点头开始写作文了。

现在,我想起张皓哲可爱的表情和他说话的声音,还会忍不住笑出声……孩子的天真烂漫总让我回味无穷,如果时间能倒流,我会一辈子陪伴他们,看着他们长大、结婚、生子……那该多好!

一碗阳春面

一碗阳春面的故事,至今记忆犹新。那清清淡淡的汤水里有一窝如丝般的龙须面,旁边衬着几片绿色的菠菜叶,看着爽口不算,葱花和麻油的扑鼻香味让人垂涎欲滴,夹一筷子送进口里不光香,还有浓浓的情意!

那天早上,我刚坐好就有人举手:

"老师,这周末是我生日,我可以把蛋糕带到咱们班和同学们一起分享吗?"

彤彤提出一个从没有人提过的问题,这恐怕在别的辅导班也史无前例吧?怎么都让我遇上了!不过,孩子们的双休日被课程占满了,而彤彤生日那天刚好上作文课,她的确没有时间和爸爸妈妈出去过生日。生日一年只有一次,于是我说:"可以把蛋糕带来分享,但要等下课后再和同学们一起分享!"

"哦耶!老师,我爱你,就像老鼠爱大米!"

说着一个热烈的拥抱和亲吻飞过来,我险些有点招架不住,赶快说:"上课!上课!"同学们都笑开了。

接下来,好好的一节作文课,硬是变成美食大讨论,成了舌尖上的作文,晕!

孩子们每天上课,换换话题,说说美食、漂亮衣服和发饰,也不过分。我有时候宁愿损失一节课时间,也想听听他们有趣的讨论。

"我爷爷说肯德基和麦当劳没有家里的饭好吃,我爷爷最拿手的是阳春面,爷爷也教会我做阳春面了,我猜你们都没有吃过,可好吃了,我一次能吃一大碗呢!"

我的目光越过高个子的头顶看见一个齐耳短发的小姑娘,她脸蛋像红红的苹果。我专注地听她说,好像那碗阳春面已经摆在面前,只等着拿筷子开吃。

有的同学禁不住咽了一下口水,一个个像小馋猫一样,我也暗暗咽了一下口水,脑海里全是大碗大碗的阳春面。

"什么是阳春面?是太阳下面晒的面吗?"彤彤发挥奇思妙想了。

"是不是和春天有关系才叫阳春面?"淘气包岳阳也冒出想象的泡泡。

"不对!不对!你们说的都不对!阳春面是细细长长的面条,把细面条下到锅里,煮熟捞出来,在里面加上汤水,汤水要提前调制好的,里面有盐、醋、麻油,还有蒜苗、青菜、火腿,这才是阳春面,不是什么太阳下面晒的和春天有关的,笑死人!"她呵呵笑起来,用柔柔的声音对我说,"老师,你看他们,笑死我!你快给大家讲讲阳春面吧!"

啊!我从来没备过阳春面的课,我连味道都不知道,怎么讲?

"老师没吃过阳春面?"小姑娘有点失望。

"是的,我没吃过!"

"下次我做给你吃!也做给大家吃,包在我身上!"小姑娘一拍胸脯,一言为定。

"一二,一碗阳春面,耶!"

哇,这还是作文课吗?

第二个星期,彤彤带着生日蛋糕来到班上。课后同学们动手为她点燃生日蜡烛,又一起唱生日歌,彤彤开心得嘴都合不拢。这个生日聚会虽然没有礼物,但是有快乐,有歌声,有笑声,同学们热情高涨!彤彤亲自把切好的蛋糕送到同学们手中,我也接到一块,吃一口味道很甜。小家伙们都说蛋糕比家里的好吃一百倍!

刚吃完蛋糕，嘴上的奶油还没有抹掉，就有人大声问："阳春面什么时候做好？"

岳阳惦记一个礼拜了！

"这周作业太多，下周我一定大显身手，你们尝尝我的手艺。"小姑娘雯雯对同学说。

"阳春面！阳春面！阳春面！"

下课了，同学们陆陆续续走了，雯雯的妈妈也来接她了。

接下来的一周我几乎忘记阳春面的事，孩子的话说说而已，不要太认真。

那天上课前，我惊讶地发现面前放着一碗热乎乎的阳春面，我顿时惊喜地看着大家，大家也都在看这碗面！刚才我只顾查看进来的学生，没有注意雯雯什么时候把阳春面放在了桌上。

雯雯的提包里还有一盒，她取出来对同学们说："这是大家的阳春面，只有这么多哦，饭盒已经装不下了！岳阳，你睁大眼睛干什么？难道不想吃吗？"

"想、想、我想！"岳阳迫不及待地抢过雯雯递来的筷子，后面的同学一起围上去，每人拿一双筷子，不一会儿一碗阳春面就一扫而光了。

我没有狼吞虎咽，开吃前先仔细欣赏一下，那清清淡淡的汤水里有一窝如丝般的龙须面，旁边衬着几片绿色的菠菜叶，看了爽口不说，葱花儿和麻油的扑鼻香味让人垂涎欲滴，夹一筷子送进口里不光香，还有浓浓的情意！这是我平生吃过的最不一般的阳春面。

我惊讶做面的那双小手是怎么拿起大炒勺的，妈妈怎么放心她进厨房做饭，如果切菜伤着手，如果……

一顿美味可口的饭菜不是靠手艺，而是靠智慧的成就。这句话是谁说的，我不记得了。雯雯就是靠智慧领悟到阳春面的做法，才做出这么好吃的味道。

我在嘴里慢慢咀嚼着，热气扑上来，我的眼睛湿润了！

"老师，阳春面香吗？"

"香！香极了！这是我吃过的最香的阳春面！"

"以前妈妈每天早上给爷爷做阳春面，有一次爷爷吃了我做的阳春面连连说我做得好吃，从那以后，我每天早上给爷爷做一碗阳春面。现在爷爷生病躺在床上起不来，每天吃得很少，但还是最爱吃我做的阳春面！"

雯雯小小年纪就懂得孝顺爷爷，并且每天坚持给爷爷做阳春面，多好的孩子啊！

后来，我经常想起那碗阳春面。我能想象那天清晨，雯雯六点起床，像小大人一样系上围裙开始切菜、烧水、煮面……然后面出锅装进饭盒，一点也没让妈妈帮忙，她自己提着一路走来，虽然路不远，但是孩子一路上鼓着心劲！这看似一碗普通的阳春面，到了我们的口里已经不普通了，这面里融入了深深的爱和浓浓的情。

我对同学们说："是雯雯的勤劳付出，我们才有这么好吃的阳春面，我们向她鞠躬表示感谢吧！"我和同学们一起向雯雯行鞠躬礼，雯雯笑着向大家还鞠躬礼。

我一直记着雯雯清脆的话语声，像林间悦耳的鸟叫，这美好的童声一直存在我心里，有时候还会深深浅浅地带进梦里……

结尾

很多年没有见过小马儿、雯雯和张皓哲了。按时间推算，小马儿应该到高考阶段了，而雯雯也该上初三，张皓哲比她俩大，应该大学一年级了。他们就像窗外的那几株树苗，每一年春天都要向上蹿一截，长得快和二楼上的窗户一样高了，叶子婆娑开像一把大伞，要不了几年他们都会成为参天大树。我只能静观或远望，默默地看着亭亭一树高，直到花香满径。

孩子的灵性里潜藏着最大的智慧，所谓：童言无忌，童心未泯，就是如此吧！

这些年我遇到过很多人和事，很多音容笑貌都不记得了，唯独这天籁之声时常回响在我耳畔,稚气地喊着:"老师,我喜欢上作文课……老师,我会来看您!"让我无数回感动,同时禁不住感慨,为我们相识相知,为我们互为人师。

岁月总会老的,等到我头发白了,没了牙齿的时候,梦里依然有童声。如陆游《园中作》里说的:"花前自笑童心在,更伴群儿竹马嬉。"

相遇"初恋"不是错

1

她有一个好听的名字叫采采（化名），她喜欢写作，她的武侠小说在班上被疯传，同学都很崇拜她。可是她的武侠小说被老班发现没收了，据说老班发现内容涉及爱情，这还得了，小小年纪不好好学习写这些玩意儿，不行，必须批评、惩罚、外带叫家长。采采对老班的做法感到强烈不满，当堂摔了书包，老班哪容得学生这般无理，立刻开始政治思想教育，可采采哪肯虚心听，神思早跑了。从此和男生凑在一起说说笑笑，打打闹闹，嬉皮笑脸不休。

有一次正在上课，忽然有一个东西从老班眼前飞过，凭经验，老班一看就知道是相互传纸条。于是，采采"早恋"被老班逮个正着。老班也曾苦口婆心教育一番，可两个学生不吃这套，把头扬得很高，明显在对抗嘛。

老班又叫来双方家长，家长觉得这让他们很丢脸，简直是恨铁不成钢！

"我们回家一定好好管教！"家长哈腰说。

可是，父母的教育不但没有对两个孩子起作用，反而与儿女结下仇怨，事情越来越糟糕，最后两个孩子离家出走了。

2

2009年11月,采采妈妈找到我,女儿的事情把她折磨得心力交瘁、眼眶深陷、神情恍惚,几乎到了崩溃的边缘。

"我夜夜不睡觉守着她,怕她跑了,可最终还是跑了……我养这女儿干什么?真不让我省心哪!我没办法,我说什么她都不听,现在居然学也不上……"采采妈妈痛心疾首。

遇上这种情况,我的办法是洗耳恭听,先把事情了解清楚再说怎么办。

"从头讲讲这件事吧?"

采采妈妈调整了一下情绪,说了开头的那些事情。

"现在已经一年多了。大人嘴磨破了,他们还是不肯去上学,好像吃了秤砣,铁了心。他们说再逼他们还离家出走。我怕万一有个好歹,我这后半辈子可怎么过!"说着采采妈妈又痛哭起来。

"采采的爸爸呢?"我问。在帮助采采之前我必须了解她的家庭情况,这关系到教育的切入点。

"我和她爸爸离婚很多年了,采采早就习惯了。我现在的丈夫对采采也很好,采采又有了一个小弟弟……我走这一步也是为孩子着想,她不能没有爸爸的爱……"

我不想对他人的家庭做任何评价,但我要说的是,父母离异是家庭教育的症结,在孩子成长的最佳时期父母有了各自的新生活,孩子长时间无人管教,学习和生活的秩序被打乱,心理会严重缺失,情感世界也会跟着发生变化,例如容易向外界倾斜,寻找异性朋友,等等。采采算是幸运的孩子,有妈妈的爱、姥姥的爱,尽管在早恋问题上妈妈教育方法欠妥,但毕竟出于对女儿的爱,不想让她断送学业。可是爱屋及乌,女儿更加逆反,母女俩发生争执,最终女儿离家出走。如此一分析采采的问题就清楚了,也有了突破口。

"采采和那个男生偷着打电话发短信,还闹着要见面,我一气把手机给她没收了，家里的网线也掐断了，原以为这样会好的，可采采和我大闹了一场，还绝食，把自己整天反锁在房间里……唉，我的心都快碎了！"

"现在他们还没有回到学校吗？"

"他们说什么也不回学校上学，我们全家轮着劝她，答应她的任何要求，可她就是不上学！"妈妈痛苦地摇头，女儿已经让她完全没了主张。

"我见见采采可以吗？"

"可我不知道她肯不肯来，她一直谁都不见，把自己关在房间里。"

"这样吧，她不是喜欢写作嘛，你告诉她，如果她愿意就带她来，我和她聊聊。"

3

采采给我的第一印象是书卷气，她鼻梁上架一副白边的近视眼镜透出文静的目光，清秀的面庞，齐耳的短发。因为连日的伤心和流泪让她面带愁容，身上也一副慵懒。

采采不喜欢妈妈在跟前旁听，妈妈只好笑笑，说："好好，妈妈出去，你和老师慢慢聊。"

妈妈带上门，房间里只有我们两个，她坐在我对面，目光一直低着，脸色很灰暗。

看着她消瘦的下巴和黯然伤心的神态，我十分怜惜。

我们的话题从写作开始，我问她喜欢写什么，她回答："小说。"我问她可以给我看看吗？她说："可以。"我又问她在家打算长时间写作吗？她目光茫然了几秒钟，然后她说："我不想上学，不喜欢上学，我情愿在家写小说，直到我生命的最后一刻！"

大多怀有文学梦的青年都会有这样的冲动，我也有过，所以很理解她的心情。

"你想写小说、散文？或者，已经有了好的构思？大致什么情节……"

"我只是心里有很多话想写，但是又很乱，不知怎么开头！"采采拼命摇摇头。

"你需要把大脑里的垃圾统统清除掉，换上新的氧气你才能开始思考，不然你会越想越痛苦，不能自拔！"

"我也不想这样，可我控制不住，该怎么办？"采采看着我，发丝散乱地贴在脸颊上，目光极度痛苦和无助。

"痛苦就像沙粒，多了会沉甸甸的，要学会这样！"我将沙漏倒下去给她看，细沙很快从出口漏掉了，小玻璃瓶又清亮起来，"还有，当你感觉到迷失方向的时候，要立刻停下来，因为这说明你的方向错了。"

采采身体向前倾，离我很近，小声说："您都知道了吧？我早恋，老师家长反对，我和他们闹起来，不上学了……"但不到一分钟，她又陷入困顿和迷茫中。

我看着采采，准备听她说下去。

4

"我妈把我手机没收了，网络也掐断了，这照样不影响我们交往，因为他们怎么也不会想到有同学帮我们传递纸条……我只要把写好的纸条扔到窗外的花草里，那里是最安全的地方，不会有人发现，到时候会有人来捡走。"采采挤了一下眼睛，掩饰不住孩子般的纯真，"我们说好一起离家出走，实在不愿意再被大人管，我们计划好时间和地点，准备在天黑以后逃跑。我兴奋了好几天，并做好了一切准备，该带的衣服物品等。我妈每天晚上睡得早，我决定趁她睡下后逃走。终于等到了那一时刻，我准备好绳子，他在下面等着接应，我从窗户跳下去逃跑了。当我们在一起的时候你不知道我们有多开心……"采采目光闪亮，好像发生在昨天一样。

"可是后来事情有点糟糕。原以为一切痛苦都过去了,我们太天真了,离开家在外面不容易混,很快我们身上的钱就花光了,连过夜的地方也没有了。我们只好待在一家网吧里,晚上可以趴在桌上睡一小会儿。两天后,连付网吧的钱也没了,老板撵我们走,我们苦苦哀求老板让我们多待一天,老板好心就答应了。"采采抱起水杯喝下几口,平静了情绪,接着说,"那几天我们都想家,想妈妈了……晚上,对着网吧的电脑我忍不住给我妈 QQ 留言,让她给我送钱来,我叮咛她不要带其他人来,不然我走了永远不回来……可是说完这些我也后悔了。"

后面的事情不用说,采采跟妈妈回家了,然后才有了把自己关在房间不肯上学的事情。

采采的"早恋"风波是出于多种原因,首先是父母离异给她幼小心灵带来的创伤,其次是妈妈没有把握爱的尺度,一味地在金钱上满足女儿,而忽略了她的心理需要。心理教育才是青春期应该关注的,要多给予帮助、引领、关怀和爱。

我对采采有了了解,但不能急于求成,因为她心里的冰雪需要一个融化的过程。

5

之后,我又约见了采采妈妈,有些情况我需要从妈妈这里核实,避免有误。

采采妈妈进来的时候身穿一件深咖色风衣,白衬衫领子露在风衣外面,看上去整洁大方。我们面对面而坐,她笑着说:"刘老师,你不知道那天采采和你聊完回家后居然喊我妈了!"她激动得有点哽咽,"她说:'妈,我想一个人好好想想。'要知道这几个月来,采采一直不和我说话,没有喊我一声妈……"

女儿是妈妈的小棉袄,当小棉袄闹离家出走的时候,妈妈感觉寒冷无依,现在小棉袄又回到身边,妈妈自然喜出望外。

"孩子离家出走的那些天我想了很多,我后悔忽略了女儿成长的需要……我和她爸爸分手后,我们各自又组建了家庭,孩子在那个时候就发生了变化,看着她每天高高兴兴,活蹦乱跳,其实把不快乐全闷在心里,我却只顾给她买吃的穿的,心想只要她快乐就行了。当事情发生以后,我才知道情况有多么糟糕!孩子离家出走,我们家长急得吃不下、睡不着,想报警又怕孩子回到学校后会面子上难堪。我们只好坐着等,手机 24 小时开机,网络昼夜不断,整整过了 7 天 7 夜……一天晚上我和衣刚躺下,QQ 响了,我一看是采采发来的消息,她说需要钱,让我给她送到网吧,我说什么都要去,抓他们回来,气死我了!……我带上钱去了她说的网吧,那个男孩的父母接到我的通知后也赶去了……就这样,采采回家了。我答应不再逼迫他们断交,她什么时候想上学再上。"

采采的事情基本清楚了,我知道我下一步该怎么做了。先找采采聊聊,我很喜欢这个女孩,她性情柔和,笑起来嘴边两个酒窝很甜。她很纯真,纯真到只觉得男孩对她好,他们能聊到一起,就许下终身。唉,这个年龄的孩子根本不懂什么是真正的爱情。

6

一周后,我再次见到采采。

采采坐在她妈妈坐过的位置上,我们面对面。她穿一件粉色的卫衣、一条浅蓝色牛仔裤、一双白色旅游鞋,从头到脚清清爽爽,显得十分青春,有朝气。

我仿佛从这少女眼里看到一缕明媚的春光,正在冉冉地跳出地平线,把光芒洒向大地……

"老师,我看了您写的小说《秋之梦》,真好!"采采一见我就说,"我什么时候也能像您一样写出自己喜欢的小说？"

"会有那一天的！"我笑着说，"你平时喜欢读哪个作家的小说，海明威、奥斯丁、雨果，还是韩寒、郭敬明？"

她垂下眼睛想，浓密的睫毛盖在眼线上，很美！

"我比较喜欢郭敬明！"她回答。

"说说你为什么喜欢？"

"他真实、朴素，贴近生活！就像《梦里花落知多少》写我们这个时代的友情和爱情，写青春的情感在懵懂中悄悄发生着变化，走过那段爱痛交织的青春时光才有刻骨铭心的感觉。"采采目光里有着对小说情节的怀想。看得出文学在激励她向上，而她也在树立新的生活目标。

"少男少女相互欣赏，但要有度！早恋是你们成长中回避不了的一段经历，体验过后你会慢慢成熟！"采采看看我，做出一个倾听的姿势。"我和你一样大的时候也因为偷看小说才成了'四眼'。"采采笑了，脸上有了红润，看起来很美。"傻丫头，别作践自己，换一种目光和心态你会发现，还有更多美好的生活等着你！"

"我想通了，就照您的话去做！"

"这就对了！记住，无论经历什么痛苦或是欢乐，过去了就让它过去吧，初恋不是错，但前面还有更美好的等着你！"

采采眉头展开了，目光亮闪闪的像明灯一样，她的心灯被我点亮了。

我的每一句话都说在采采心上，与她连日来左思右想纠结缠绕的心理暗合，所以她理解了并走出了困境。

"接下来，你需要考虑上学的事，也要鼓励他去上学，不能再赖在被窝里睡大觉了！"

"是！"

后来的事情不用多说了，没多久采采转到了一所新学校，她需要换一个环境，重新开始学习和生活！

小雪的明天

我见过性格各异的学生，却没有见过如小雪（化名）这般耍赖、蔫捣、做事拖沓的女生。从外表看小雪漂漂亮亮、文文静静，但时间长了你会发现她有太多的坏毛病，不光是性格、脾气，还有行为方式，那点点滴滴让我欢喜，亦让我忧。

小雪三年级来学作文，一直学到初二，是撵不走、打不跑的那种，而在别的辅导班小雪都是三天打鱼、两天晒网，动不动闹罢课！问其原因，回答："没意思！"这"没意思"怎么理解呢？从一个9岁的孩子嘴里说出来，让我一下子联想到很多……课程内容没意思，听不懂没意思，老师讲课没意思，还是不被老师关注没意思？综合这些原因，我认为都有。长期这样，小雪已经对学习失去了兴趣，一上课就趴着懒洋洋提不起兴趣。

小雪说她喜欢作文课，说这里气氛好、热闹！又不是综合市场要什么热闹，这孩子！小雪在这里安住了。小雪几乎每次上课都迟到，一声"报告！"门一推，眯着眼皮走进来，一副睡眼惺忪的样子。我好几次对她说别上课了，回家好好睡觉去。她拿眼睛瞥我，冒出一句："就不！"一屁股坐下不起来了。尽管这样懒散不用心上课，她也决不请一次假，咳嗽感冒戴着口罩来上课，这种精神你又不得不打心里感动。

一个女生应该喜欢穿漂亮衣服、爱整洁、爱干净才对，可小雪偏不爱这些，长围巾的一头几乎拖到地上，鞋带开了也不系，有时候起晚了连头发也不梳，真是少见这样的女生！

小雪上课说小话、做小动作、不写作业，有时还打盹、放屁，男生有的坏毛病她都有，男生没有的坏毛病她也有，例如臭脚丫。夏天，满教室的臭味，同学们捏起鼻子告状，提意见，她却一副浑然不觉的模样，嘴里含着棒棒糖说："什么臭脚丫？谁的臭脚丫？"

下课我小声叮咛她："晚上记着洗脚！"

"我有臭脚丫吗？没闻见！拜拜！"

望着小雪的背影，我长叹一声！无奈！

我劝小雪退学，因为我改变不了她，作文也不见进步。我约见了小雪的妈妈，一个文气的职业女性，乌黑的长发披在肩上，说话慢条斯理、温文尔雅。我一时不能把小雪和妈妈联系在一起，也许是我眼拙，小雪是块玉，而我有眼不识金镶玉。

"小雪的作文一直没有起色，我努力了，但、但还是不行！"我如实说，"她已经上四年级了，如果再耽搁时间，会跟不上！我建议她退课。"

"刘老师，我明白，我明白！问题在我，我平时很少管小雪的学习，特别是作业我没有检查过，以后我多督促她。我了解这孩子，她拖沓，对什么都不上心。其实这段时间她作文进步蛮大的，我看过，比她之前写得好多了。小雪在这里学习以来，您对她的帮助很多，她经常回家对我说起您，我真的很感谢您！有一次我试探着征求小雪的意见，问她不上课了可以吗？小雪一听马上反对。我看得出这孩子喜欢您，喜欢来这里上课。进步慢就慢点吧，我不急的。"

小雪妈妈的一番话让我无话可说了，我只好再接再厉继续对小雪采取有效的教育措施。

在小雪心里有一道无法逾越的墙，挡住了外面的人，看不懂，摸不着，进入不到她内心世界就无法开启她的心锁。

一天下课后，同学们都走了，我留下小雪谈话。

小雪似乎已经觉察到我要和她说什么，坐在我对面，胳膊搭在椅背上，笑眯眯的一副无所谓的态度。

"小雪，如果一个老师总也不能帮助同学提高学习成绩，这个老师内心会很内疚！而一个学生要是每次上课都不专心听讲，拿学习不当回事，那学习有什么用呢？上课不能成为负担，你知道吗？"

"我没感觉是负担啊！老师，您想多了，嘿嘿。"小雪亮晶晶的眸子望着我笑，使我一时分辨不出她是真心还是假意。

我有点懊恼，意识到自己教育的无能，连一个孩子都说服不了！我一遍遍暗中对自己说冷静，对小雪要慢慢来，不能心急！

"好了好了，老师您别生气，从今天起我把学习当回事还不行吗？从今天开始我改，改了还不行吗？"小雪的态度有了变化，我忽然像看见了希望。

接下来，小雪的确把作文课当回事了，上课遵守纪律，积极举手发言，我高兴地叫同学们给她鼓掌。可是，再接下来的一周，她又恢复到以往的懒散拖沓状态，我意识到之前小雪的承诺根本不是决心，而是敷衍我。这绝不允许！

我打算深入了解小雪，先从小雪的日常生活开始。例如，观察她喜欢什么颜色，喜欢哪个明星，喜欢吃什么、玩什么，喜欢和哪些同学在一起……在家庭教育这个环节里我发现了一个细微的问题。

一次，小雪说："最近妈妈请假在家。"

我问为什么请假，她嘿嘿一笑，然后支支吾吾地说："她痔疮疼只能趴在床上休息，哈哈哈！"她笑得前仰后合。

"妈妈生病，你应该安慰她，怎么高兴成这样？！"我打量着她的表情，她真是不知痛滋味啊。

"对呀！对呀！我高兴，我当然高兴，嘿嘿嘿！谁让她平时总是上班上班，我放学回家连她影子也见不着，这下她趴在床上，我天天能看见她了。您说我能不高兴吗？哈哈哈！"

我忽然对小雪充满同情，原来她是希望妈妈能在家多陪陪她，孩子的愿望一点不过分啊。

"那你每天的作业谁检查和签字？"我每次见她作业上的签字都以为是妈妈签的，所以从来没有问过。

"多半是姥姥检查签字啊，我们同学都说我姥姥像我妈，我也觉得蛮像的，嘿嘿嘿！"

哦，这又是一个特殊的家庭，一种特殊的教育方式，所以小雪坏习惯的形成与此有直接的关系。

小雪接着说："我要什么姥姥给我买什么，但是学校老师动不动要叫家长，叫家长！您懂这意思吗？"她以小大人的口气说着，把脸凑到我面前，使我能看清她夸张的表情，焦躁不安明显写在两眉间，好像要拧出一簇火苗来。

"你有独当一面的侠女气魄，哪里怕叫家长？！"我故意拿话刺激她。

"什么呀！我们老师很凶的，凶到没有同学不怕！每次被她批斗我都特别不开心！"小雪那股嚣张气明显缩回去一半。

我心里偷笑，侠女也有怕的时候，但我一本正经不露声色地说："赶明儿我也凶起来，让你怕一怕，免得你把我的话当耳旁风！"

"哪里当耳旁风啦！我句句都听，就是写作文磨蹭……不过明天我一定快一点，不信您看我行动！"

"真的？"我用怀疑的眼光看她。

她立刻保证说："君子一言，什么来着？"

"驷马难追！"晕！

小雪的诺言兑现了，我心里一热，奖励了她一个日记本，以为从此春天来到，可以一寸光阴一寸金了。可没想到几天后，她又重蹈覆辙，我的天哪。如此反复，我很头疼！我想起"明日复明日"的诗句，揍她的心都有了，这丫头怎么会这么屡教不改！

我决定对她放羊一段时间，这叫欲擒故纵。上课不盯、作业不问、迟到不理，我看她急不急！

一个月过去了，果然小雪耐不住了，主动找我汇报学习情况，我对她不正眼看，爱答不理。她急得问："老师，您听见我说话了吗？您不会和我姥姥一样耳朵背了吧？老师！"她接二连三喊老师，我不耐烦地说："别叫了，我耳朵不背都被你吵背了！"

她又嘿嘿一笑，站在我身边不肯走开，我把轮椅移到哪儿她跟到哪儿，忽然，我转过身来对她说："小雪同学你听好，我不喜欢耍赖皮的孩子，更不喜欢言而无信的学生！如果你说到做不到，以后你不要再来上课了！回家去吧！"

我把小雪撵出去。我这个编剧非常出色，戏份拿捏得恰到好处，我心中偷着乐。小雪走在回家的路上一定痛定思痛了吧。

梅花香自苦寒来，小雪不是梅花但也需要经历风雪才能成长。就这样，我拽着、拉着又和小雪共处了两年，小雪多少有点改变，能听进人言，分清是非了。

这一年小雪六年级了，个子长高了，身体健壮了，但依然不修边幅，大书包斜挎着，走起路来大大咧咧，一副"吊儿郎当"的架势。我极不愿意用"吊儿郎当"这个词形容一个女生，如果用聪明伶俐、眉清目秀、文静端正多好，可在小雪身上确实找不到与此匹配的词汇。这种大大咧咧正是胆大心宽的表现，我思来想去，小雪最大的优点就是胆大。她曾经给我讲过一件事：有一天晚上她上辅导班下课九点多了，公交车已经收车了，怎么办？她只好搭摩的回家。那个骑摩的的人戴着头盔看不清他的脸，小雪心里有点怕，但是附近再没有别的车了，她大胆地坐上去，一路上摩的开得飞快，她吓坏了。但是她急中生智没话找话和那人说个没完。我问她这是为什么？她说扰乱他思维就不会有邪念了。这招果然让她安全到了家！我听着都替她捏把汗，心想，胆大莫过于小雪！

小雪的行为正在一点点地变好，唯独作文我俩都头疼，那作业永远是潦草不堪的。六年的时间，我居然没有改变一个学生的作文状况，这是前所未有的！可小雪满不在乎，依然我行我素，她说："我觉着我的作文挺好呀！"

晕！

这六年来，我对小雪的感情很特殊，如果说这个女生讨人喜欢，她比不上那些嘴巴抹了蜜的女生，因为她顶嘴，你心会隐隐作痛；如果说勤苦学习她也不够格，因为她懒惰到一个字都不想多写。唉，我纳闷她为什么白天是懒猫，晚上是夜猫。她对同学很仗义，别人有困难，她愿意倾其所有；她敢一个人走夜路，还经常晚上去车站接妈妈下班。但同时她也很不讲道理，把对方推倒在地还一口咬定是对方撞到她；她经常浑浑噩噩，不知白天黑夜；又经常明白到买东西人家少找一分钱她都不答应；她看起来腼腆不语貌似文气，吵架、打架一个顶仨；我渐渐对她习惯了，因为多次劝退没用，她就喜欢待在作文班，就喜欢听我讲课，就喜欢每次迟到，就喜欢偷懒不写作业，就喜欢我一次次找她谈话。我们的感情就是在这样的过程中建立起来的，这在作文班的学生中绝无仅有。

小雪上初一仍然留在作文班，跟我学作文和英语，每次斜挎书包大大咧咧走进来，晃晃悠悠走出去，上课好像是个旁听生，永远耳朵听我讲，却一问三不知。我气得说："此女子不可教也！"

"小雪，你在这里学了六年作文，一周写一篇，一个月四篇，一年三十六篇，六年（小学四年、初中两年）一百八十篇，可还是不长进！我估计等到我满头白发，你也记不住我说过的一句话。得！"

我找小雪谈话已经是家常便饭，每次小雪拿眼睛瞅着我，样子很恬静。但是这次我和她谈话，她目光是少有的安静，我反而有点小小的感动："小雪，咱俩谈过很多次了，问题还是以前的问题，我知道你也改不了，说了也白说。我不打算啰唆了，你能听进去就听，听不进去就当我没说吧，就三句话：一，你心地不坏，是个好女孩，别破罐子破摔了；二，希望你以后对人对事认真，对自己负责；三，你是让老师最挂心的一个学生，我对你恨铁不成钢，也对你爱而不弃！"

说完这番话，我仿佛感觉到自己空掉了，赶紧抓住轮椅扶手，做了几下深呼吸才平静了下来。

小雪低垂着头,眼圈红了,却没有哭。她想了想,退后两步向我深深鞠一躬,我怔住了……然后我看见小雪眼睛里有亮晶晶的光。

　　我希望我的话她能听进去,希望她好好想想,重新开始学习和生活。

　　"老师,明天我还来!"小雪说完打开门走了。

　　小雪啊小雪,小雪的明天会是怎样的呢?也许她依旧毛病不改,我行我素,也许她变得勤奋努力,一飞冲天,但无论怎样,她的明天是要展翅高飞搏击风浪的,就像雀儿羽毛丰满要飞上蓝天一样。

流泪的鱼

你一定没见过流泪的鱼吧？

我见过。

他，新来的一名男生，叫泛舟（化名）。

他有一对会观察事物的眼睛，而且观察起来特别细心；他还有聪明的头脑，喜欢思考问题，大问题小问题到了他面前都要经过大脑分辨、过滤，把不好的漏下去，把好的留下来。

作为学生，泛舟经得起批评，受得起表扬，这一点我很喜欢。我表扬他的时候，他腼腆地笑笑；我批评他的时候，他认真接受、改正！

这样的学生自然进步快，两次课下来作文就写得得心应手了。接下来，他是芝麻开花节节高！

培养一个爱写作的苗子也是老师的幸运！

班上的男生心里都嫉妒，出来进去拿眼睛瞟他，用脚踢他，泛舟一点也不恼火，照样课间和他们一起玩。我看在眼里喜在心里，这个男孩根苗很正。

有一天，还不到上课时间，泛舟第一个兴高采烈地走进来。

我问他什么事这么高兴，他不回答，从怀里小心翼翼地取出一个透明的小玻璃瓶举到我面前。

"哇，小金鱼！"我眼睛一亮。

"好看吧，送给您，老师！"泛舟说着把小金鱼放在我面前。

"我一定好生养！"我像个孩子一样满心欢喜。

平时同学们喜欢送我小礼物，什么巴掌大的毛毛熊、心形的小相框、玻璃做的水晶球、漂亮的小贴画、好看的小石头等，我当宝贝似的收着。有的学生已经离开很多年了，可我每次看见他们送我的小玩意儿就会想起很多往事，想起我们在一起上课的美好时光。送金鱼泛舟当属第一人！

看着小金鱼在水里摆着尾巴游来游去，真是让人爱不释手。

"大人都说狗通人性，可我觉得鱼也通人性，您看我一敲瓶壁，小金鱼就游过来了。"泛舟轻轻用手指敲击瓶壁，小金鱼靠过来，甩着尾巴好像向泛舟打招呼说："喂，你好！"

泛舟从书包里取出吃剩下的半个面包，用指尖掐碎撒在水面上，小金鱼大口大口地吞下去，不一会儿就吃光了。

"把小金鱼放到阳台上晒晒太阳吧。"我说。

泛舟听话地把小金鱼放到阳台上，阳光刚好斜照下来洒在水面上，晶莹剔透的玻璃反射出金色的波光，像点点细碎的金子。小金鱼在温暖的日光下自由酣畅地游来游去，自在快乐。

这下好，同学们一见小金鱼都围到阳台上看起来，而小金鱼见有这么多小朋友，欢喜地不住拿尾巴拍打水面。大家你一言我一语，好像成了一节有趣的观察课。我趁机到他们中间帮助他们梳理观察的顺序，选择可写的素材，作文课就这么开始了。

以后每次课间休息，同学们都会去阳台上观察小金鱼，并和它交流。

"咱们帮小金鱼找个小伙伴吧，不然它太孤单了。"一个同学说。

泛舟没有说话，眼睛盯着小金鱼好像在想心事。

这孩子的奇思妙想比较多，这样也好，开动脑筋会愈加聪明。

泛舟来到作文班后给大家带来了欢乐，也让不团结的同学变得团结友爱了，大家都喜欢泛舟，说他是个快乐的人。开始我也这么以为，但是，接下来的一件事，让我发现了泛舟不为人知的心事。

那是八月中旬的时候，爸爸妈妈借着暑假带孩子去旅行，多数孩子都请假了，班里一下变得冷清了。我原本打算统一放 10 天假，让同学们去玩个痛快，可是，家长们的时间不统一，今天这个请假，明天那个请假，所以课程只能照常进行。

一周后，泛舟来上课，他说："老师，对不起！上周我没来上课，妈妈带我去外地了……我让妈妈记得给您请假，妈妈还是给忘了。"

"坐下吧，泛舟！"

泛舟坐在我近前，这趟出门回来他皮肤晒黑了，但看上去更加结实、健康了。不过这健康的皮肤被蚊子叮得满是包，看了让人心疼。我对他说去抹点肥皂消炎止痒。他跑去水池边拿肥皂沾上水抹在红肿的地方，然后又坐回来。这时他想起了什么，从口袋里取出一个小纸袋欣喜地举到我面前："老师！我带鱼食来了。"

我的确只顾上课把买鱼食的事忘了，幸亏泛舟记得，他真是个有心的孩子。

"老师，小金鱼狼吞虎咽呢！"泛舟回过头说。

"别喂太多，小心撑着它！"我叮咛道。

"这我却不知道。"他忙收住手。

小金鱼的肚皮撑得圆鼓鼓的，似乎有点透明了。

"泛舟，等暑假结束后作文班统一安排补课时间，到时候你和同学们一起来，好吗？"我隔着阳台上的玻璃门对泛舟说，没有注意他的神情，我以为他在逗小金鱼玩。等我抬起头的时候泛舟站在我面前，眉头皱着一脸不开心的样子。

"老师，这是我的作业！"泛舟放下作业本，又迟疑一下，看着我说，"我、我、我下周不来上课了……"

我以为自己听错了，反问一句："请假去玩吗？我说泛舟啊，你该收收心啦，没几天就开学了！"

"不是，老师！我不是出去玩，是妈妈要送我回爸爸那去上学，所以不能再来上课了！"

我眨了眨眼睛似乎从他的话里明白了一些什么，他是说平时住在爸爸家，所以暑假结束要回去。那么爸爸和妈妈……哦，我恍然大悟。

"我每年寒暑假才来妈妈家……平时我和爸爸一起生活，我和爸爸的家离这里很远，而且爸爸工作忙，没有时间接送我，我只能在我家附近的辅导班上课……老师，我会想念您和同学们的……"

泛舟快乐地说着，可我的眼里有点湿润，怎么回事？一茬一茬的学生不是都离开了吗？又不是没有经历过，再说泛舟还在这个城市里，说不定寒暑假他来妈妈家住会来看我们，交通这么方便，不会是问题的。

"我还会再来上课的！"泛舟懂事地说。

"是的，你会回来的！"我也鼓励他说，"现在你的作文很好，但是别偷懒，记住了吗？"我笑着叮咛他。我习惯了像个妈妈一样叮咛孩子们不要偷懒，对待功课要勤奋好学。

"我记住了！"泛舟眼圈红了。

那天，泛舟提议说我们相互加 QQ 号，我一听这个主意不错，以后可以通过 QQ 聊天。他把 QQ 号和昵称写在纸上。

"流泪的鱼？为什么取这个昵称？"

"我喜欢！大家都以为鱼不会流泪，其实是对鱼不了解，鱼也会流泪，只不过鱼的眼泪流在水里，没有人能看见！"

哦，我心里流泪了……

"我同学都说这个名字很怪，问我为什么取这个名字，我说这是秘密！老师，您也替我保守秘密！"泛舟始终是孩子，没忍住，泪珠涌出眼眶……

"放心！"我说，"流泪的鱼不该流泪！"我递给他纸巾。

和泛舟一样生活着的还有很多孩子，他们要么只和爸爸在一起，要么只和妈妈在一起，他们的成长是双重的创伤，在没有人懂得和安慰的时候自己默默地成长，而有时候要等到自己长大才明白。

我看着面前这个少年，他鼻头哭红了，睫毛沾着泪珠……

"听老师说，泛舟，不论有什么样的家庭环境，老师都希望你保持自信和乐观！你马上是中学生了，以后你会遇到各种各样的问题，你必须学会坚强，自己去扛，依赖大人的孩子长大后会成为懦夫！要知道一个人在年少的时候吃的苦以后都会变成财富，所以别怕，你要勇敢起来！"

泛舟的抽泣慢慢止住了，他把眼泪擦干净，但眼皮还低垂着，那神情像在思考。让他想想吧，也许思考的一瞬间他会有所感悟，这有利于他的成长。

"你听过三文鱼的故事吗？"我问。他摇摇头。

"三文鱼是一种冷水鱼，它们每年都要从海洋逆流而上，回到出生地繁殖后代。成千上万的三文鱼成群结队日夜赶路，在这过程中它们不吃任何食物，还要不断地从水面上跃起以闯过一个个急流和险滩。有些鱼跃到岸上，却变成了其他动物的美食；有些鱼快到目的地之前竭力而亡，和它们一起死去的还有肚子里的鱼卵。而那些一鼓作气到达目的地的三文鱼会开始产卵，然后精疲力竭地死去，结束了只为繁殖下一代而进行的死亡之旅。

"产下的鱼卵也躲避不过凶险，大多被其他鱼类和鸟类当作了美味。幸存下来的鱼卵在石头下面熬过寒冷的冬天，慢慢发育长大……

"在一望无际的海洋里，三文鱼一边努力成长，一边面对鲸、海豹和其他鱼类的进攻；同时还有更加具有危险性的大量的捕鱼船威胁着它们的生命。三文鱼的一生充满了危险和悲壮，他们克服种种困难，在生命的最后时刻逆水搏击，洄游产卵，为自己的生命画上句号。三文鱼的一生告诉我们，成长，勇敢地面对困难险阻；经历，不管大海多么不可预测，也要从平静的湖水游向深海去经历；使命，始终有理想、有追求，不管遭遇什么危险都要完成一生的使命，哪怕以生命为代价。"

泛舟眼睛一眨不眨地认真听，慢慢地他扬起头来，露出少年英俊的面庞，眼睛里不再是灰色和泪水，而是聚集了能量的晶莹的光芒。泛舟是有悟性的少年，不需要我再多说了，相信通过三文鱼的故事他会思考关于成长的问题……

读《论语》之美

2009年初夏,索睿开始与我一起读《论语》。

那天下午,她来找我玩,看见我桌上放着一本《论语》就好奇地拿起来念:"学而时习之,不亦说乎?"

"'说'这里不读'shuō'读'yuè'。"我更正她的读音。

她不解地忽闪着大眼睛看着我,意思在问我为什么读yuè?我笑笑说:"在古文里这个是通假字。"

"哦!"她点点头,又继续往下看,再遇到"说"字她便读yuè了。

索睿是我作文班的学生,这小丫头和我有缘分,上二年级的时候她被妈妈送来跟我学作文,我一眼就喜欢上她了。她圆脸盘,扎着两根小辫子,说话口齿伶俐,从不打绊子。这让我想起《红楼梦》中的那个叫小红的丫鬟,也是聪明、口齿伶俐。索睿奶奶家是满族人,怪不得索睿的打扮很特别,身穿一件小袍子,脚下一双绣花鞋,有几分叶赫那拉世袭贵族的格格气质。

我和索睿很快熟稔了,她喜欢在我家玩,她的乖巧和伶俐也常常博得我们的阵阵笑声。

索睿央求我教她读《论语》,我便一口答应了。对于爱学习的孩子,我是有求必应的,因为爱学习说明她有求知欲,是好事。另外,爱学习的孩子头脑聪明,知识也很容易帮助她增长智慧。俗话说有志不在年高,小小年纪主动要求学习,我自当尽为师之道。起初,《论语》里有许多句子她不明白是什么意思,但这没有关系,小孩子有天生的领悟力,慢慢学,日久天长在生活中会融会贯通。孔子对待他的众弟子不也是这样吗？有时我也给索睿讲一些必须领会的意思，诸如"吾日三省吾身，为人谋而不忠乎？与朋友交而不信乎？传不习乎？""见贤思齐焉，见不贤而内自省也"……

有一次，我们读《论语》累了停下来，她忽然问我："老师，夫子是什么样子啊？"

"子贡曰：'夫子温、良、恭、俭、让……'"我回答。

她抬起长长的睫毛，歪着头想了想，又问："什么是温、良、恭、俭、让？"

"就是温和、善良、恭敬、俭朴、谦让的样子啊。"我笑着回答。

"哦！"她带着欢喜的神情又继续读书去了。

我教索睿读《论语》，我也"温故而知新"，如此教学相长，我们学得轻松愉快。很快我们把《论语》熟读过半了。我对索睿说："你已经知道半部《论语》了，不简单啊！"索睿说："我听爷爷说过半部《论语》治天下，是怎么回事？"我就知之为知之吧。"以前，古人有'半部《论语》治天下'的说法：在过去儒生们充当私塾的教书匠，加上当时戏剧的广为流传，这句刻意夸张《论语》和儒生的'台词'得到儒生和那些能将《论语》倒背如流者的欢迎，借以自我标榜，自欺欺人。"

其实，我一直不赞同背书，知识是拿来活学活用的，不是用来一字不差背下来的。很多人只顾背诵，不解其意，又有什么用呢？

那个夏天，我们俩常常坐在竹帘里，伴着草色映入帘中的斜影诵读《论语》，有时也坐在门外台阶上嗅着雨后兰草的清香合着晴朗的日光诵读，美哉！美哉！我们和声："子曰：'学而时习之，不亦说乎？有朋自远方来，不亦乐乎？人不知而不愠，不亦君子乎？'子曰：'温故而知新，可以为师矣。'子曰：'学而不思则罔，思而不学则殆。'"书声琅琅，连鸟儿都落在树梢上伴着我们的声音合鸣。到了秋天，我们一老一少坐在斜阳交织的余晖下，背景是一片金黄，树叶在我们左右纷纷落下，霎时又被风吹起如飞舞的黄蝴蝶。

我面前的小丫头一日比一日高了，更有了书卷气，她捧书时而低眉沉思，时而声若黄鹂,神情专注,陶醉在诵读的境界里,那弱而细嫩的童声穿越时空让千年的孔子精神复活了!这时,我会停下,静静地听她读,仿佛我不是她的老师,而她是我的先生。就这样,我俩从初夏一直读到深秋,没有觉得一点枯燥疲倦,反觉精神爽朗、神采飞扬。这深秋的季节,正如叶绍翁的诗里所写:"萧萧梧叶送寒声,江上秋风动客情。"这萧萧的落叶,还有这动情的诵读声,这一切都是美好的相遇!

圣人的思想读千遍会有千遍的体会,读万遍也会有万遍的不同,经典的体验永无止境。而读《论语》一定要言必信,行必果,做到身体力行才是最好的效果。孔子做到了,他的弟子们也都做到了,我们今天的人在努力做到。这要看我们的决心,要从"我"做起,总能有滴水穿石的效果。人本性中带着惰性,常常不勤勉。索睿走在我前面了,我不甘示弱,要赶上她。这一突飞猛进不要紧,小丫头又是一飞冲天,最后我只好笑自己老之将至矣。

《论语》的思想改变了索睿之前不好的习惯,这小丫头学得快,做得快,是好样的!每次课前索睿都先双手为我捧一杯敬师茶。下课她会鞠躬致谢,退后两步再转身出去,如果犯了错误她会自我反省,找出错的原因自己改正。这是非常了不起的进步。妈妈说索睿对待长辈和老师懂得温和、恭敬,在学校对低年级同学懂得谦让,她还比以前懂得节俭,这真让人刮目相看。

读《论语》久了,我们的心变得柔软了,神智也轻灵了。那些"吾日三省吾身。""君子不重则不威。""君子博学于文,约之以礼!"……就像钟鼓在耳畔作响,时时警醒我们,觉悟着我们的行为。

索睿说她脑海里时常出现孔子"温、良、恭、俭、让"和"克己复礼"的样子,她能时常想这些,我是很欢喜的。她毕竟还是孩子,日常有课业,学《论语》的时间不过一周两个小时,能对夫子的话这么用心,且学以致用,已十分可贵。这小姑娘有天生的悟性,加上耐性和坚持,我想孔老夫子若知道也会感动。

夫子的仁者爱人温暖着每一个时代,无论何时,只要读到"饭疏食饮水,曲肱而枕之，乐亦在其中矣。不义而富且贵，于我如浮云"，都会令人感慨万千！希望在我们这个时代，有更多的人传送这美好的声音，让孩子们开启心智，一日千里！

读《论语》简直成了我们每天的乐事，一日不读如隔三秋。我们阅读的感觉越来越好，声调也越来越有韵律，激昂高亢。有时一个章节读两遍就能默写下来，有时一个章节反复读数遍仍然拗口，但我决不责备我的学生，我不希望课外阅读成为她的压力和负担，我喜欢看着她走在花间小路上自在地读，坐在树荫下的石阶上悠闲地读，晃着脑袋踱着步子随心所欲地读。我们一起在环城公园的小树林里一边摘狗尾草一边读，如果读累了，我们就坐下休息一会儿，然后接着读。就这样，我们深爱着《论语》，《论语》也深爱、温暖着我们。后来索睿的课业增加了奥数和英语，来学得少了，但每次约好的时间我总是坐等她。隔着阳台的窗户，老远看见她背着书包走来，身穿中式袍子，两根小辫子在胸前晃动着，有着古典气息的美，唤起我翘首欣赏的目光……那个草色青青、黄蝶蹁跹的季节，在竹帘里、台阶上、花树鸟语下，我们和声诵读。如此美好，我们内心有着无限的充实和快乐。

半年后，也就是冬天来临之前，到了万物开始萧条的季节，我们的诵读中断了。我忽然觉察到自己心里空落落的，有一种别样的思念和牵挂，这不光是对索睿，班上很多学生陆陆续续离开，就像海岸的潮水一波一波退去……而我这个习惯观潮的人始终在不变的海岸守望。

我们读《论语》的时间虽然不到一年，但是短暂的体验却成为一生的记忆，那些带着生命体温的句子每回用到生活中都熠熠生辉，即使生命逝去，精神也千古不衰。感恩伟大的先师孔子把《论语》送到我们面前，让我们一起重新找回丢失已久的仁爱。感恩每一个儿童亲近仁义的教诲，感恩四十不惑的我受到传统文化的教化，从此改变我的处世观念和人生态度。

人一生中还会有多少美好的光阴呢？多少人在昏昧中度过一生，多少人在醉生梦死中低迷？而我们有幸与经典相遇，圣贤的思想伴我们同行！

孔子创立了儒家，孟子和荀子得以继承和发展。当我们品读《论语》时，孔子温、良、恭、俭、让的形象依然熠熠生辉，那朴实、包含真理的语句依然穿透我们心灵。儒家的仁义礼智信是中国人永远追求的信仰，更是我们民族的精神力量！孩子的心灵纯洁，一学便会受益，不光索睿、赵睿、王睿、李睿都会如此，"仁"和"礼"会对他们幼小的心灵起到潜移默化的影响，直至根深蒂固。我期待有一天，生活中处处有儿童在诵读"学而时习之，不亦说乎？有朋自远方来，不亦乐乎？人不知而不愠，不亦君子乎？"，那该多好啊！

……那个草色青青、黄蝶蹁跹的季节，在竹帘里、台阶上，花树鸟语下，我们和声诵读……清晨，那个穿着中式袍子的满族小姑娘，两根小辫子在胸前晃动着，有着古典气息的美……那时光之美、那童声之美、那草木和谐之美，却是可遇不可求的！

一件小事

我又一次想起鲁迅先生的《一件小事》。人人都有皮袍下的"小",那是人的自私和卑微之处,是不为人知的。我也遇到过一件小事,那件小事虽然过去9年了,但我依然清楚地记得。

2011年夏天,我教学整整16个年头了,论知识储备和教学经验都已经驾轻就熟,而且有了硕果,因为学生的成绩是最好的见证。小到在学校学生的作文被老师表扬,大到作文获奖;还有不少学生作文见于报端杂志。我这个身残志坚的老师也有了美名。俗话说骄傲来自浅薄,狂妄出于无知。有了轻慢之心,必会招来过失。

那是一个夏日的午后,下午2点半上课,同学们多半都到了。可能是中午,脸上都带着倦容,有的打着哈欠,有的一坐下就趴在桌上。马上开始小升初考试了,别说作文要补习,其他科目的课也多得要命,一个接一个像走马灯一样。同学们很累,老师们也很累,家长们更不用说了。中国的教育体制,只顾提升分数,而不顾学生心理健康,学到的知识究竟实用性有多少?

党昊天又迟到了,他一贯没有纪律性,不遵守时间。同学们笑他说瞌睡虫在他身上安家了,他充耳不闻,坐下掏出文具放好,然后看着我准备听课。我讲课的时候仍然有同学说话,不专心听讲,我看了那个说话的同学一眼,如果他还说我就叫他名字。也不乏专心致志的同学,例如马瑞迪、黄静怡、张培青、冯珂、林瑞华、郭子睿等,他们几个目光永远炯炯有神,精神永远充沛。

正在讲课，听见有鼾声传出，我敲课桌，以示警告。党昊天慢慢地伸个懒腰，揉揉眼皮，惹来同学们一阵笑声。坐在他旁边的郭子睿把手遮在嘴上小声说："数学天才快醒醒，这里是课堂，不是宝宝的暖床！"说着一只手托起党昊天的大脑袋，又引来一阵大笑。

对于这些我已经习惯了，这是秉性的顽固，屡教不改。我知道再说几句他们就会撂挑子甩门而去，现在的小学生个性强，又执拗，还任性，已经不是当初那会儿的学生了。

有几个男生对语文不感兴趣，在他们眼里数学妙趣横生，易如反掌，而语文生涩乏味，所以一上课就打瞌睡。我把文言文阅读放在前面讲是希望他们能认真听，没想到他们还是萎靡不振。

"今天，我们阅读课外文言文两篇，一篇是《穿井得人》，另一篇是《指鹿为马》。同学们把书翻到……"周围一片翻书声。我读一遍课文，又讲了字词的用义，接下来我问谁愿意翻译一遍。马瑞迪举手，很快她便翻译完了。接着又有林瑞华举手、冯珂举手……"同学们翻译得很好！"我说。翻译是给同学一个加深记忆的机会，聆听也是一种记忆。俗话说，书读百遍其义自见，相信听书百遍也能其义自见。同学们做了笔记、画了重点，也完成了课后题，第一篇阅读结束了。到第二篇的时候，课堂开始不安静了，有做小动作的，有说小话的，这是一种对学习无声的抗议。

我有些烦躁了，在开始读第二篇文言文时，我心不在焉起来。"你们心不在焉，我为什么不可以！"我心里嘀咕，任性得只顾自己的感受，而忽略了身为老师的以身作则。我讲到一半，郭子睿忽然站起来，我问他："有事吗？"

"老师，您读错了一个字！"

我怔住。

"您把深邃的'邃'字读成追逐的'逐'了！"

此刻他声音异常大，且吐字清晰，全班同学听得一字不差。我脸颊涨红，在记忆里尽力搜索那个"邃"字。糟糕，怎么一点都想不起来。我又翻开课文查找，同时极力想掩饰我的窘态。在多年的教学中，我从没有被学生当众指错过，这是唯一一次。错就是错，没有什么好遮盖的。我能感觉到瞌睡虫党昊天的眼睛睁大盯着我，黄静怡、林瑞华、马瑞迪也一脸惊讶，唯独郭子睿还站立着，目光似乎带着几分异样的轻蔑，好像在说："老师也出错吗？"

不就读错一个字吗，谁说老师就得百分百准确，起码有看花眼的时候吧？要知道在白炽灯下盯着书上的字看，时间一长眼前会出现一片白雾状。我知道我是在给自己找理由，可是不这么说，我的气不打一处来。

"现在大家把错字改正过来，对不起！"我快速地说完对不起，已经明显底气不足。

郭子睿还站着，他到底要怎样，不依不饶吗？我严肃地说："坐下，继续上课！"

林瑞华拽拽郭子睿的衣角示意他坐下。

下课后，同学们整理好书包背起准备走，郭子睿却站在那里没挪步。

"有事吗？"我一边收拾文具一边问。

"老师，我在字典里查到'邃'字了。"他双手恭恭敬敬地捧给我一本《新华字典》。

一个错字，反复说几遍，这是不是很多事呢！可转念一想，他是为我查的，同学们都知道我的手无力翻书，所以他帮我查出来，省了我的事。我看着字典上的"邃"字，心里一阵感动，忽然感觉这个头戴棒球帽的同学背影是那么可爱……郭子睿让我看到了为人师表下面掩饰的"小"。

所以，经常想起鲁迅先生的《一件小事》，虽然是不同的内容，都是小事，但是能反照出人性来。

我用红笔把"邃"字写在书的一角上，这个字我会永远记住。

从那以后我备课更认真了，稍有拿不准的字就搬字典查，然后注上拼音！

郭子睿是西安西工大锦园实验小学六年级的学生，这个瘦高个的男生聪明、敏锐、有正义感。这一班学生大都来自西门某小学，而西门外的家长十分重视孩子的教育问题，尤其在家庭教育方面优于我们北郊子弟。郭子睿来了两个月，来之前他的作文也不差，他妈妈说想让儿子提升一下，希望在小升初的时候更能游刃有余。因此在作文课上郭子睿不是我要抓的重点，我每次只指出他的问题，他自己完全有能力思考并改正。我不想让学生有依赖老师的习惯，学习是给自己学，一定要独立自主，遇到不会的问题可以请教，老师只启发不说出答案，这样才能让学生举一反三。郭子睿每次把作文写得很工整，是一个井然有序、条理分明的学生。

时间很快到了6月，学校的小升初考试结束了，这也意味着作文课的结束。同学们即将离开作文班了，和以前一样我有些恋恋不舍。希望他们小升初后把择校的消息告诉我，我也会为他们高兴！同学们都说一定会的。

那一班同学走了，但那个"邃"字一直深嵌在我心里，郭子睿的名字一直记在我心里，我后悔当时没有对郭子睿说声谢谢！这个遗憾放在心里，一直到2016年夏天，久别六年的学生黄静怡来看我。那一年正是6月高考结束，孩子们拿到录取通知书，迫不及待地把好消息告诉身边的亲人和朋友，能够被学生记得也让老师欣慰。黄静怡这小丫头从小对理科感兴趣，后来到了作文班才慢慢发现语文的奥妙，作文屡次在报纸上发表。

那天，我们愉快地交谈着，我问她有班上其他同学的消息吗？她一直人缘很好，和同学们都有来往。她说了几个人的名字，又说到郭子睿，没等我说下面的话，她就说："我经常见郭子睿。老师，要不要让郭子睿来一趟？"

"要的，要的！"

"这事交给我了！"

就这样，我又见到阔别六年的那个头戴棒球帽、一脸阳光的男孩郭子睿。他已经不是瘦瘦小小的少年，而是健壮高大、英俊帅气的青年。

"老师好！"郭子睿进来就礼貌地说。

激动让我有点语塞，想与我当年的学生握握手，但手已经萎缩得无力抬起，而且激动的情绪让手痉挛，这些他们是看不出的。

他们坐下，郭子睿和以前一样话不多，但是很爽朗，连发丝上都洋溢着青春的朝气。

这一时期的孩子长得真快，几个月不见个子长高了，一年不见心智成熟了。他们好像春天的白杨在大地上迎着日光向上蹿，蹿上云霄，然后枝叶一日比一日繁茂，枝干一年比一年粗壮，以蓬勃向上的精神给我们带来希望。每次看到他们活跃的身影在花草丛中跳跃，我就感觉自己也充满活力，仿佛回到年轻的岁月，长发飘飘坐在轮椅上仰望天空的美好。

黄静怡侃侃而谈，她的思维和见识也让我刮目相看，在知识面前无长幼之分。

"郭子睿，谢谢你当年直言不讳地指出我的错！"我说完感觉轻松了。

"呀，老师都过去这么多年了，您还记得啊？"郭子睿惊讶地说。

"怎么能不记得！你那么郑重地给我指出来，我必须记得！"我说，"事情不大，但对我很重要。现在不教作文了，我经常想起和你们在一起发生的事情，越来越觉得在一些问题上我需要反省，这也是我一直想当面对你说声谢谢的原因！"

"其实，那只是一件小事！"郭子睿有些手足无措，是我的道歉让他不知怎么说了。

"这位同学八成是头一次接受老师道歉吧，瞧这一头的汗……快给你纸巾擦擦！"黄静怡笑着把纸巾递给郭子睿。

我也笑了！

那天我们师生三人聊得很愉快，时间很快就过去了，相聚总是短暂的。回想教书育人，听到的大都是褒奖之词和溢美之词，正如鲁迅先生说的："老实说，便是教我一天比一天的看不起人。"自从与这些纯真的孩子在一起，他们的单纯和正直帮助我改掉了骄傲和自大，使我懂得了谦虚和谨慎。

我想起《荀子·劝学》中说的："故木受绳则直，金就砺则利，君子博学而日参省乎已,则知明而行无过矣。"这是说君子要经常用自己学到的知识检验自己的行为,遇到事情就不糊涂,就没有过失了。

人每天都会犯大大小小的错,人非圣贤,孰能无过?如果每天反省自己,应该距离善莫大焉会越来越近。

S女生

1

S是西工大附中初二的女生。

她第一次来我家,一进门,迎面一股冷冷的气息。外面寒冷,而她没有穿羽绒服,冷得手缩进袖子里。S细瘦的脸颊上五官十分清秀,有点南方女孩的气质,笑一点儿会更好看。S穿一件蓝灰色连帽卫衣,松垮垮的像袍子,现在的中学生都喜欢这副打扮,似乎服装的合体会束缚了他们,而这样才显得自由奔放。

S进来没有称我老师或者阿姨,而是直接说了句:"我来做义工。"眼睛扫视周围的东西,寻找今天她要干的活。

其实我希望她坐下来,我们先聊聊,她却一点聊的意思也没有。

"这样吧,你帮我整理一下书,另外有一些文稿需要誊写。"我只好随她的意说。

S放下书包撸起袖子拉开书柜门干起来。

这有点出乎我意料。这个年纪的女孩少见有这么泼辣的,大多娇弱,衣来伸手饭来张口,像S这么利索的我头一次见。S从垫脚凳上来下去,灵活的身姿像一只小鹿,起初我还想她是个挑食又心思多的女生,不然怎么会这么瘦,现在看来瘦不是问题,表明她健康、体力充沛。那一摞摞厚重的书从她手里过来过去，一会儿就摆到了地上。她始终没有兴趣看它们一眼，表现出无动于衷的神情。

"书需要分类，封面破损的需要修补。还有教学用书要放在书架最底层，文史类的放第二层，艺术类的放三层……"我交代，她眼皮也不抬，连个"嗯"字也不吐，而手在一一照做。

"初二功课忙，有时间出来做义工？"我随口和她聊。

"利用寒暑假。"

"一般去哪里做义工？"

"孤儿院、老年公寓这些地方。"

"那一定有不少体会？"

"没有什么。"

她的回答很简洁，似乎完全是有问必答。

"没有收入却付出劳动，你心里在乎吗？"

"我无所谓！"S脸上一点表情也没有，"这些书放哪里？"她指着一些儿童文学类的书问。

"最顶上！"

因为书的种类很杂，整理起来确实需要时间和耐心，S似乎具备这项素质，细心而耐心地进行着。她拣选、归类、排列、摆放，有条不紊，好样的！我在想，这个被说成闷葫芦的女孩、这个名校的初二女生、这个被老师看成问题生的女孩，似乎内在潜藏着很大的能量。这些事S做得井井有条，整个过程丝毫没有一点慌乱和怠慢，只这一点与别的孩子相比就是最大的优点。我心中暗自欣喜！说实话，除她的性格冷点儿以外，我没有发现她的"问题"。这"问题"一词先是出自她班主任之口，后来又被家长进一步反复强调，再后来周围人嘀嘀咕咕，因此"问题"就成了"问题"。

S，一个15岁的女中学生愿意牺牲节假日出来做义务工，这一点我心里为S点赞，更敬重S的父母对女儿的教育。

S对我有心理戒备，这很正常，我们是第一次见面，彼此都还不了解。

书整理完了，我已经在心里为S打了满分。

S没有想坐下休息的意思，直接走到桌子前准备誊写稿子。

"今天写不完也没关系，我们有三次时间呢！"我说。

S没有说话，坐下便开始写，S的钢笔字和她人一样细瘦，但她写字的速度像个训练有素的速记员，一会儿就一页。两个半小时后，她把稿子摆在我面前，好像说我的任务做完了。

我想说吃个苹果吧，可她已经背上了书包往门外走。然后问我："明天早上，我几点钟来？"

"那就还是这个时间吧。"

随后一阵旋风S将门合上了。

这孩子！让我有点莫名被冷落的尴尬。明天我们将上什么课呢？这种没有既定内容的教学让人摸着石头过河，没有办法预先备课，因为你不知道面对什么性格和脾气的学生，只能从一些听来的碎片化的信息中综合判断。S的妈妈只说她对女儿闹学一筹莫展，别的她似乎无法提供什么，因为女儿从不与她交流，她也不了解女儿在想什么。母女俩同住一室，却被一种陌生隔离，这不能不让人心痛。"我想试试。"当时我对她说。她隔着眼里的雾看着我，那目光让人感到一个妈妈内心的无助。

寒假只剩下三天时间了，也就是说我只能在三天时间内对S做一个全面的了解，必须知道她为什么不想上学，或者有什么打算，有点难！

2

第二天早晨，S如约而至。一夜不见她有了黑眼圈，面容有点憔悴，看了让人心疼。学生晚上熬夜或看手机是常事，哪管健康是什么，唉，到时候就知道父母的良苦用心了。

S 用手紧了紧脑后的马尾辫，看来早上起晚了，头发没梳整齐。她很守时，守时和诚信是给人良好印象的开端。

S 和昨天一样进门不打招呼，如过无人之境。

S 站着，等我安排事情给她做。

"今天不用做任何事情，你和我，我们俩出去转转！"

"啊！"她很惊讶。随后我喊了一声："走吧！"S 小跑追上我的轮椅，我们出门"转转"去了。

街上依然是浓浓的年味，路边摆着各种年货水果，离农历初元宵节就剩下三天了，人们又开始一轮走亲访友。中国人的春节看起来简单，其实里面的文化很多，光北城门上的元宵节灯展就有很多猜不完的灯谜。我问 S 喜欢灯谜吗？她不屑地摇头。

我又问 S 喜欢过年吗？S 说没意思。我说我小时候最喜欢过年，因为能穿新衣服，还有压岁钱。S 撇撇嘴，不以为然。

"咱们来这里干吗？"

我们进了环城公园的入口，刚立春，园子里的树还都光秃秃的，一刮风就扬起一股灰尘，S 蹙起眉头，额前的刘海被风吹起老高。

"早上出门为什么不穿羽绒服？你爸妈不给买？"我呛她一句。

"买了我也不穿！"S 硬气地说。

"你效仿古人宁死不吃嗟来之食？"我看她不语，又说，"我想知道上学真让你那么讨厌吗？"

"是的，我不喜欢上学！讨厌上学！"S 直截了当地回答我。

"理由？！"我追问。

"理由是上学消耗我们的青春，我们要利用时间去做自己喜欢的事情！家长天天逼我们学习、学习，我们对他们一讲道理，他们就说我们逆反，到头来他们气坏自己还埋怨我们不争气！为什么大人总要固执地认为上学是唯一的出路？我们不是为他们活，我们有自己的人生，有自己选择生活的权利，他们没有权力干涉我们的自由，更没有权利决定我们的未来！"

嚯！这个初二女生出口厉害！

"你不想上学，有什么打算？"

"当然有，我想做生意，去练摊卖服装，我已经和同学商量好了。"

S来了兴致，眼睛放光，脸上也有了笑。可我差点喷出来，克制住说："你想做生意？你懂得生意的行业规则吗？你知道做生意的经营理念吗？"

"不懂，但可以学！"她自信地歪着头看我。

"没错，可以学！但是你这个年龄做生意首先知识浅薄，其次没本钱、没经验，这些问题你想过吗？"

我的话让S卡壳了。她忽闪一下眼睛，找理由说："可我喜欢摆地摊，那种被城管追起来拎包跑的感觉太刺激了！"

S一脸兴奋，原来这女生也会笑。我暗自高兴找到了突破口。

"你宁肯放弃五大名校去摆地摊，是不是很傻？！"我继续说道，"放着这么好的机会不给自己储备能量，急着去做生意，你以为经商是算账那么简单吗？你会很快被商业大潮的巨浪推翻，到时候你后悔莫及！"

我盯着S的眼睛，不客气地说："你必须知道学习是摆地摊的前提条件，后者是前者的有效发展。你看看古今中国商人是怎么经商的，大商人胡雪岩你不陌生吧？他从小勤奋好学，诚实守信；今天的商人董明珠，你也不陌生吧？《财富》亚太最具影响力的25位商界女性之一。他们都把生意做得很高明，不光为自己谋出路，还为社会经济做出贡献！还有你们崇拜的人物——淘宝网创始人、阿里巴巴掌门人马云，他的勇气、才能和广博的知识，这些你目前有吗？你认为摆地摊简单不需要这些条件？错了，有这些你会如鱼得水。"

S不语，以往目中无人的冷傲被我的话打压下去，她默默地想着。

"我敢说你不出一个月准收摊回家，你信不信？"S眼睛看着我，我又说，"不信是吧？不信你可是试试，回家对你爸妈说从现在开始退学去做生意，然后拿上自己的积蓄去批发市场进点儿小玩意儿卖，体验体验被城管追的滋味。

你敢吗?"我问。S紧咬着下嘴唇,目光已经不那么坚定了。

"你不想上学,也不想听爸妈的安排,你想要自由,早上睡到太阳晒屁股,晚上熬夜看手机,饿了摆摊挣个饭钱,要么回家顺一口,我告诉你,你这是懒惰和逃避,是自私!一个自私的人是没有理想可言的,无非是拿退学和摆地摊找借口罢了。如果现在称你意,过不了几天你烦了又想再换一个,你想折腾死你爸妈吗?别以为我没看出来,不想上学不是主要问题,而是所学的科目你不感兴趣,老师讲课你不想听,你在班上是个性派,骄傲、冷漠、没礼貌、不近人情、不尊重老师,大家不喜欢你,你也不喜欢大家,刚好闹退学。亲爱的同学!你智商不会低到连知识改变命运这个简单的道理都不懂吧?你不是马化腾,更不是马云!你就是一个小小的S,瞎折腾会死!"

S被我的话震慑住,眼睛睁得老大,陷入茫然……

3

S仍然穿着那件宽松连帽的蓝灰色卫衣,一条牛仔裤,不过黑眼圈没了,脸上的气色好多了,一进门就主动和我打招呼,尽管没有称呼我什么,但我明显觉得她变得友好了。

我们谈话默契多了。

从她说话和淡淡的微笑里我看出她的心柔软了。这女生有满腹的心事无人聆听,对同学她不屑于倾诉,对父母有年龄的代沟,而我这个有几分童趣的大人恰到好处地界于两者之间,既能听她倾诉,又能为她排解烦忧,所以她的话匣子一下子打开了。

"我不想被爸妈老盯着学习,搞得我好像为他们上学一样!"S说。

"如果你能自觉完成课业,他们也不想每天盯着孩子学习,他们也想省省心,出去散散步、旅旅游,整天守着你头发都白了。"

"还有,他们也不能干涉我的自由,没收我的手机!"S还在气头上。

"一定是你晚上不睡觉看手机被没收的？"

"那、那……"S没话辩解了，"可是同学们都有手机，凭什么我不能有？"

"不是你不能有，是你没有把握好度，管不住自己。睡不好，白天上课打瞌睡，如果我是你爸妈也会这么做！"止痛针已经不管用，必须做手术从根上治愈。

S在矛盾中挣扎，是爬起来，还是沉下去。我停顿了一会儿，给S一个短暂的思考时间。一会儿，她平静下来扬起脸说："可我不喜欢上学，想过自己理想的生活！"

"如果一个人不努力什么都是白搭！"

S又低下头，嗫嚅地说："我想轻松点，反正一样的吃饭睡觉嘛。"

"那不一样，人有志向，不颓废，不茫然，生活也会过得精彩！"

S不语了。

那天，我们谈了很多，不能不承认S是个有思想、有判断力的女生，她的智商比同龄人要高，对问题的见解很到位，尤其涉及数学方面的问题，她反应很快。只是这个女生太自我，不容易听取他人意见，以为自己完全可以为自己的前途和命运负责。这恰恰是很多中学生自以为是的地方，他们需要碰碰壁，因为他们需要反思和立志。

寒假结束后，S又开始正常上学了，学习明显比以前自觉了，妈妈心里的石头终于落地了。

妈妈隐瞒是怕女儿知道了有抵触不来见我，所以之前没有告诉她。

最后一堂课

这堂课开始之前，我心里沉甸甸的，好像有一块石头压着。我想和孩子们说点什么？可说点什么呢？心里那些话已反复说过很多次了，兴许他们能倒背如流，我笑自己多余。

我看了看整齐的桌椅，感觉它们很亲切，又很温暖，我们在一起十几年了，桌面被磨得有些亮，也被一些调皮捣蛋鬼画上了道道或用小刀子划伤。我不由得用手抚摸，仿佛看见赵霞、梁军、宋庆、蔡小玉、吉庆林、马乐乐他们熟悉又可爱的面孔。

我这次下了很大的决心停止课程。要知道告别孩子们对我不是件容易的事，但又不得不这么做，因为我的手不能自持，而更糟糕的事还有很多……前面我说过有一天我会停下来，现在是该停下来的时候了。

这一年一共有三个班级，初一、小学六年级班，还有四五年级复试班。六年级班即将毕业，不存在问题，初一年级该上初二了，学校课程也重，有的已经告诉我下学期不来了。只是四五年级的班让我放心不下，一是这班的作文刚起步，二是他们的家庭教育一直跟不上，因为父母大都是外来务工人员或小本经营者，没有时间把精力放在孩子身上，加上多数是二胎，大人顾了小的管不上大的。这班学生刚来的时候把"因为"写成"应为"，把"反复"写成"反夏"，一篇作文写下来，我纠正错别字需要一节课时间。教小学生这些年成就了我的耐性！

这个复试班一共10名同学，其中有东北来的女生宁宁、有陕南来的女生晴晴，还有河北来的男生小雨以及四川来的男生鹏鹏……这些孩子幼年受的教育少，读的书也少，所以懵懂无知，常莽撞无理说粗话，甚至动手打架也常有。一次，同桌拿了小雨一支中性笔，小雨立刻对着同桌的肚子打去一拳，同桌也不示弱反手相击。像这样的事情每次上课都可能发生，我每次给他们断官司，故此我笑自己像个女包青天。

今天是最后一堂课，我给孩子们讲点什么呢？这次我没有备课，我想给自己留一次自由发挥的机会。

"老师，早上好！"小言走进来，他一手拿着吃了一半的煎饼果子，另一只手把书包卸下来。

小言嘴里塞得满满的，鼓起两腮，说话都吐字不清了。他单腿跪坐在我旁边的座位上，两只胳膊肘撑在桌上，边咀嚼边问我："老师，今天我们写什么作文？"

"我也想知道写什么。"晴晴跟着进来也问。

"今天我们要写这学期最后一个单元的作文练习。"我尽量保持着平静的情绪。

"天哪！这么说学校快要期末考试喽？晕！"小言就势倒在桌上。

"我盼着快点考试放暑假，爸爸妈妈说要带我和弟弟回老家玩。我们老家可好了，有小河，河里有小蝌蚪，你见过吗，小言？"晴晴快活地描述着自己的老家。

小言一听羡慕死了，说："也带上我好不好？"

"啊！我才不带男生！"

"不带算了。咦！我有我的煎饼果子，我——有——我的——煎饼果子！"说着小言唱了一嗓子，同学们都笑了。

为了不想影响大家上课的心情，我打算到课后再对大家说。

上课的时候，那几个同学仍然在说小话，我看了他们一眼，他们能安静一会儿，然后又开始说。我敲敲桌子，他们冲我嘿嘿笑，还是说话。我干脆不再管了。晴晴上课有点心不在焉，不住手地摸宁宁新买的文具盒，说等自己生日的时候也让爸爸给她买一个。宁宁摸摸她的头像个小姐姐似的说："乖，文具盒会有的，一切都会有的！"如果往常我会让他们安静，注意听讲，可今天我不想说，只想看着他们自然地流露真情，自然地打打闹闹。

真心不愿离开这群天真烂漫的孩子，和他们在一起有无数的快乐，我们相互依赖，相互陪伴，相互给予，相互帮助……那些有趣的事情总是时不时地在我记忆里出现。感谢孩子们给予我的美好时光和无限的爱，在我颓废的时候、在我消沉的时候、在我意志薄弱的时候，甚至在我伤心哭泣的时候，他们会以纯真的童心温暖、融化我心底的寒冰，让我感受到阳光的温暖。我在想：幸福是不分老弱病残的，人在任何时候都会有幸福感，那么，幸福从哪来呢？幸福是从对生活的热爱和人与人之间的感恩而来！

我懂得了教育就是爱。我读了英国教育家卢梭的《爱弥儿》一书，它给我启发颇多，我几乎每次读都深深地被感动。卢梭的教育思想是从自然人性观出发的。他认为，人生来是自由、平等的；在自然状态下，人人都享受着这一天赋的权利，只是在人类进入文明状态之后，才出现人与人之间的不平等、特权和奴役现象，从而使人失掉了自己的本性。这些观念理解起来有点难度，那我们可以采用更简单的办法，那就是与孩子平等相处，用爱启发孩子的智慧，而不是一味地要求和束缚。所以从某种意义上来说，平等和爱是人类走向美好生活的法则。

这么多年来，无论与孩子相处，还是与家长相处，我都以耐心、真诚面对，即使遇到难说话、挑剔的家长也是如此！我发现自己越来越精益求精，把教学发挥得恰到好处，对自己也更有信心了。

有一次，一位爸爸来咨询，一进门打量了一圈，走过来说："我想知道你是什么学校毕业的？"

凡是小学老师大都毕业于师范学校，而我什么也不是，我就如实说："我没有上过学，一直在自学。"

那位家长看了看我似乎觉得这是不可思议的事情，然后又说："没有上过学，教学生会不会……"

我知道他后面想说什么，我笑了笑解释道："您考虑得没错，从上没上过学这一点来说我的确没有资格教学生。我是这样想的，我在不断学习知识，现在我已经通过了汉语言文学的大专考试，也应该有一点基础了，加上积累了一些教学经验，还有这些您看看，虽然这些荣誉证书是一些虚头，但是不是能减少一点您的担忧呢？"

这位家长走到柜子前看了看里面的荣誉证书和奖章，然后点点头。通过这件事让我想清楚了一个问题，那就是不要满足于你当前的知识，做一个好老师一定要学无止境。家长尊师是看老师的德行，学生尊师是看老师的水平，前者是一个人的德行与修为，后者是一个人的认知与见识，加在一起才是优秀的老师。同学们愿意和喜欢的老师在一起，因为这个老师不老套，讲话幽默，会洞察同学心理，他们不开口，老师也能一语道破！同时老师严肃对待做错事的同学，帮助其改过。每次班上有做错事的同学，我就狠狠地批评他们一顿，还惩罚他们扫地、抹桌子，为同学们服务，凭他是机灵鬼也逃脱不掉。有一次，我把一个打架说脏话的男生狠狠地教训了一顿，他低下头一脸害臊，我必须让他明白什么是羞耻！我不给他们留情面，也一点不可怜他们，因为做错事就要付出代价。

我善于看着孩子的目光和他平等地交谈，听他们说自己的困惑和问题，然后帮助他们分析判断，给他们一个正确的理念。其实对孩子的学习不用过于严格，实际上我们帮不上多大忙，因为学习是他们自己的事，只要他们认识到学习的重要性，我们只要点明方法就够了。他们会顺着方法去延伸思考，答案自然而出。我自豪地说我的教育方法很有价值，也很行之有效，但又是和严厉刻板的教育相对立的。我坚信教育不该留遗憾，教育势在必行。

小言刚来的时候总皱着眉头，同学们看着小言笑说："小言长皱纹了！"一个四年级的孩子长皱纹，这是什么话。"小言一说话明明额头上有皱纹嘛。"

那个孩子坚持说。我仔细一看，小言额头上是有细细的道道，这其中必有缘由。此后课间，我和小言聊天，了解到小言是个爱动脑筋、爱思考问题的男生。他出生在一个普通家庭，爸爸、妈妈、爷爷、奶奶知识程度都不高，而小言从小对知识充满兴趣，又特别爱动脑筋提问题，但家里没人能回答上来，大家都说这孩子爱胡思乱想。时间久了小言开始闷闷不乐，整天皱眉头，于是就有了同学们看到的"皱纹"。我发现这个问题后，有意识地引起小言对问题的思考，然后和他一起交流探究，很快他的心结被打开了。上课的时候小言不住地举手和大家抢着回答问题，同学们都嚷嚷："小言是课霸！"

女生晴晴则情况不同，她三年级来到作文班，刚开始作文写不到一百字，一个月后作文有了起色，班主任看了她的作文很高兴，从此晴晴的作文经常在班上受到表扬。这样的进步在我们作文班是很平常的事，我不费力气就能让同学们的成绩直线上升。但是晴晴的心结却在别的事情上。她五岁那年，妈妈给她添了个小弟弟，漂亮乖巧的晴晴失宠了，从此她对什么都不积极主动了，还动不动就与弟弟争东西发小脾气。我与晴晴的父母沟通之后，晴晴爸爸恍然大悟说："原来我女儿是为这个！为这个！"晴晴妈妈也说："怨不得她不喜欢和弟弟玩，哎呀，原来是为这个啊！"他们笑了，就是为这个！一个看似很小的事，但是能引起孩子内心的波动，如果父母粗心不去注意，往往会忽略一个重要的教育细节。

听说我不教课了，有人说你做了这么多年教育工作，又在实践中摸索探究，有那么多好方法，不教多可惜。我也想到过可惜，可后来我改变了想法，大海后浪推前浪，一代更比一代强，哪有永远不败的花，哪有永远的春天。人生如同季节更替一样，而我的夏天已经过去，如今到了人生的秋天，在这秋日黄花中，我应该更好地顺应自然回归生命的本真，养息生命最后的一点精气神。

下课了，同学们收拾起书本，嘈杂声中我对大家说："同学们，我要告诉大家一件事！"我尽量保持平静，然后接着说，"老师不能再继续给大家上课了……这堂课是你们在这里的最后一堂课，下周大家不用来了！"

"为什么？不行，我们还要上！""对，我们还要上！""是不是因为有同学淘气，老师很累？""一定是的！"同学们纷纷做出猜测，目光发出疑问，好像我的话他们不太明白一样，"最后一堂课"听起来不大对劲。我刚要给大家解释，小言直奔过来一脸生气地说："请您说清楚是下一次不上，还是以后永远不上？"面对小言质问的语气，我哽咽了一下，然后笑着说："老师不能再给大家上课了，以后都不能了……今天是咱们最后一堂课，下周大家不用再来了！"我尽量一字一句地把意思表达清楚。小言眨眨眼睛，他明白了。大家一下子站到我面前，都看着我没有一个人说话。几秒钟后开始有人吸鼻涕，之后又有人跟着吸鼻涕，最后一片人都在吸鼻涕……我也和大家一起吸鼻涕。鹏鹏的眼泪在眼眶里打转，小雨垂着眼皮，一脸难过，晴晴和宁宁抱在一起哭，小言已经哭成了泪人，好像我们是生离死别一样。我想说孩子们不要哭，以后每个寒假、暑假你们都可以来找我玩，我们仍然可以相约去大明宫……可我的声音怎么也冲不出喉咙，我僵持在那里，他们在我视线里渐渐模糊……这时，不知道谁带头说了一句："咱们给老师唱首歌吧……""我们唱什么歌？"晴晴抽泣着问。

同学们唱起那首我们都十分熟悉、唱过很多遍的歌——《风中有朵雨做的云》："风中有朵雨做的云，一朵雨做的云，云的心里全都是雨，滴滴全都是你。风中有朵雨做的云，一朵雨做的云。云在风里伤透了心，不知又将吹向哪儿去……"

歌，唱完了，课上罢了，同学们散了。

我在恍惚中目送他们背着书包走出去，隐隐约约听见外面家长们惊讶地问孩子出了什么事，然后孩子们说今天是我们的最后一堂课……

文者之声

童言无忌

我有一个采访任务,那天我去了星星幼稚园。孩子们一见来了陌生人都好奇地打量我的穿戴,盯着我手中的采访机。一个大班的男孩对准话筒大喊一声,然后淘气地跑开。有几个腼腆的小女孩站在我后面,始终手拉手,不分开。大班的孩子显然在语言表达上比小班的孩子要流利得多,从他们对事物的认识和对问题的思考看,他们是聪明的,他们的话语天真而富有哲理,我和他们对话除了感到快活,还要及时地动脑。我无法用美妙的文字描写出孩子们无数精彩的语言片段,我为我的语言匮乏感到惭愧。在孩子们的世界里,我仿佛也是孩童,感受着他们的童言无忌。我任他们的小手抚摸我的头发、拉扯我的衣角,或凑到我脸前与我亲近……我突然感觉平时亲近孩子的机会太少,总是把自己禁锢在一个大气球里,憋闷着到处碰撞。

一个男孩问我是干什么的,我说我是写书的。他立刻罗列出一连串儿童图书的名字,我惊讶于他还没有上学就看了这么多的书,他说他爸爸爱读书。

父母是孩子的榜样,但不是每一位父母都能称其为榜样。

那天,我们同楼的一位父亲接儿子放学回来路过楼道时责怪孩子:"没写作业怎么不向老师说忘带?"孩子流泪辩解说:"上次我忘记带作业,你对老师说谎说我没写完。"大人说谎言是从孩子口里说出来的,其实当孩子还不懂得什么是谎言时,大人就已教会孩子说"狼来了!",大人才是制造谎言的罪魁祸首。而孩子天生直言不讳,甚至在某种场合会令大人感到心惊胆战或无地自容。这是孩子心灵的声音,是一种不可漠视却时常被大人漠视的声音。

我的好几个采访本上都密密麻麻地记满童言，每次翻开都会从中引起新的思考。在我们的观察世界里，成人的语言多于孩子的语言，成人左右孩子的行为，希望孩子言听计从，从表面上看是一种社会的普遍现象，其实是抹杀了孩子的天性和童心。请听听孩子们的话，因为孩子的语言从某种程度上揭示了生活的真理。我们不能总是把孩子放在安乐椅上，为他们创造好一切让他们享受，要给孩子劳动创造的机会，让他们体会幸福来之不易。

漫画中的妈妈拿着孩子"一百分"的成绩单向人炫耀，背后孩子的作业堆积如山，大人爱慕虚荣的结果是孩子成倍的努力，这些现象比比皆是。我们不能以孩子的高分来判断孩子学习的优良，很多成人都喜欢自以为是，忽略了孩子发扬个性和完善自我的客观需要。

孩子在学习上有一点收获立刻喜出望外地让父母看，想得到鼓励或表扬，没料到父亲看完不屑一顾地说："你离我们的标准还很远。"孩子顿时像泄气的皮球，惰性由此产生。父母的标准实际是对自己未完成理想的一种寄托，并非孩子的切实需要。孩子有他成长的轨迹，而父母只需要有一双智慧的眼睛就够了。

童言可贵，正是因为他无所顾忌。学生在课堂上指出老师读错别字，孩子言称爸爸妈妈说话反悔，这恰恰说明了一点，孩子不说假话，说假话的常常是自以为是的大人。

我成年以后仍然喜欢读童话《皇帝的新装》，尤其喜欢那个诚实的孩子说"皇帝没穿衣服"的大实话。希望与诸位共勉！

发表于 2009 年第 1、2 期《学生家庭社会》

用你的眼睛去发现美

"美就在我们眼前。"我常对孩子们说。孩子们的目光是不解的,我知道他们的小脑袋里一定在打问号。可我没有半句谎言,的确,美就在我们的眼前。

你想想啊,清晨露珠迎着太阳,草木迎着光明,一切欣欣然的样子,仿佛每一个生命都是美丽而可爱的。傍晚,晚霞伴着暮色,星星挂满天空,却又成了你目光里的装饰,在你的枕边和你一起入眠……也许你的梦里还会盛开美丽的郁金香。这难道不是美吗?

孩子的眼睛是最明亮的,它能发现世间万物和大人看不见的事物。美在他们眼里永远都是最真实可信的,就像《皇帝的新装》里那个指出皇帝没有穿衣服的小男孩,他的发现和语言让众人惊异,但却告诉了大家什么是真实的美。

然而,美却往往是被我们忽略的。在很多孩子的作文中,我常常发现除了交代清楚事情发生的原因和经过外,内容简单,文字粗糙,缺少感情,就像一个没有水分的干面包,谁喜欢吃它?然而孩子们以为作文缺少美是生活中没有美。我听了很难过,甚至有些自责,是我们做老师和家长的没有把美引入孩子的眼睛,还是没有教会他们用眼睛去发现美,由此才使他们的心里没有美的情操、文字中没有美的语言?

然而怎样用眼睛发现身边的美呢?罗丹说:"世间不是缺少美,而是缺少一双发现美的眼睛。"这话说得多经典啊!有一个故事是这样讲的:一个双盲女孩在妈妈的带领下路过一个园子，里面有很多孩子在观察春天准备写作文，可却没有几个孩子是认真仔细观察的。有的问老师："春天有什么特别吗？"有的问："我写春天的什么呢？"老师睁大了眼睛看着他们。这时盲女孩面对着南面说："我看见春天了，妈妈！太阳就在我们头顶，晒在身上很温暖，我脚下软软的像地毯一样的东西，踩在上面很舒服。风来啦，妈妈，我的头发被风吹起来了，多么温柔的风啊！"盲女孩说着就在草地上奔跑起来，她的长发也跟着飘飞起来，不小心她还绊了一跤，但她一点儿也不觉得疼。周围的孩子们都惊讶了，他们转过头问老师："盲孩子怎么会看见春天？"

"因为她心里有一双眼睛。"老师沉吟片刻回答道。

如果一个人心里有一双眼睛，那可是一件了不起的事情，那样你会发现天地万物都是美的，你的情感就会像小溪一样缓缓流泻在你的笔尖，化为美丽而生动的文字……

发表于 2008 年第 4 期《妙笔》

读书——让梦想开花

书,是我童年的伙伴。我学会识字后读的第一本书叫《鸵鸟的故事》,一听名字就很有趣!书里写鸵鸟家族在野外生活的种种趣事,读着读着,好像我也变成了一只幸福的鸵鸟。

从此,我喜欢上读书。但是对于那个物质贫乏的年代来说,书是一种奢侈品,那时候家里没有藏书,而我生病不能去图书馆借书。有一天,爸爸进城开会回来,从黑皮包里取出一本新买的书。我高兴坏了,里面图文太有趣了,我被吸引住了,直到妈妈一遍一遍催我吃饭!后来我才知道除了《鸵鸟的故事》以外,还有更多好看的书!

读书,让我得到了快乐!我生病没有上过一天学,常常感到孤独,觉得自己是个没有用的人!后来我读了海伦·凯勒刻苦学习的故事,她身患三重残疾依然勇敢地面对生活,我为什么不试试呢?就这样,我开始每天读书,渐渐地我性格乐观起来,脸上有了会心的笑容,像换了个人似的。

我的书日渐多起来,有小画书、各种少儿期刊、文学名著等,我像一只鸵鸟每天埋头书堆里如醉如痴地读着。我低头读书,爸爸生气地说:"不爱护眼睛等于不会读书!"那可不行,我要学会做一个会读书的人!爸爸专门为我腾出一个木箱,里面放的全是我的书。那一箱子书让我幸福了好一阵子,还时不时地在小伙伴面前炫耀炫耀,引来他们羡慕的"啧啧"声。

读书让我快乐,让我自信,让我有了许多意想不到的收获。我曾在给山区孩子捐赠我出版的小说《秋之梦》的扉页上写道:植物会开花,岁月会生长，还有一样东西也会生长，那就是我们的智慧。多读书、勤思考，智慧之树会枝繁叶茂！

读书是一件快乐的事，当我读书的时候会发现我的心灵在成长，视角在宽阔，智慧像泉涌，总之，我在一天天变得坚强、勇敢。另外，我心里永远是"春眠不觉晓，处处闻啼鸟"的诗情画意。

我说过父母给了我生命，书籍给了我力量！后来我开始写作，这和小时候爱读书是分不开的，那些生动甜美的故事陪伴我走过童年……给我生活注入芳香，如入幽兰之室。

世界上伟大的人大都有过童年或青年阅读的经历。阅读可以带给人以美好的享受，可以把人从无知变为有知，可以让梦想开花结果，让一切事物在孕育的过程中变得美好而富有生命力！

发表于 2019 年第 6 期《语文报》

把情感写进文字

如果我问：你能将情感写进文字吗？你的回答一定是：我能。这对每个人来说都似乎是现成的、信手拈来的。也许还有人说，孩子们多写多练，笔尖就会流泻出情感。这话不假，但情感要想流露得恰到好处，不虚假，不做作，不无中生有，也非易事！而驾驭情感的能力是需要积累和培养的，就像对一件物品日久生情后，便不忍丢弃。那么怎样把情感表于胸中，流于笔尖呢？

在一个小学的课堂上，学生们在朗读一篇课文，其中一个男孩读得声情并茂，当读到一个感人的情节时他的眼圈不由自主地红了。这时，同桌女生不以为然地笑了，老师问那个女生为何发笑，女生不好意思地低下头。老师当场表扬那个男孩，并让全班同学以此写一篇读后感。作业交上来老师发现男孩的读后感写得最好，字字句句都是真情实感，读来感人至深。由此想见，当你对一件事物产生了情感后，感情便会像溪流慢慢地随着你的笔尖流淌……

我们的情感恰恰来源于生活中的体验和感受，就像我们置身于大自然中会情不自禁地发出感叹："多么高大的山啊！多么清澈的水啊！"或者就像我们得到一件珍贵的藏品，我们会视如珍宝爱不释手；再或者我们看到不幸的人时，会由衷地投去同情的目光、伸出援助的手臂。当有了这些丰富的感情时，我们笔下的文章便会跟着情感欢畅起来。

一个孩子写了一篇《荷花》的作文，其中一句写道："微风吹来，我觉得自己就是一朵荷花，在水中舞动，在水中嬉戏……"细细欣赏，孩子不单单把自己比喻成荷花，还以真挚的情感作为文字的载体，让文字有了神韵和灵气，从而使人身临其境。

文章里没有情感，就好比心是空的，笔尖是生涩的，又怎么能打动人呢？

我们拜读伟大的文学著作时，会发现作家不仅是倾注一时的情感，甚至是倾注一生的情感来完成一部作品的。例如：著名作家巴金的散文《废园》，揭示了日本帝国主义掠杀中国人民的罪恶以及对被残杀同胞的同情与深切哀悼，读后令人感受到作者的满腔憎恨和无限愤懑！又例如：儿童文学作家冰心的《寄小读者》，是那样充满童心、童真和童爱，正是情感回荡于作家心里，才好像与小读者面对面地娓娓道来，情真意切，感人肺腑。

把情感写进文字，就像久旱的春雨滋润着等待发芽的幼苗，就像夏天的凉风拂过躁动不安的湖面，就像秋天的阳光除去萧条带给人们一些温暖……

发表于 2010 年第 5 期《蒙学中学》

礼赞生命

人类是万物的灵长，主宰生杀大权，却又逃离不了自然的灾难，洪水、地震、瘟疫都在随时吞噬生命，因此人们更加珍爱活着的每一天。

人类的生命是高于一切物种的生命。白衣天使救死扶伤，解放军战士英勇杀敌，武警官兵抗击灾难等，都是对生命的关注和护爱。然而也不能忽略对动物的护爱，动物的生命也尤其可贵，我们保护熊猫、羚羊、老虎、大象、猴子等珍贵的物种，还有一些弱小的动物和昆虫，比如：蚂蚁、甲壳虫、毛毛虫、蜜蜂、蜗牛、萤火虫、蚂蚱等，这些生命看似渺小，力量不及人的一根手指，但也是一种生命存在的形式。尤其是在困难面前一样有着惊人的毅力。我见过一只蜗牛过河，沿着光滑的鹅卵石爬啊爬，几次险些掉进水里，最后蜗牛平安地到达了彼岸。毛毛虫逃生的技巧也是出人意料的，眼看一堵墙坍塌下来，它会机敏地从缝隙里跑掉，顿时无影无踪。飞虫也如此，当烽烟弥漫危机四伏时，飞虫能冲破迷雾展翅远飞。

有一次，我捉了一只小飞虫，把它放在一个玻璃瓶里，见它撞壁向瓶口冲，但每一次都失败了，它却还坚持不懈，我想这是在生命窒息的状态下对生的渴望。显然当生命遇到劫难时就要不顾一切与困难抗争，不要怕失败，要看到最后一次的失败之后就是成功。

生命的可贵在于只有一次，不会重复再来，而有些人浪费光阴，他们说一切都来得及，都赶得上，谁知道当回头一看时，才发现弹指间，一切都灰飞烟灭。

生命是什么？我们不禁自问。是鱼儿在水中的游动？是枝头挂满翠绿的萌芽？是鸡蛋破壳后小鸡的喜悦？是的，这些都是妙不可言的生命。同样生命也是灾难后的劫后重生，是厄运中的化险为夷，是黑暗过去的柳暗花明。当我们弄懂了生命的意义时，也有了更深的理解和感悟，对待困难和厄运就会释然和超越。

　　地球上有了生命才丰富多彩，气象万千，从此万物繁衍，生生不息。珍爱生命，珍爱身边的一草一木，都是对生命的尊重。扶起一棵树苗，种下一株小草，保护一种动物，造福千家万户。愿生命开出鲜艳的花，结出甜美的果，让我们关爱身边的生命，礼赞生命！

发表于 2011 年《中学生天地》

秋日思索

小时候的秋是飘飞的黄叶、天空的浮云，还有体弱多病的心情；长大后的秋是天高云淡，万里碧空，是无端的思绪，于是笔端流泻出许多关于秋的文字。到了现在，一个被岁月磨砺得逐渐成熟的我，更多的是对秋的思索，对思想的整理，对自我的审视，对生活的感悟，对人生的判断。秋让我更加有对亲人的感恩，对爱人的眷顾，对朋友的思念……

每当眺望窗外满目秋色时，我都会在内心深深地感谢生活给予我的一切厚爱，才使我有了勇敢的追求、热烈的向往、满足的微笑、丰富的思想……因此秋是一个美好的季节，它有灵性，有色彩，也有生命力，只是它的生命是来年的重生。

我想象秋的田野一定是金灿灿的一眼望不到边，因为秋收季节快到了，又将是一个粮食满仓的好时候。我又想起这时的山脉或许是郁郁葱葱中略带少许金黄，或是金黄中略带斑驳的绿，两相辉映，应该宛如一幅秋天的国画，还有山涧的流水也一定是清凉中透着微寒。大自然的秋正是色彩绚烂生机勃勃的时候。范仲淹写过"碧云天，黄叶地，秋色连波，波上寒烟翠……"的词句，屈原写过"袅袅兮秋风，洞庭波兮木叶下"的诗句，曹丕写过"秋风萧瑟天气凉，草木摇落露为霜"，还有王维的"寒山转苍翠，秋水日潺湲"、李白的"长风万里送秋雁，对此可以酣高楼"以及刘禹锡的"山明水净夜来霜，数树深红出浅黄"等，都是对秋的无限感怀和丰富畅想，无不使人对秋有着深深的爱怜和眷顾。

那年我随几位朋友去太白山,回来后,一位朋友感慨地说:"秋天的时候去山上看看准能将你醉倒,满山遍野色彩绚丽多彩,美极了!"我去太白山的时候虽是天高气爽,但不是真正的秋风惨淡、秋草黄的季节。后来我又去过几次山里,但都不是秋季,我一直非常希望金秋时节能再去一趟太白山,看看那里满山遍野的秋色。

有时想想,人生的机缘并不多,彼时与此时不会有相同的某一日,也不会有相同的某一人,也许这次同去的朋友使你心情愉快,而下次你一人独行却寂寞惆怅,就连空气的味道都会不同。我们凡人又能一劳永逸地抓住些什么呢?一个故事曾讲:一个人拿着一只碗,只顾低头赶路,碗摔碎在地上他也不回头看,路边的人提醒他碗摔碎了。他却说:"我急着赶路。"这个故事很有趣,告诉我们碗已经打碎了,回头看又有何用。我们的目标在前方,赶路要紧。我们的人生要经历一年又一年,错过的、失去的都不乏是一种体验。有人说人生的某一阶段如同秋天一般在衰落中掩埋自己。其实换一种角度思考,不论弱小的生命或强大的生命都必须经历衰亡,任何人也不能违背自然的客观规律,与其自哀自怜,怨天尤人,倒不如昂起头目视远方,也许在山的那边是一片辽阔的海。秋天虽如同人生的某一阶段,人生如同在消极中孕育着新的生命,没有秋的凋残,哪有冬的寂静?更没有春天的萌芽、欣欣向荣,大凡经历生命苦难的人都有深刻的体会,那就是辛苦过后是甘甜,寒冷过后是温暖,你勇敢地走过了生命的冰河,脚下才会是青草地,所以不要过早地把生活想象得太浪漫,要有迎接困难的准备,只有当你苦尽甘来的时候,你的箩筐才会盛满五谷的收获。生命的重生是一种不可忽视的积极的意义,领会了这种意义,也就领会了生活的真谛。

发表于2012年第9期《高中时代》

人生有两条路

我又一次看到霍金这个名字，又一次被他的强大精神所鼓舞和震撼。

一个备受"卢伽雷氏症"疾病折磨的人——霍金，一个伟大的科学家——霍金，一个获得霍普金斯奖的残疾人——霍金。

我常常对自己说：当生命处于弱势时，最重要的一点是不能认输，否则就将一败涂地。

人生有两条路，一条是生路，一条是死路。大多数人在走向生路，因为我们向往美好的生活，渴望为社会、为人类做更多有意义的事。而只有另一些贪图利益者才会走向死路，因为巨大的诱惑蒙蔽了他们的心灵，最终让他们无路可走。

霍金坐在轮椅上的状态像个孩子，目光里没有一点杂质，神情略带几分沉思，我欣赏这样的霍金。每当看到他的照片，我都会凝神静思。而当我看到有文章中说霍金看书十分困难，需要把每一页都拆开摊在桌上，然后用一只手转动轮椅围着桌子看，就像蚕吃桑叶一样。我惊讶于这种独特的方式，这告诉我们生活的内容是多种多样的，在我们看来适用自己的，未必适用他人，反之亦然。因此，我们要寻找自己的生存之路，把自己放在一个最合适的位置，发挥最佳能力，这样才会如鱼得水、乘风破浪。

生命对于每个人都是公平的，昼夜 24 小时，但是在利用时间方面你却未必是高手，要知道浪费掉的是你自己的，留住的也是你自己的，时间不会因为你可怜而怜悯你，时间的脚步永远是公平和公正的。生者恰恰是学会利用了时间，在有限的时间里做出了无限的事业，让精神延续永恒。而死者的意念是消极、悲观、厌世的，在时间面前他们总是一脸灰色，永远没有生机可言。

　　一个优秀的作家要积极地寻找生活之源，而不是把自己关在书斋里拼命读书，那是无益于创作的。一个出色的画家要走遍锦绣山川，而不是只画房间里的静物，那是闭门造车出门不合辙。

　　生活，是一条艰难的路，但生路是通往美丽天堂的路。对于生活寄予希望的人都向往生路，那是一条生生不息的路、人类永远走不完的路。

　　我们的脚下是一条弯曲的、两旁盛开着四季之花的路，一路芬芳走来，又一路采撷而归，这就是人生的两条路，一条是生路，一条是死路。

发表于2012年《金色少年》

放弃，为了更好地拥有

小时候我跟爸爸去奶奶家，每次下了汽车进村要走二十多分钟，其间要绕过一大片庄稼地，还要经过一个小水塘。最不好走的路是小水塘前面那片凹凸不平的土路，天晴一身土，下雨一脚泥，爸爸常背我过去。后来我长大了就自己走，可每次走到那儿都会情不自禁地抱怨太脏、太累。我知道还有一条便道，经过几户农舍，沿着他们的菜地穿过去就到了，可爸爸非要绕行一大圈，没办法。

当初我不明白爸爸为什么要舍近求远，虽然菜地边只有一脚宽的路，可是能节省很多时间。那次我坚持走菜地，保证不会踩坏一棵菜。爸爸沉下脸说："你知道农民伯伯种地多辛苦吗？拉到城里一斤菜能赚多少钱？多走几步路，累着你了？再说一路看看田野花草，也有助你观察写作文嘛。走！"爸爸背起手前头走了，我只好一肚子怨气跟在后头。

我渐渐长大了，回奶奶家不再需要爸爸送了，我心里乐坏了，这下可以走菜地了，反正爸爸也不知道。那一回，我沿着菜地走去，开始怕有人出来吼，走几步发现根本没人看见，胆子就放大了，但我还是小心翼翼地没踩到一片菜叶，这点爱护花草蔬菜的品德是传承了爸爸的美德。

我顺顺利利地走出了菜地，可我回头一看绿油油的菜地，弯曲的小径，农舍门前没有一个人，严格说这不是坏行为，可我为什么会心生后悔了呢？

当晚回家，我就把走小径的事跟爸爸原原本本说了一遍。爸爸手捏住下巴沉默一下说："你没有做错，菜地边没有立牌子不让行人走，也没有篱笆阻挡,完全可以从那里直接走过。但有一点,如果人一开始就有走捷径的习惯,人生就会少了很多体验,而你们正是需要经历和体验的年龄,多一种历练就多一分收获。"

时隔多年,我依然感谢爸爸领我走大路而不走捷径的经历,这让我在生活中明白了一个道理:放弃,为了更好地拥有!

发表于 2012 年 12 期《金色少年》

怀着梦想上路

不知道打坏了多少个乒乓球拍；不知道撞翻了多少次大扫除的水桶；不知道气哭了多少女生向老师告状，被老师一次次叫去谈话；不知道因为贪玩放学不回家，父亲急得举起扫帚打，可落下的力度却很小；不知道无知、浅薄换来的是对爱你的人的一次次伤心和焦急，可成长哪能不犯错？孩子从小到大，每一天都在犯错，大大小小累积起来，哇，比我的个子还高！而每一次的摔跤都会增长一些智慧，每一次的教训都会变为宝贵的经验，所以别小看了这些错误，它可是带着生动、有趣和幻想的哦！虽然损失的无法补救，逝去的无法追回，伤心也好、愤怒也好，都是昨天了。

而今天不同，我要怀着梦想上路。那是一条怎样的路呢？大道、小街，铺满灰色的柏油，开满美丽鲜花的小径？别做梦了，人生会有这么美好的路吗？小说里不都把主人公的路叙述了多少遍了吗？鲁迅先生也说：天下本没有路，走的人多了也便有了路。

我忽然悟出了一个道理：梦想是需要踩踏的，就像QQ空间踩的人多就会很快升级一样。

哲学家说生活是否定之否定，文学家说生活就是多变的情节，画家说生活能画出五颜六色的图画，我该听谁的呢？我不想要老妈一篮子酱醋茶的生活，也不想要老爸在地里挥汗如雨的生活，我想要自己的生活，哪个梦想正在招呼我这个痴子呢？我要静静地思考，要储备足够的能量，等到有一天当我站在世界之巅时,我将毫无顾忌地大喊:"我的梦想实现了!"

怀着梦想上路,你一定不会寂寞,因为梦是希望!

发表于2013年第3期《中学生天地》

走过梦的季节

在那个如梦的季节里,所有的花都盛开,所有的山川都苍翠,所有的河流都缓缓向前,而我们的心像被春花渲染,吐不尽的芬芳、绚烂。

没有人说青春不好,那如花、如雨的季节,像杨树正需要成长,像麦子正需要抽穗,像花苗正需要浇灌。清晨,我们骑着单车穿越郊外的小路,洒下一路欢歌,拾起一串星辰,时间在笑声里流过,那叮叮当当,如泉水叮咚一般,那就是我们如梦的季节。

父母常常把我们责怪,说:"不把心思用在读书上,瞎编什么梦?"我们理直气壮地顶撞:"梦是我们的权力,有梦才有未来,没有梦的生活多乏味!况且我们的梦是彩虹的构建,是象牙塔的矗立,不光有书本和单调的上网,不要把我们总关在房子里,那样会颓废了我们的青春,会减弱了我们的嗅觉,让我们失去活力!"父母听了无奈地叹息:"现在的孩子怎么了?和我们当年大不一样啊!"

我们的心思细密如丝,容不得拘谨,就要胀裂;我们的情感如同翻卷的云海,又像是气象万千的晴雨表,动不动就哭鼻子,使性子,或拿书包、文具盒撒气,好像我仍是一个未长大的孩子。的确是未长大的孩子,因为我们是花季、雨季,我们才刚刚品尝出人生的一点点青涩,一切还都是刚刚开始……但就在这时,一种感觉走进我们心底,它躁动不安。总之,那感觉来得如此美妙,却又如此烦恼,怎么办呢?打开夜晚的窗,与星月对话,谈谈白雪公主与王子,说说小人鱼与巫婆,每一个童话幻化出的都是美妙的感情,其实结果并不重要,纯真与成长才最可贵。

　　走过如梦的季节,躺在草叶上舒舒服服打个滚,与露珠说几句悄悄话,与火烧云碰撞出火花,与相思树接个吻,把一串串信息留给大地,做个永久的纪念。

　　在这个花香诱人的季节,不要让蝴蝶和蜜蜂来打扰,留给自己一个童话般的梦。

发表于 2012 年第 5 期《中学生天地》

自然的灵性

前言：我热爱自然，却无法用双脚踏入自然；那一草一木总是牵动我的心，让我梦寐以求。我想，我可以用文字去表达，因为我早已对它们熟知，并像朋友一样。

美丽的风光片和可爱的动物世界常把我的思绪引入另一个极美妙的空间，我喜欢那里的自然、祥和，它让我能够暂时忘记尘世的喧嚣。

我看过一部美国的科幻电影，是讲两只巨大猩猩的故事。人类为进行动物研究，将深山里的一只雄猩猩捕获到实验室里，白天利用它做各种实验，晚上把它关在一间特制的大铁房里。猩猩很忧愁，拒绝进食，整晚对天哀鸣，它的叫声传到了深山里，同伴雌猩猩听见后，不顾一切地向山下跑去。当雌猩猩看见人们用铁网阻隔了她与雄猩猩时，对人类发起了巨大的破坏性攻击，它推倒高楼如同推倒积木一般，踩伤人类如同踩死蚂蚁一般。最后，雌猩猩奋力拉断铁栅栏，终于和雄猩猩拥抱在一起，它们彼此缠绵、依偎，令所有在场的人感动。后来研究人员发现雌猩猩怀孕了，不久生下一只小猩猩，人类把它们一家三口送回了大自然。这虽然是一部科幻影片，但它告诉了我们要善意地理解动物，动物是通人性的。自然界有其张力，它能接受的事物也是有限的，当它容忍到极限时，就会物极必反。人类在海里捕鱼，在山上狩猎，吃动物的心、肝、肺，剥动物的皮毛做美丽的服饰，这些都极大地破坏了动物的繁衍和生长规律，为人类后代埋下了危机。

曾有一位外国朋友送给我一盘录音带，我以为是什么好听的歌，播放后才知是各种各样的鸟叫声。我辨别不出究竟都是什么鸟，但顿时觉得百鸟争鸣，心灵豁然开朗。外国商人怎么就能想到录制一盘鸟声的磁带来卖钱？这既陶冶了人的情操，又教会人如何爱自然，奇妙无比。

自然界的一草一木都有其灵性。在农村，每天清晨我都能听见房前屋后叽叽喳喳的麻雀叫声，我起来看见树上、地上、房梁上、草垛边都落着许多麻雀。它们快活地觅食，相互逗趣，没有人因它们的存在而去打扰它们，它们或闲散地踱步，或振翅高飞，一切是那么自然、和谐，如人间画境。但自从有了人类，便有了血腥的屠杀。有一个传说，一个渔夫以捕鱼为生，每天在饭桌上都能吃到一些鲜美可口的鱼肉。一天，渔夫和村人打赌，谁下河捕到一条大鱼就请谁喝酒。渔夫撒网下河，当他看到一条大鱼落网时他使劲往岸上拉网，结果却被那条大鱼给拖下水，渔夫和鱼奋力搏斗，最终渔夫丧生于河里。

这不得不引起我们的思考：如果那个渔夫每天只老老实实地捕鱼维持生活，也许他就不会因贪得无厌而自食其果。贪心带来的后果都是不堪设想的，人类为什么还执迷不悟、知错就犯？是人的良心丢失了吗，还是丧失了人性？

如此现象，人类不该觉醒吗？理解自然，热爱自然，走近自然，不是我们的初衷吗？

梦想是每一个人的，安抚动物的灵性，恢复它们在自然中正常的生活行为是人类不可懈怠的责任。爱护动物，从每天的衣食住行开始，让自然中的生灵更多地体会人类的伟大和卓越，而不是口头上的"环保意识"，背地里的"大肆屠杀"，这种恶毒的行为希望人类停止，永远不要再有！

我想做一棵白杨

听说家门口这棵白杨树是淘气的孩子捡来的，没想到种下就活了。

起初，看着那矮小的树苗在风雨中摇摆，好像随时要倒下似的，我问父亲："白杨会死吗？"父亲说："每天给它浇水，看护它就不会！"我点点头，父亲的话总有先见之明。

第一年白杨树长了稀稀落落的几片叶子，第二年略微多一些，但看上去还是不够精神，左邻右舍没人待见这棵捡来的树，大伙都说任它自生自灭吧！

我也不喜欢看它弱不禁风的样子，我宁愿多看看那低矮的冬青，也不愿多把目光投在它身上。可父亲喜欢白杨树，每天给它浇水，还对它说话。它能听懂吗？我诧异，心说父亲故弄玄虚。直到有一天，我因为贪玩没做母亲布置的作业，父亲火了，打了我的屁股，我顿时像受了天大的委屈放声大哭。父亲不但没有心软，反而义正词严地说："少壮不努力，老大徒伤悲！一寸光阴一寸金，你看看白杨树都知道努力朝上长！"我含着眼泪瞥一眼门口的白杨树，并没有觉得它有什么努力的迹象啊，难道在父亲眼里我还不如一棵弱不禁风的白杨？

但从那以后我收敛起玩心，每天清晨把轮椅摇到院子里，坐在阳光下读书。我抬头就能看见白杨的枝干，它长得那么慢，又不开花结果，能有什么用处呢？但转念一想，自己不能行走又有什么用处呢？我忽然自卑起来，原来我和白杨树同病相怜！

父亲说:"人不怕生病,就怕不努力!"

努力?我再一次被警醒,目光透过窗台上玉兰花的枝叶看见白杨在寒风里摇曳,强劲的风撕扯着它纤细的枝干,好像硬要把它连根拔起,但它执拗地挺着身躯,不肯屈服!

我不再像以前那么讨厌白杨树了,我发现:春天,白杨玉树临风;夏天,白杨枝繁叶茂;秋天,白杨苍劲挺拔;冬天,白杨孤芳自赏。一年四季的白杨我都喜欢。我把自己想象成一棵白杨,也以一种树的姿态与它并肩站立。

有一天,一个男孩爬树玩,还朝树下呼朋引伴,一不小心把枝干压断了,幸好白杨粗壮的树干托住他的身体才没有掉下来。左邻右舍这才发现白杨长成了一棵大树!大伙举目望去,它高高的枝干,硕大的树冠,有很多枝叶已经高过房顶,枝叶婆娑覆盖在我们的天窗上。一个老婆婆忍不住说:"好大的一棵树哟!"白杨与蓝天同在,与春风呼应,那般出类拔萃又居高临下。

我激动地对父亲说:"白杨树长得好高啊!"父亲却说:"大惊小怪。树,当然是往高里长,我知道它迟早会长成参天大树!"父亲总是颇有远见,就像他能预见我的未来一样,一切都不在言语中,却又让我口服心服。

如果说我看着白杨树长大,不如说白杨树鼓励着我成长。不记得过去了几年,也不记得我读过多少书、遇到多少坎坷,时间在匆匆地流逝着。我依然摇着笨重的轮椅出门,依然艰难地在求学的路上跋涉,但每次遇到挫折我都没有气馁,想想白杨树在逆境和风雨中昂首挺拔立志于蓝天的精神,我还有什么理由不往前走呢?我心里有了一股强大的向上的力量,这股力量冲破了我心里的阴霾,我仿佛感受到一股阳光的气息……

我的生命在光阴里成长,就像白杨扎根在沃土里,努力向上,长到与蓝天同在,与春风呼应!

发表于2016年第4期《语文报》

读书与孩子成长

读书究竟对孩子身心有多大的益处？不用说一定是有益无害。那为什么现在有的孩子不喜爱读书，准确地说是不愿主动读书，甚至拿起书就皱眉头？有人会说现在的物质世界多样化，吸引孩子眼球的东西太多，也有道理。书是人类的精神食粮，读书是人一生的事情。周恩来曾说"为中华崛起而读书"，一个国家和民族多读书，必会长久和国富民强。古话说"书中自有黄金屋"和"书中自有颜如玉"，是值得我们现代人深思的。

孩子不喜欢读书，是很多家长和老师遇到的问题，道理每个人都明白，但是运用到实际教育中，却让人作难。

有位孩子的妈妈非常渴望孩子读书，道理讲了一大堆，可孩子就是不读，妈妈发愁说："我儿子不爱读书，怎么办？"我反问道："你爱读书吗？"顿时这位妈妈有些磨不开面子。我说："我不是想揭你的短，我是想说读书不光是孩子的事情，也是父母的事情。一个爱读书的家庭，孩子从小会耳濡目染，影响的作用是不容忽视的，而一个没有藏书的家庭，孩子又能受益多少呢？希望孩子多读书，首先父母要读书。"

我见过很多这样的父母，他们从不检讨自己是否爱读书，只一味地责怪孩子不读书，忘记了"言传身教"的作用。我们见过许多父母不爱读书，很难见他们拿起一本书坐下来安静地读上一会儿，甚至在孩子面前找各种忙的理由。他们认识不到这个问题的严重性，读书需要引领，就像一个孩子开始学写字，你要一笔一画教给他，等他掌握了才可以自己独立写字。如果父母把读书完全压给孩子，一开始就制订了一套必须完成的任务的读书方式，孩子能欣然接受吗？

有一位妈妈，她做得很好，每晚做完家务她自己拿一本书看，边看边对旁边玩耍的孩子说："宝贝，你说这本书里的主人公多聪明、多勇敢啊，在遇到困难的时候能想到那么多办法，真让人敬佩！"孩子好奇地回过头问："这是本什么书？让我也看看！"妈妈把书给孩子，然后会提出一些自己在书里读到的问题，孩子聚精会神地看起来，恨不得一口气把书看完，好找出妈妈要的答案。我不禁要对这位妈妈竖大拇指夸赞她的智慧！

还有一种引导方法，妈妈与孩子共读一本书，边看边讨论人物的描写、事情的发展，有意识地提一些引起孩子兴趣的问题，孩子会开动脑筋，慢慢养成思考的习惯，最后让孩子说说读书的感受和心得，帮助他整理写成读后感。这样读书孩子会轻松愉快，很快找到自己的兴趣点。不是孩子天生不喜欢读书，而是我们做父母的不会引导孩子读书。

还有一位妈妈，她用一种生动的表演方式帮助孩子喜欢上了读书。要知道孩子们有天生的表演才能，对于表演他们完全不用排练就能驾轻就熟，大人只要当好导演就够了。妈妈看到《渔夫和金鱼》的精彩对白，邀请孩子一起表演，孩子表演渔夫，妈妈表演老太婆，很快孩子融入剧情中如醉如痴，等节目演完，孩子对故事也有了深刻的理解。

我们千万不要把读书当成任务，不要"命令"孩子去读书，不要让读书成为获得功名利禄的手段，那样读书的意义也就缩小了许多。引领孩子读书，要相信孩子的聪明智慧，当我们给他们构建一个正确的读书方式时，他会很快进入读书的意境，发现读书的妙处。童年培养起的读书爱好常常会伴随人一生。

好书是空气和阳光，是思想之舟，是智慧的钥匙。读书是心灵的探险、思想的放牧，把书的精神融会贯通在心里，让智慧放射出光芒，才是一种可贵的读书品格。

2018 年 3 月下半月《教育文汇》

附录

教学日记

想给妈妈写封信

2010年11月8日

今天的阅读课阅读的文章是《生命的价值》，讲一个小男孩在孤儿院长大，很悲观、很自卑。他生病住进医院，医生为了帮助他给他一块石头，让他去市场上展示。男孩第一次来到一个普通的市场，有很多人围上来看，但他说只展示不卖。第二次他同样把石头拿到市场展示，大家都说这石头是稀世珍宝，把价钱抬得很高。通过这些，小男孩明白了生命的价值在于自爱，要看得起自己，要热爱生命，积极向上。

"同学们，你们说怎样活着才是有价值的？"读完，我问大家。

"快乐地活着。"车瑞琪说。

"没有压力地活着。"赵君楠说。

"健康地活着。"王皓天说。

"微笑地活着。"史佩召说。

"自由地活着。"所有同学异口同声地说。

我被同学们的发言震撼了，这是孩子内心最真诚、最质朴的表达，我看重的正是这些可贵的东西。平时这些小家伙调皮捣蛋，凭我怎么说也不听，读书漫不经心，而对课堂发言他们毫不怠慢。他们对这个问题能有如此见解，令我非常高兴，由此，我讲课也更起劲！

"一个人不论处境如何糟糕，都不能自暴自弃，要积极地活着，并对自己充满信心！"我看着每一个同学说。

"老师，您就是这样的！"一个同学忽然站起来，其他同学跟着附和。

阅读课被推向了高潮。

常常一篇好课文对一堂课有着重要的意义，小课文，大道理，这就是我要的效果。讲课文时我一般不赘述内容，而大多讲一些与课文相联系的事情，这样可以帮助孩子联系实际，了解实际生活的真相。孩子们个个都很聪明，课文对他们而言不是难事，聪明的一看就懂，不聪明的跟着读三遍也能其义自见，所以我要把更多的时间留给他们思考和讨论。当我讲清楚课文背后的道理时，他们想通透了，才有了以上的发言，所以我还算是个不错的老师吧。

接下来写作文时又发生了一件令人感动的事。五年级的作文是给父母写一封信，要求写出父母在教育我们时做出的一件不好的事情，并给父母提出意见，帮助他们改正。

史佩召问我："老师，女人怀孕一般要几个月才可以生孩子？"

男生听了扑哧一笑，没等我回答，索睿开口说："我妈妈说时间不一定，有的孩子早出生，有的孩子晚出生，好像都是八个月。"我说："不完全对，一般是十月怀胎，但要看预产期的早晚。"

史佩召若有所思地坐下开始写起来。

索睿想了想又问我："老师，我想给妈妈写封信，给她提点意见，可以吗？"

"可以先说来听听吗？"我说。

"一次，妈妈生气要揍我，爸爸过来用身体挡住，妈妈就打在了爸爸身上。我觉得妈妈对我的教育方式不对，遇到事情不冷静，所以我经常挨打。"索睿忽然委屈得泪流满面。

我静静地看着她，同学们也都安静下来，这个时候她需要宣泄感情。

"很好的素材，可以写。"

她擦掉眼泪开始坐下来写作文。

我从不约束孩子的情感,即便在课堂上,因为情感就像流水,要疏通,不是堵塞。

索睿妈妈平时对女儿要求很严格,完全是严母的角色,这一点我了解。

他们以为我是 90 后

2010 年 10 月 18 日

这周只上了两次课。

王志超一来就没精打采地低着头，一看就知道他有心事，问其原因是妈妈打麻将对他的学习和生活不闻不问让他不开心。这可不行，我准备找他妈妈沟通一下，帮王志超解开心结。

"报告！"

"请进！"

索睿进来坐下，取书包里的文具时发现阅读书忘带了，她借我的手机给妈妈打电话说让给她送来。这孩子丢三落四，最近上课还说小话，我注意几次了。

躁动是孩子压力大、课业重的表现，班上好几个学生都这样。李俊鹏写作业拖拖拉拉，一篇作文能花两个小时。下课就往外跑，问他急什么，回答是要赶时间去上别的课。

天哪，像明星赶场一样。

我找家长沟通，但是家长总说社会竞争太激烈，孩子不你追我赶不行！

"老师，如果您是我的妈妈，我就不会这么累了！"一个同学说。

"那不一定，我要是你们的妈妈，首先，我要求你们挺直腰杆，不许驼背；其次，我要求你们写字作业不许偷懒、磨洋工；最后，我要求你们每天劳动，自己的事情自己做……"

"好了好了，您还是别做我们的妈妈了。我们服了！"

哈哈，我心里笑，不能顺着他们的性子，瞌睡下面垫枕头哦！

孩子的成长是需要约束的，给他们培养一个好的习惯很重要，疼爱要放在心里。

陈慕舟进步了，自从她来到作文班上课以来，看着学弟学妹们用功，她也不偷懒了，作业每次都能完成。车瑞琪也学会控制上课不说闲话了，并且按时完成作业，看得出他很喜欢作文课和这里的同学们。

快下课的时候，史佩召和赵君楠在一边小声嘀咕，然后史佩召问我是哪个年代出生的。

"我 70 后啊。"

"啊？"她顿时张大嘴惊讶起来，旁边的赵君楠也亮出惊讶的表情。

"有问题吗？"我不解地问。

"我们两个都以为你是 90 后呢。"

我当场笑喷！

如果可能的话，我真希望自己再年轻 20 岁，成为 90 后，和他们一样活泼可爱、无忧无虑，可是时光走远了，回不去了。

真要忧国忧民了

2010年11月30日

我不得不说一些负面的事情,这在教学中也是不可忽视的真实情况,而且很让人糟心!

小琪(化名)上课捣乱,同学们提意见,我的头快被吵大了。我对小琪说要遵守课堂纪律,不能捣乱影响大家正常听课。他一脸不在乎的样子,坐下没五分钟,又有女生提意见:"报告老师,小琪用脚踢我的凳子!"

"我没有踢你凳子!"小琪为自己辩解。

我的目光再次看向小琪,他懂我的意思。我们师生已经了解彼此的行为方式和语言习惯,我大多数时候是用眼睛看着他们,让他们自查。小琪见我看他便收敛了点儿,假模假样翻书看,目光却不在字里行间,这一点没能逃过我的眼睛。

下课后,妈妈来接小琪,我把小琪在课堂上捣乱的事告诉她,这也是不再继续收他学费的原因。妈妈了解自己的儿子,面露愧疚之色说:"刘老师,我回去好好批评小琪,让他留下继续上吧!"

"实在不是我不留小琪,而是他自己不用心听讲,还影响同学们,情况很不好!"我如实说。

之前小琪在别的辅导班因为捣乱被屡次开除,在妈妈送他第一次来我这里上课时,这些情况我并不了解,后来是和小琪的聊天中才得知。当时我还有几分信心,因为我教过的落后生不少,我始终坚信慢慢来孩子会有改变,可是当我发现小琪根本对作文学习没有兴趣时，我才意识到后面的问题。

小琪只是其中之一，最近各年级都有让我头大的同学，捣乱的、不学习的、打架的、逃课的……这几个班级的同学都是开学新来的，大家来自不同的小学，彼此陌生，还没有建立感情，所以闹起来无所顾忌。而小琪不光是闹，最主要的一点是他心术不正，对同学出狠手。上次课间活动大家在一起玩，忽然一个男生哎呀了一声倒在地上，我吓坏了，小琪却幸灾乐祸呵呵笑。原来是他把同学推倒了，幸亏那个同学没有伤着，不然就惹祸了。还有一次，小琪出手打人，就因为同学插队站在他前面，他直接一拳打在对方胸口上，当时那个同学就疼哭了。对于这样的恶性事件，批评、惩罚都无济于事。一开始我想到劝退，可是他换一个地方一样会重蹈覆辙，家长暗自包庇，随便说一个理由就把孩子送进去了。个别家长把辅导班看成托管所，在这里受教育比在外面放羊强，反正学费也不高。这样，小琪就养成了见缝插针、投机取巧的毛病，任凭你老师上下长眼，他都能随机应变钻空子。我与他多次较量，他知道我的厉害，也处处防着我。

有一次他做了坏事想溜，被我叫住，他不敢转身看我，一直背对着我站了足足两分钟，我命令他才转过身，说："老、老师，我没有故意把板凳摆起来，而且，那些板凳好好地放着怎么会倒塌？"

"你是不是想说板凳自己倒的？！"小琪不语了。

我脚踝疼了好几天。像小琪这样的学生在同学们眼里是白眼带咬牙，在老师眼里是无奈加厌烦，到哪里都不受人待见。最最重要的是老师的教育非常有限，老师能帮助教育好一个学生，可改变不了这个学生的习性。所以，我认为小琪应该开除！

小琪的妈妈还是赔笑说好话希望小琪留下来，见我执意不动心，便冷了脸站起来揪起小琪的耳朵往门外走，还一边训斥儿子："不争气的东西，给你交着钱你还不好好学，看回家我不收拾你！"

同学们见状禁不住咋舌。

我对同学们说:"今天走了一个小琪,也许明天会再来一个小琪,这没有什么意外的,我们不能因为一个小琪影响学习的积极性。记住,功课是为自己学,不是为爸爸、妈妈和老师学。学习要靠自己,如果靠老师来约束,你们会感到不舒服,就像我拿一根绳子将你们捆起来,你们愿意吗?"

"不愿意!"同学们一致回答。接着下面有打开文具盒取出笔写字的声音,班上没有一个人说话,教室里安静下来了……

一则新闻上说一个小学二年级的男生偷了同学的一块橡皮,被同学发现后,两个人发生争执,偷橡皮的孩子用小刀捅伤了对方。面对这种恶性事件我心里很沉重,优越的生活没有促使孩子身心更健康,令人十分担忧!这样下去他们的未来会是什么样?中国的未来又是什么样?真该忧国忧民了!

梁启超先生的《少年中国说》说:"少年智则国智,少年富则国富,少年强则国强,少年独立则国独立……"今天我们在对待教育问题上,仍然可以用这些话来警示同学们。

世界文化遗产和仓颉造字

2010年11月21日

  这周发生的事,源于上周布置四年级同学课后查阅和预习世界文化遗产的素材、五年级同学课后查阅预习仓颉造字的素材,这周两个年级分别要写这两篇作文。

  这两个内容对小学生来说有一定的深度和难度。文化一词在他们的思维中可以说还没有一个具体的形象,我想,即使是从事文化研究的人恐怕也难以用寥寥数语介绍清楚,因为世界文化涵盖的信息太广泛、体系太庞杂,而小学生的知识储备量远远不够。倒是仓颉造字比较容易一些,并有些趣味性和故事性,又是中国传统文化中一个著名的范例,容易引起同学们的兴趣。

  结果开始上课才发现,12名同学中仅有两名同学有一些简单的知识积累,但也仅仅是零散的、无法连字成句的内容。

  我真想对编写教材的教育家们说:类似世界文化遗产的作文训练已经超出了小学生的接受范围,以他们的年龄和知识储备理解起来太深奥,即使有老师辅导也有一定难度。因为老师不可能把相关的知识在短短的时间里强塞给学生,如果那样,写出的作文又有多少是自己的耕耘呢?对于教材编写是否能站在小学生的角度去考虑呢?结合小学生的日常学习和生活,让他们能够便于观察,这样的内容写起来是不是会游刃有余?

  我问大家有没有上网查资料,大部分同学回答没有。少部分说不知道哪些属于世界文化遗产,爸爸妈妈也不知道。一个五年级女生从书包里取出打印好的几页资料，另外一个男生也拿出来一些资料，我看了看完全是一堆毫无价值的东西。

我给同学们讲世界文化遗产有哪些，欧洲地区有俄罗斯的弗兰格尔岛自然保护区、乌克兰的利沃夫历史中心、奥地利的维也纳历史中心、瑞士的伯尔尼古城等；亚洲有越南的顺化历史建筑群、日本的广岛和平纪念公园、朝鲜的高句丽古墓群等。而我们中国的文化遗产可是首屈一指，有周口店北京猿人遗址、甘肃敦煌莫高窟、长城、陕西秦始皇陵及兵马俑坑、山东曲阜三孔、西藏布达拉宫、苏州古典园林、山西平遥古城等。这些文化遗产构成了世界文明，对世界有着重要的影响。同学们赞叹不已。然后我又帮助同学们提炼出若干枝节，让他们从小处着手，以小见大。中间有的同学没记住，我又讲了一遍，同学们才基本领会，但仍然有一知半解的。没有办法，不能让已经听懂的同学再吃剩饭，时间也有限。

小学语文要求学生运用中国传统文化进行写作训练，说实话对孩子们来说有些勉为其难，这些90后的孩子没有多少人受过文化的影响和熏陶，首先爸爸妈妈不懂，其次学校没有开设这一专门的课程，仅仅靠语文课本里的几篇课文让学生领会掌握太难了。何为文化？这是语文教学中的一个难点，也是一个重点。可是当下就要写这样的命题，怎么办？只能硬着头皮啃骨头，啃不动也得啃。这是中国的应试教育，有时候我也十分头疼！

同学们写完，班长把作文收上来，我一看只有两个五年级同学勉强过关，其余几名五年级学生只写了200多字，只好再找机会单独讲给他们了。

今天，作文写完了，可还有明天、后天，文化源远流长，作文任重道远！

孩子眼中的金钱

2011年1月17日

今天早上，在学习课文《好心情》之前，我问大家："有人以为有钱就有快乐，你们以为呢？"一半的同学举手，我请赵君楠先发言，她不假思索地说："有钱不一定快乐，因为有钱的人没有真正的朋友、没有人和他聊天，他会寂寞、会孤独。而穷人没有钱却有快乐，因为他们轻松、没有压力，可以自由自在地生活。"

我高兴楠楠有这样的思考和认识，因为她还是个10岁的孩子，能说出这么简单又深刻的语言，不亚于至理名言！

其他同学也都发言了，大多数以为快乐比金钱重要，还有的说他愿意住一个小房子，只要每天能按照自己的意愿生活就好。

孩子们有这样的认识，说明他们是聪明的，而大人为获取金钱不顾性命的大有人在。因为他们始终认为钱可以换来快乐和一切，实际上这是多么愚蠢的想法啊！

今天在孩子们的发言中，我听到了智慧的声音，这实在让我高兴！

落花生

2010年5月16日

"上周各个学校期中考试刚结束,今天咱们首先来分享一下考试后的心情和这周身边发生的事情!"周六我对同学讲。我想了解一下同学们一周的学习和生活,这样好有效地辅导这周的作文。

索睿第一个说:"我要报喜。"我们听了迫不及待地等着她报喜。她骄傲地扬起头卖了个乖,然后才说,她被学校选中参加英语大赛了。她兴奋地拿出大赛通知给我们看,同学们羡慕地发出啧啧声。几个平时不用功的同学还流露出嫉妒的神情,大家围绕着索睿,听她滔滔不绝。

李兆基上课不敢说小话了,规规矩矩坐在板凳上,因为他上周讲话,我批评了他,这次他对我心生畏惧了。有时严厉一点可以让他们收收心,不然过度的嚣张会害了他们,所谓有张有弛嘛。平时要善于洞察学生的言语、行为和心理,这样才能有的放矢。

"我们的作文写的是日本人轰炸上海南火车站的内容,之前在这里您给我们辅导过。但是这次考试我的作文被扣掉六分!"史佩召说着做出可惜的表情。

"什么原因呢?"我问。

"日本人轰炸上海南火车站是用炸弹轰炸,而我写成了手榴弹……"

"哦!我们之前写过一遍,你的失误不该有。"我说。我必须把原因说清楚,错,也要知道为什么错!

现在，小学生作文涉及范围广泛，思路力求新颖活泼，其中应用历史素材的作文是所有作文中难度最大的，容易写偏，也容易发挥失误。原因是同学们距离那个时代很遥远，平时又没有读过这方面的书，所以腹内空空怎能发挥好。因此，我平时总说多读书，历史的、天文的、物理的、化学的等都拿来读，知识一定要储备好，即便在脑海里留下一个模糊的记忆，用的时候也会容易想起。可是很多同学依然不爱读书，有的同学是"被逼无奈"才看书。于是我又想出一个办法，建立互读会，每周把书拿来与同学交换阅读，这样或许能相互督促，提高阅读兴趣。

作文课之后，我拿出一些书先开个头，有的同学拿着书跟着读、有的坐着玩、有的和同学说话。李兆基也在说话，他发现我的目光后立刻举起书小声读，一会儿又瞄我一眼。不论是嘴巴读还是心读，总之这一刻书能约束住他们不安分的心就比放羊好。其中双胞胎兄弟读得津津有味，他们的妈妈说平时兄弟俩就爱读书，一本名著有时候反复读好几遍，所以我对这兄弟俩完全不担心，让他们自在地读吧。而小鹏坐在那儿一语不发，精神明显颓废，好像霜打的瓜秧儿。这孩子对书没有兴趣，这点让我暗自头疼。我已经试过很多办法，接龙、猜书名、抢答，对他都没作用，而他总是反问我："读一本书给我一毛钱吗？"我一时语塞！

下课后，妈妈来接小鹏，说儿子学作文以来进步很大，学校的同学们这么说，班主任也这么说，还谢谢我对小鹏的帮助。我不怀疑这是出于家长真心的谢意，但是普遍小学对作文要求不高，所以他们才到外面报辅导班。说实话小鹏天资愚钝，又不是勤勉型的，之前的辅导班拒绝收他都源于此。小鹏还有一个上五年级的哥哥，前几年哥哥也是我的学生，后来进步了就不再来了，妈妈又把弟弟小鹏送来。我非常能理解这些外来打工人员教育子女的难处，自己没有多少文化知识，有的大字也不识几个，但是他们和所有父母一样不想让孩子在学习上成为落后生。况且，这里作文班收费低，刘老师不光作文教得好，在教育上还为家长排忧解难，这课上下来蛮划算哩！

小鹏的进步不能与其他同学相比，因为进步要以个人的程度为标准，小鹏爱上作文课是因为他喜欢这里的学习氛围。我虽然对有的同学严厉，但是对小鹏一直和颜悦色，他不会写的时候，我鼓励他，摸摸他的头，这孩子缺少爱，爱能增加小鹏学习的积极性。他从没兴趣到有兴趣、从不会背诵课文到磕磕绊绊背诵下来，这些都是进步。尽管小鹏的作文每次只能写 200 多字就没话说了，而且这 200 多字有时能写三个小时。

　　"哇，小鹏真慢，赶上落花生了！"同学们把落后生叫落花生。

　　"你没听说过慢工出细活吗？"我维护了小鹏的尊严。小鹏似乎领会到我的用意，笑了一下，写字的速度快了些。

　　在作文上，虽然不要求每个同学的进步整齐划一，但是一个也不能放弃，必须鼓励着、鞭策着一起往前，落后生也一样。

悄悄话

2007 年 7 月 26 日

孩子们给了我很多写有悄悄话的纸条，每当我打开童言无忌信箱，看着一张张小纸条上歪歪斜斜地写着各种各样的悄悄话，心就被幸福充满。这样大大小小的纸条和这样可爱的语言，只有孩子才会有，也只有孩子会把最童真的心交给大人。

童言无忌信箱是去年成立的，那天可把孩子们乐坏了，写了一张又一张。天哪，信箱居然被他们写满悄悄话的小纸条装满了！

我为什么要做这个童言无忌信箱呢？因为我发现很多孩子有心里话不愿意和父母讲，或者父母工作忙没有时间听孩子说。看着孩子们压抑在心里的烦闷一天天在滋长，他们不愉快是我最难过的事儿。所以我就想出这个写悄悄话的办法，帮助他们排解内心的烦恼。孩子们一听高兴坏了，有的孩子在悄悄话里写道："快考试了，妈妈每天催我读书，我很烦！老师，你有什么好办法让妈妈别再催我？"有的写道："我每天放学回家和电饭煲一起吃饭，你知道我的秘密了吗？"还有的写道："以前上课老师总说我不爱发言，现在我爱发言了，因为自从我来到这个快乐的班集体，我感到学习很快乐。"看到这些童言无忌的话语，我内心很温暖，有谁能敲开孩子心灵的窗呢？大人最好能和孩子平视，这样你会发现孩子明亮的大眼睛里充满智慧的光芒。

这样，我又多了一项工作，那就是看悄悄话，回复悄悄话。别小看这些纸条，我必须得一个个认真对待，孩子们的问题看起来简单，但要回答得正确无误，起到鼓励和帮助的作用，可不是一件简单的事。有一张小纸条写道："在班级里大家都以为我快乐，其实我一点也不快乐，你知道我是谁吗？"这是谁写的？孩子的字迹是很难分辨的，我想了一大圈儿，也想不出是谁，看来我的工作还不够细致。接下来上课时，我一直在暗中观察，看谁是那个不快乐的孩子。终于被我发现了，原来是他呀！他是五年级的一个男生，平时没看出来这孩子有什么不快乐的，这小家伙为什么不快乐呢？

课间休息时我们俩在一起聊天，他告诉我不快乐的原因是妈妈离开了他和爸爸，他现在跟奶奶一起生活，所以不快乐。过后我回复他的悄悄话，写道："快乐是自己寻找的，只要你每天对自己说无数声'我很快乐'，你就是一个快乐的人。怎么样？试试吧！"

呵，果然，这个孩子快乐起来了。

现在悄悄话成了我们每节课不可缺少的内容，孩子们都热爱这项课外活动。有时一个孩子连续写好几张小纸条的悄悄话，当他投进童言无忌信箱里时，他会向我神秘地笑一笑。